Segredos

Segredos
Marlova Boeck

1ª edição / Porto Alegre-RS / 2024

Capa: Marco Cena
Produção editorial: Maitê Cena e Bruna Dali
Revisão: Simone Borges
Produção gráfica: André Luis Alt

Dados Internacionais de Catalogação na Publicação (CIP)

B669s   Boeck, Marlova

        Segredos. / Marlova Boeck. – Porto Alegre: BesouroBox, 2024.
        280 p. ; 16 x 23 cm

    ISBN: 978-85-5527-153-3

        1. Literatura brasileira. 2. Romance. I. Título.

                                    CDU 821.134.3(81)-31

Bibliotecária responsável Kátia Rosi Possobon CRB10/1782

Copyright © Marlova Boeck, 2024.

Todos os direitos desta edição reservados a
Edições BesouroBox Ltda.
Rua Brito Peixoto, 224 - CEP: 91030-400
Passo D'Areia - Porto Alegre - RS
Fone: (51) 3337.5620
www.besourobox.com.br

Impresso no Brasil
Outubro de 2024.

A todos meus amigos e leitores que aguardaram ansiosos por este segundo livro, sempre instigando e questionando quando teriam acesso ao conteúdo, meu muito obrigada!

A uma pessoa muito especial, médica, que ajudou na construção acadêmica da personagem Mariana, meu muito obrigada!

A Maitê Cena, por acreditar neste projeto e investir nessa realização.

Ao querido Clóvis Geyer, cartunista e jornalista – uma pessoa ímpar que trouxe luz, vida e movimento a este livro. Meu querido amigo, suas palavras foram incríveis, suas dicas geniais e seu carinho com meu trabalho, não há como ser descrito. Muito obrigada ainda é pouco!

SUMÁRIO

CAPÍTULO 1: 1998 9

CAPÍTULO 2: Fugir, lutar, desistir 15

CAPÍTULO 3: Cada escolha, uma renúncia 24

CAPÍTULO 4: Partidas e chegadas 32

CAPÍTULO 5: É com o tempo... 41

CAPÍTULO 6: Reviravoltas 51

CAPÍTULO 7: Não fui eu 61

CAPÍTULO 8: A volta de Ricardo 66

CAPÍTULO 9: Recomeços 74

CAPÍTULO 10: O bem sempre encontra o caminho 79

CAPÍTULO 11: Vida real 89

CAPÍTULO 12: Nada é por acaso 95

CAPÍTULO 13: Pizza e formatura 108

CAPÍTULO 14: Entre a luz e as sombras 114

CAPÍTULO 15: As feridas que cada um carrega 121

CAPÍTULO 16: Uma noite para entrar na história 127

CAPÍTULO 17: Distância, novos rumos, surpresas 133

CAPÍTULO 18: Distância é só um piscar de olhos.................... 139

CAPÍTULO 19: Em Santa Maria 147

CAPÍTULO 20: Muitas surpresas, uma só noite........................ 153

CAPÍTULO 21: Uma nova chance para a felicidade................. 161

CAPÍTULO 22: Impotência 166

CAPÍTULO 23: Tocando em frente 175

CAPÍTULO 24: Não meça palavras 182

CAPÍTULO 25: Só mais um dia sem você................................... 189

CAPÍTULO 26: Incapaz de amar 197

CAPÍTULO 27: Finalmente de folga 203

CAPÍTULO 28: Enquanto isso, em Porto Alegre... 223

CAPÍTULO 29: O Cristo como testemunha............................... 228

CAPÍTULO 30: Uma semana cheia de atividades 241

CAPÍTULO 31: O aniversário de Veridiana 251

CAPÍTULO 32: Nada escapa de Veridiana 261

CAPÍTULO 33: Muitas semanas depois... 269

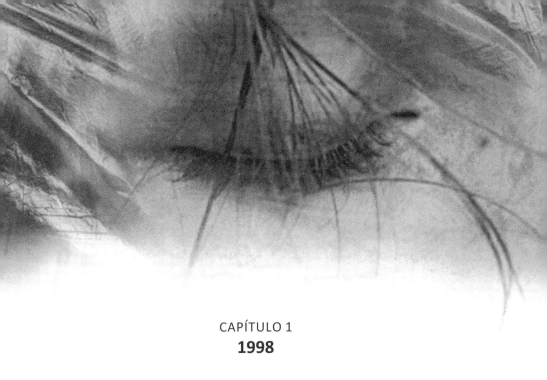

CAPÍTULO 1
1998

O primeiro dia de aula do ano de 1998, uma quinta-feira, foi rodeado de notícias e fofocas. Helena e Mariana, amigas inseparáveis, tinham passado quase dois meses sem se ver, e as novidades eram grandes demais para serem contadas somente no intervalo no recreio. A professora Gládis tentava sem sucesso iniciar seu ano escolar na disciplina de Física, enquanto as duas não paravam a conversa um só instante.

– Ei, meninas, por favor! Preciso iniciar minha aula! – chamou a atenção a professora.

As meninas sorriram, se ajeitaram na cadeira com o intuito de prestar atenção no conteúdo, mas esse momento durou apenas uns dois minutos, tempo suficiente para retornarem ao assunto. E não eram só elas que estavam naquela empolgação absurda. O primeiro dia letivo é assim em qualquer escola do planeta. A fim de não incomodar nenhum dos professores, combinaram então de depois da aula almoçar juntas, assim poderiam continuar seu assunto sem serem interrompidas; afinal de contas, eram dois meses inteiros para contar. Mas era Helena que vinha com a maior parte das novidades.

– Mari, você não vai acreditar no que aconteceu! – disse Helena.

– Vai, conta logo! Estou ansiosa desde a sala! – falou Mariana, sempre disposta a ouvir cada novidade da amiga.

– Eu deixei de ser virgem! Encontrei o homem da minha vida!

– Sério? Mesmo? Quem é? Me conta como foi? – Mariana agora precisava dos detalhes, não conseguia controlar as perguntas.

– Aí, ele é lindo! Um moreno alto, cabeludo, de cavanhaque, 23 anos.

– E vocês estão namorando? – perguntou Mariana.

– Não! Ficamos na praia umas várias vezes, daí não sei bem ao certo como foi, mas rolou!

– Assim? Você nem conhecia o cara e rolou? – indagou Mariana, sem saber direito o que perguntar; afinal, entre as amigas da mesma idade ela era a única que deixou de ser virgem com 15 anos.

– Ai, amiga, era só pra perder a virgindade mesmo! Mas ficamos várias vezes depois disso. Eu me apaixonei por ele, meu amor de verão. Entende?

– E foi bom? – perguntou Mariana com uma cara safada.

– Maravilhoso! Ele é carinhoso, um querido! Foi como sempre eu sonhei!

– Olha só, a menina de ferro se apaixonou! – disse Mariana, zombando da amiga.

Afinal de contas, Helena não acreditava no amor tanto assim como as outras meninas de sua idade, e esse era um dos motivos de sua virgindade.

– Me apaixonei, mas passou! Ou não. Mas combinamos que era só no verão nosso encontro! – falou Helena meio desiludida.

– Por quê?

– Ah, porque ele estuda em Santa Maria, onde mora com os pais.

– Entendo, claro! Mas é possível namorar a distância, né?

– Pior que não! É longe! Acho que não conseguiria namorar a distância – disse Helena.

Uma pausa temporária e a conversa continuou.

– E você e o Fábio? Como passaram o verão? – perguntou Helena.

– Foi bem legal! Meus pais me deixaram ir para a praia com ele em alguns finais de semana. Pegamos onda, tocamos violão, namoramos. Foi bom! O Fábio conseguiu uma bolsa de estudos para mim, no cursinho pré-vestibular que ele fez! As aulas iniciam na próxima semana! – respondeu Mariana empolgada.

– Nossa! Todo mundo pensando em férias; você pensando em estudar.

– Sim! Fiz vestibular para ver como é! Preciso me preparar, não será fácil. Aproveitei o verão e coloquei as leituras obrigatórias da UFRGS em dia; enfim, me preparei, mas curtindo um pouco das férias – comenta Mariana.

– Fez vestibular? Sério? Você nem terminou o 2º grau!

– Sim, fiz por fazer, para ver como é mesmo! – respondeu Mariana.

– E qual a conclusão?

– Preciso estudar, muito!

– Mas você já decidiu para que vai prestar vestibular? – perguntou Helena.

– Sim! Medicina.

– Na Federal? – indagou Helena espantada.

– Sim! Não tenho grana nem para pagar cursinho; teria pra faculdade particular? Vai ter que ser, de qualquer jeito.

– Nossa, amiga, missão quase impossível! Mas você é determinada, não duvido que consiga!

– Você ainda não decidiu o que vai fazer depois da escola? – perguntou Mariana.

– Então, tive uma conversa com meu pai, e ele me convenceu a fazer Contabilidade. Vai ficar fácil, sabe? Afinal, ele já tem o escritório, os clientes, daí eu fico no lugar dele quando ele se aposentar, o que não vai demorar muito!

– Mas vai fazer Federal, né?

– Não! Vou no caminho mais fácil, a Federal exige que tenhamos disponibilidade integral de horário, enquanto em uma particular posso escolher o turno e trabalhar no inverso. Isso me garante uma boa grana no final do mês de salário, sem contar que papai vai pagar o curso – respondeu Helena.

A conversa durante o almoço rendeu boas risadas e fez o tempo voar. Mariana estava contente por Helena ter perdido a virgindade e estar feliz com a sua decisão. Também estava empolgada como uma criança para iniciar logo o cursinho, mesmo que para sua amiga aquilo já fosse estudo demais. A garota sabia que a cada dia precisaria doar-se um pouco mais em prol de um objetivo maior. Além dos livros de leitura obrigatória, Mariana tinha completado tarefas de livros antigos nas disciplinas de Matemática e Física, assim ela ficou extremamente preparada com o conteúdo do primeiro e segundo anos do 2º grau, agora era só iniciar o pré-vestibular.

Na segunda-feira seguinte, Mariana entrou na sala de aula e não viu a amiga. Sentou no seu canto e oficialmente deu início ao seu ano letivo. Afinal de contas, ela e Helena tinham passado quase dois dias só contando as férias uma para a outra. Coisas importantes, coisas menos importantes.

Também naquela noite foi o início da preparação no cursinho pré-vestibular. Mariana já tinha feito amizade com alguns mestres que foram professores de Fábio e também haviam prometido providenciar os conteúdos de outras escolas, para que ela pudesse ter o mais variado material possível para estudar. A maior dificuldade de Mariana estava na disciplina de Inglês, que em sua escola era péssima.

Naquela semana inteira, Helena não foi à aula. Na quarta-feira Mariana ligou para a amiga, mas não conseguiu falar com ela. Somente na sexta-feira Mariana, que já estava muito preocupada, conseguiu contato com Helena.

— Boa tarde. É da casa da Helena? — perguntou Mariana educadamente.

— Sim, quem gostaria de falar com ela? — indagou a voz masculina do outro lado do telefone.

— Mariana.

Alguns segundos de silêncio e Helena atendeu o telefone.

— Oi, amiga. Tudo bem? — perguntou Helena em tom formal.

— Comigo, sim, e com você? Não foi à aula a semana toda!

— Pois é, no sábado, saí para comemorar o aniversário da prima, acho que comi demais e passei mal, fui parar até no hospital, mas agora está tudo bem! Foi só intoxicação alimentar mesmo!

– Ufa, ainda bem! Mas que coisa, você tem um estômago de pedra! O "bagulho" estava podre! – Mariana brincou com a amiga.

– Pior que estava bom. Mas já era! Só preciso repousar – disse Helena, terminando com a conversa.

– Ok! Descansa aí. Até segunda então, beijos.

Mariana desligou o telefone, não tinha entendido bem a desculpa da amiga, alguma coisa ela escondia.

Helena ficou mais uma semana sem aparecer na aula e retornou após 14 dias, magra, abatida, pouco falante. Totalmente diferente da pessoa que havia retornado das férias eufórica, feliz e radiante. Quando era questionada sobre o que tinha acontecido, ela não respondia, apenas comentava do jantar estragado e desviava o olhar ou o assunto. Somente para Mariana ela contou:

– Estou com depressão, amiga!

– Depressão? Como assim? Você sempre foi tão feliz, sempre está de boa, voltou tão bem das férias. O que aconteceu? – perguntou Mariana.

– Depressão! É assim. Mas agora vou melhorar, já estou indo na psicóloga, ela é muito gentil e carinhosa, me ouve, me entende, me acolhe.

– E seus pais? Não estão te ajudando?

– Sim, do jeito deles! Aprendendo a lidar com a situação, algumas criadas por eles mesmos.

– Mas o que desencadeou a crise? – perguntou Mariana intrigada.

– Não há necessariamente um motivo. Não quero mais falar sobre isso, ok? – Helena pega sua garrafa de água e toma um pouco.

– Claro, respeito – respondeu Mariana.

Sempre muito amorosa e cuidadosa com a amiga, Mariana respeitou o silêncio nos dias e semanas seguintes, sabia que Helena estava escondendo algo e o diagnóstico de depressão não era tão rápido assim, era necessária bastante investigação. Ajudava sempre, mesmo que não fosse solicitada. Não desgrudou da amiga um único segundo no colégio e, nos finais de semana, fez trabalhos escolares, temas de casa, tudo para ajudar Helena a vencer aquela fase, assim aproveitava para estudar um pouco mais.

As aulas do pré-vestibular estavam deixando Mariana muito à frente nas disciplinas da escola. Afinal, o cursinho já combinava todos os conteúdos apresentados e compilava um misto de novidade e repetição para aquela aluna dedicada e aplicada, que tinha uma missão muito difícil pela frente. Ajudar Helena com suas tarefas era a parte mais fácil.

O namoro entre Mariana e Fábio já não estava tão "caliente" como nos primeiros tempos. Ambos atarefados demais para dar atenção um ao outro; entretanto, quando ficavam juntos, a qualidade de tempo e o carinho entre os dois resumiam esse momento.

Fábio cursava Engenharia, passava o dia na faculdade e as noites em cima dos livros. Aluno aplicado, assim como sua namorada, não se permitia não ser o primeiro em tudo que fizesse, inclusive passou no vestibular em primeiro lugar em seu curso, no ano de 1994, e ainda fazia estágio em uma grande construtora da cidade.

A rotina de Mariana iniciava às 6h30 com um banho, depois arrumava o material, ia para a escola, voltava, almoçava, estudava e fazia os temas, escutava algum áudio de aulas passadas e, por volta das 17h30, se encaminhava para o cursinho a fim de tirar dúvidas e receber materiais extras para estudar. Às 19h iniciava sua primeira disciplina no pré-vestibular e só terminava às 22h30. Depois, a caminho de casa ou quando chegasse em sua residência, Mariana ainda ouvia, de novo, as aulas de História, Geografia, Literatura e Biologia. Somente após isso ela se recolhia para seu banho e descanso merecido.

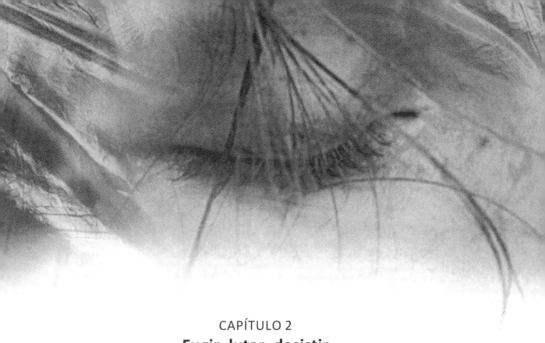

CAPÍTULO 2
Fugir, lutar, desistir

O ano estava passando em uma velocidade vertiginosa. Os alunos do terceiro ano sempre carregam nas costas as obrigações de escolher uma profissão, de escolher um rumo, e todos que os rodeiam sempre se acham no direito de questionar, opinar ou até mesmo julgar as decisões destes jovens. Mariana, que havia comprado protetores auriculares para estudar em paz em sua casa, sabia bem disso. Certa noite, após retornar de sua aula, presenciou uma desagradável discussão entre seus pais, que estavam levemente alcoolizados. Após alguns minutos, constatou que era ela o assunto da discussão.

— Eu estou falando para você, a Mariana está com problemas! Ela só pensa em estudar! Estamos precisando de dinheiro, por que ela não larga essa porcaria de cursinho e vai trabalhar? Um dinheiro extra seria de grande valia para o pagamento das contas, e eu não teria mais gastos com ela, além dos que já tenho. Quero que ela tenha um futuro, mas ela está vivendo de sonhos. Sonhar não paga conta! Não vai chegar a lugar nenhum! – disse Eliseu, seu pai.

— Sem falar que não vai passar no vestibular! Você já viu alguma médica pobre? Já viu alguém da escola pública passar na Federal? – retrucou Márcia, sua mãe.

— Vai lá, fala com ela, ela é tua filha! Tira essas bobagens da cabeça da menina! Que vá trabalhar! Quer viver nessa vida de estudante, na vagabundagem. Acha que é da mesma classe social que o Fábio; é uma sonhadora, uma pobre coitada!

— É tua filha também! A culpa dela ser assim é tua! Você não quer trabalhar, só fica "de bicos" por aí, e ainda por cima gasta teu dinheiro comprando material para ela. Quem sustenta esta pocilga sou eu! Vocês dois são vagabundos! – falou Márcia aos gritos.

— Vagabunda é você, que tirei de dentro do puteiro que era sua casa, com a vadia de sua mãe! – respondeu Eliseu aos berros.

Márcia, irada, deu um tapa no rosto de Eliseu, que revidou, lhe dando outro de volta. Puxões de cabelo, empurrões e alguns arranhões depois, Eliseu e Márcia observaram que aquela cena estava sendo vista pela filha. O homem rapidamente desgrudou do pescoço da esposa, que lhe beliscava o braço. Olharam para Mariana. Como se aquilo fosse absolutamente normal, Eliseu pegou o copo de cerveja e Márcia acendeu um cigarro, ambos sem dizer nenhuma palavra.

— O que estava acontecendo aqui? – perguntou Mariana de forma calma e serena.

— Não é da tua conta, menina metida! – respondeu a mãe, quase lhe dando uma baforada no rosto.

— Tem razão! Não é da minha conta. Esses absurdos que acontecem nesta casa não estão na minha conta! – disse Mariana, já virando as costas para sair da sala.

Márcia, perturbada como sempre, enlouqueceu com a indiferença da filha, puxou-a violentamente de volta pelo braço e queimou-o com a ponta do cigarro. Mariana, tomada pelo ódio, agarrou a mãe pelos braços e jogou-a no sofá, livrando-se da agressão que acabara de sofrer. Eliseu ria da cena e batia palmas, como quem estivesse assistindo a uma luta.

Após Mariana ter conseguido se desvencilhar, foi para seu quarto e trancou a porta. Olhou no espelho a marca da queimadura e colocou os protetores auriculares, mas isso não impediu que continuasse ouvindo a discussão na sala.

– O que essa maluca pensa que está fazendo? Na próxima vou furar os olhos dela – disse Márcia, completamente descontrolada, com um novo cigarro aceso no meio dos dedos.

– Bem feito! Eu disse que ela estava louca! Esse negócio de ficar estudando o tempo todo, de se trancar no quarto, escrever fórmulas nas paredes, isso é coisa de gente louca! – comentou Eliseu com cara de desdém, abrindo mais uma lata de cerveja.

Mariana chorava, abraçada em seu ursinho de pelúcia, sentada em sua cama. Queria ligar para Fábio, mas o telefone ficava na sala, e voltar para lá estava completamente fora de questão. A fim de pensar em outra coisa, trocou os protetores auriculares por fones de ouvido e colocou música no volume mais alto que conseguiu, abriu um dos tantos livros que havia em sua cabeceira e começou a ler, aleatoriamente, para que sua atenção e foco não voltassem à briga que acabara de acontecer. Por vezes ouvia algum grito exaltado na sala. No resto daquela noite, as palavras ditas por seus pais lhe cortaram o coração e rasgaram a alma. Sentia-se destruída, mas precisava continuar, pelo menos até o vestibular.

Na manhã seguinte, levantou na mesma hora de sempre, tomou seu banho e foi para a escola. Fora a primeira vez em meses que Helena via a colega daquela forma. A menina, completamente assolada pela noite anterior, lhe contou o que havia acontecido; foi a vez de Mariana ganhar um carinho da amiga.

Retornou para casa. Sua mãe sempre deixava comida pronta na geladeira, bastava apenas aquecer. Seu pai deixava o dinheiro do ônibus em cima da mesa da sala. Naquele dia, não havia almoço nem dinheiro para o ônibus do cursinho. Mariana calculou que levaria mais ou menos uma hora de caminhada até lá, por esse motivo saiu de casa às 16h30, a pé e com fome, levando na mochila livros pesados. A garota encarou a lomba da Avenida Plínio Brasil Milano sem desviar o caminho e atravessou a Avenida 24 de outubro, lembrando-se de fazer o sinal da cruz em frente à igreja Auxiliadora. Faltava pouco para chegar no cursinho, que ficava na Avenida Independência. Se seus cálculos estivessem certos, sobraria um tempo para um café com os professores.

O caminho, embora longo, fora vencido pela garota com certa facilidade, pois ela pôde, além de cuidar de sua saúde, revisar as aulas do dia anterior em seu MP3, seguindo, assim, o foco nos estudos. No término das aulas, por voltas das 22h30, Mariana procurou um orelhão e ligou para Fábio, pedindo que ele a buscasse no cursinho. Assim que Fábio chegou, viu o abatimento no rosto de Mariana. A menina apenas se queixou de dor de cabeça para o namorado.

– Você está bem? Está com olheiras, dor de cabeça. O que houve? – perguntou o namorado.

– Nada de mais, só estou com fome e cansada.

– Será que foi algo que você comeu que lhe fez mal? Quer que eu te leve para o hospital?

– Não, acho que é fome mesmo!

– O que você almoçou?

– Nada, hoje mamãe não fez comida. Retaliação aos meus estudos.

– Como assim? Você está em jejum? Está explicada sua dor de cabeça. Vamos comer algo agora, e depois levo você para casa.

Mariana agradeceu ao namorado com um beijo e saíram para jantar em um restaurante que servia como prato principal à la minuta. A garota realmente estava faminta. Devorou sua refeição e somente depois contou que havia ido para o cursinho a pé, pois seu pai também a deixara sem o dinheiro do ônibus.

Chegaram em casa por volta da meia-noite. Seu pai estava no sofá, olhando futebol. Estranhamente, a menina observou que não havia nada na mesa (normalmente havia pão e margarina para o café da manhã do dia seguinte). Foi até a cozinha, pegou um copo de água e ouviu a seguinte pergunta de sua mãe:

– Está procurando comida?

– Não.

– Aqui você não vai mais me explorar. Se quiser comida, vai trabalhar para colocar na mesa! Eu não sustento mais! Já chega um para me abusar. De hoje em diante, minha única preocupação é com o Marcelo, ele precisa se alimentar para poder continuar jogando futebol. Ele, sim, vai garantir um futuro nesta casa.

Mariana virou as costas e foi ao banheiro, quando ouviu um novo grito da mãe:

– E o banho, agora, é cinco minutos. Passou disso, vou desligar o disjuntor.

Mariana nada disse. Entrou no banheiro com o relógio já para despertar quando chegasse aos cinco minutos, mas o banho durou apenas quatro. Escovou os dentes e foi dormir, com uma tristeza que quase não lhe cabia no peito e raiva. Sim, ela agora sentia muita raiva de sua família.

Na manhã seguinte, enquanto caminhava para a escola, Mariana lembrou que havia nela um refeitório. Embora fosse para alunos do 1º grau, as "tias" nunca recusavam lanche aos mais velhos. Sem pestanejar, Mariana pediu para sair dois minutos antes do sinal para o intervalo. Quando a sirene tocou para o recreio, ela já se encontrava na fila do refeitório. Dessa forma, seus colegas não a veriam na fila da merenda escolar. Nunca massa com molho de carne de soja tinha sido tão gostosa.

Com vergonha do que estava acontecendo, Mariana tomou seu lanche, foi ao banheiro, escovou os dentes e voltou antes à sala de aula, sem conversar com Helena e com nenhum outro colega, que haviam permanecido em sala durante o intervalo. Sentou-se em absoluto silêncio, foi grata pela escola e pelo alimento e retornou seus pensamentos para a disciplina. Afinal, História, com o professor Henrique, era uma de suas matérias favoritas.

Chegou em casa, e a rotina de não mais ter comida já estava imposta. Mariana sabia que a partir de agora precisava se virar de forma diferente. Fez o mesmo ritual da tarde anterior: se arrumou e foi para a aula, mas desta vez decidiu não ligar para o namorado, afinal de contas ele não tinha nada a ver com os problemas dela. Assim, ela voltou caminhando para casa, desta vez a passos largos, mas ainda ouvindo sua aula novamente. Chegou em casa, tomou banho e foi dormir.

Após algumas semanas, Helena já havia notado que algo de muito estranho estava acontecendo com a amiga. Mariana, que sempre estava muito entusiasmada com as aulas de Educação Física, tinha pedido à professora que ficasse de fora das atividades, pois estava com crises de asma, doença que nunca teve. Notou também que a colega saía todos os dias antes do intervalo da sala e retornava sem passar pelo pátio e interagir com os colegas. Mariana já não mais levava seu violão nos dias das aulas de Artes. Ela, que sempre fazia suas tarefas rapidinho, aproveitava o tempo e ia tocar violão com a galera, nem isso mais estava fazendo.

Helena percebeu que determinado dia Mariana estava com shampoo nos cabelos e finalmente tomou coragem de ir conversar com a amiga.

– Amiga, afinal, o que está acontecendo? – perguntou Helena.

– Nada! – respondeu Mariana rapidamente.

– Como "nada"? Acha que só eu notei sua mudança? – questionou Helena, já de maneira mais incisiva.

– Tá tudo bem!

– Não, amiga, não está tudo bem! Olha para você, emagreceu pelo menos uns cinco quilos, está com olheiras, tem shampoo no cabelo, nem fica mais comigo no intervalo. Isso tudo é a preocupação com o vestibular?

– Estou de dieta, estava gorda.

– Brigou com o Fábio?

– Não, estamos bem! – respondeu de forma vaga.

– Então o que está acontecendo? Suas respostas rápidas indicam ou que está mentindo ou que está desconfortável.

Mariana enraiveceu e respondeu:

– Até você me chamando de mentirosa, daí já é demais! – e caiu no choro.

Helena tentou abraçar a amiga, que, como um animal selvagem, se desvencilhou dos braços da colega e saiu.

– Mari, volta aqui! Não chamei você de mentirosa! Jamais faria isso. Perdão, amiga! – disse Helena, segurando firme a mão de Mariana no corredor da escola, antes que ela descesse a escadaria do colégio.

Mariana abraçou por um longo tempo Helena. Primeiro nada disse, depois puxou a amiga em direção à pracinha da escola, local onde os pequenos se divertiam no intervalo. Lá, nunca havia ninguém do bando do terceiro ano. As duas sentaram em um banco, bem no canto, longe dos olhares curiosos dos que passavam na rua, longe de qualquer professor ou colega, longe de qualquer comentário que pudesse surgir.

— Não tenho mais passado o intervalo contigo porque tenho vindo ao refeitório da escola almoçar – disse Mariana.

— Almoçar? Mas são quinze para as dez da manhã – expôs Helena.

— Sim. Depois da última briga, a que resultou na queimadura, mamãe decidiu que não ia cozinhar mais, que não compra mais comida para mim. Segundo ela, só sustenta um vagabundo; no caso, meu pai. Este, por sua vez, tentando me forçar a parar de estudar, não me dá mais passagem para o cursinho, tenho ido e voltado a pé, exceto quando o Fábio me busca, mas tem noites que ele tem aula até às onze lá no Campus do Vale. Daí não tem jeito, volto caminhando mesmo, por isso emagreci – contou Mariana.

— E por que não me disse antes? – indagou Helena.

Mariana baixou a cabeça e deixou uma lágrima rolar calmamente. Envergonhada, triste e sem respostas, não sabia ao certo o que dizer à amiga, mas tentou tranquilizar o coração da colega.

— Vai ficar tudo bem! Na sexta, o Fábio sempre me busca e me leva pra casa dele. Lá, lavo as minhas roupas, estudo, namoro, me alimento e preparo alguns lanches para a semana. Ele não está totalmente confortável com a situação, mas tem me ajudado muito. Entendo que ele tem os compromissos dele, que gostaria de sair com os colegas da faculdade, tomar um chopp. Sempre que ele me convida, eu vou, mas noto que está faltando o espaço dele, sabe? Ele não se queixa, mas está cansado de cuidar de uma garotinha. Eu não sou filha dele, sou sua namorada!

— Nossa, amiga, nem sei o que dizer! – comentou Helena.

— Não tem nada pra dizer. Comentei com o professor Henrique, nosso paraninfo, que não ia mais participar da cerimônia do terceiro ano por causa disso. Enfim, contei tudo a ele, que quis até acionar o conselho tutelar, mas eu não deixei. Agora, ele se sente "responsável" pelo segredo, todas as segundas me traz frutas, bolacha recheada. Sei que ele teve um filho que faleceu em um acidente, talvez esteja me ajudando por isso – disse Mariana.

— O Henrique é um queridão mesmo! É da natureza dele fazer o bem!

Helena abraçou a amiga, que não mais chorava, apenas respirava profundamente e mantinha o olhar firme, porém triste.

– Falta pouco para o vestibular, aguenta firme!

– Menos de dois meses. E depois? – indagou Mariana.

– Depois a gente vê – respondeu Helena com aquela certeza de sempre.

As garotas retornaram para a escadaria da escola, aguardando mais um sinal de troca de períodos para entrar na sala de aula. Não era comum elas gazearem aula, então os professores até questionavam quando elas não estavam. Mariana, inclusive, não faltava aula nunca. Desde a primeira semana, fora sua primeira falta no ano.

Antes mesmo do final do último bimestre, Mariana já estava aprovada em todas as disciplinas, estava comprometida cem por cento com o vestibular, engajada na redação (famosa por deixar muitos vestibulandos pelo caminho), tinha entrado para um grupo especializado da professora Luiza, agora faltava pouco. Com intuito de levantar alguns fundos financeiros, começou a negociar trabalhos de colégio com os colegas que ainda estavam na berlinda, precisando de nota, assim conseguiu fazer um caixa extra para, no dia das provas, ir e voltar de ônibus, pois não sabia onde seriam os exames.

O final de ano não foi tão tranquilo quanto deveria ser. Mais uma vez os pais de Mariana se desentenderam, acabou em pancadaria, agressão e polícia na frente de casa, mas todas as vezes eles faziam de conta que nada estava acontecendo, se abraçavam e dormiam serenamente, uma relação doentia, sem precedentes. No dia 1º de janeiro, Mariana foi ao Parque da Redenção, passear e tomar um chimarrão. Fábio estava em Balneário Camboriú com os pais e Mariana resolveu ficar na cidade concentrada para o vestibular, que iniciaria em poucos dias. Colocou seu fone de ouvido e caminhou tranquilamente, vendo famílias, amigos e casais passeando despretensiosamente, deixando a vida leve, como ela acreditava que deveria ser.

Chegou o dia tão esperado, o vestibular. Mariana dormiu na casa de Fábio na noite que antecedeu o primeiro dia de provas. Dormir seria redundante, passou quase toda a noite acordada, ansiosa. Fábio estava cuidadoso como sempre, procurou acalmar a namorada, cuidou dela com carinho e respeito, serenou as incertezas, acolheu-a em um ombro aconchegante e a fez repousar por algumas horas.

A primeira avaliação, Português e Redação, Mariana tirou de letra. Nos dias seguintes, Matemática, Literatura, História, Química, Biologia, Geografia, Física e Inglês. Mariana evitou corrigir as questões, deixou essa incumbência a Fábio, que esteve em sua equipe de apoio todo o tempo. Ao término da maratona chamada vestibular, naquela noite, Fábio levou Mariana para jantar e pediu um espumante.

– O que estamos comemorando? – perguntou Mariana.

– O término desta maratona doida chamada vestibular. Acho desumano este processo, mas, independentemente do resultado, você foi muito bem, foi muito guerreira. Tenho orgulho de você.

– Não é independente do resultado. Preciso passar!

– Eu sei o quanto isso é importante pra você, mas não se cobre tanto, nunca sabemos o limite.

– Você acha que não passei? – indagou Mariana, já querendo fazer cara de choro.

– Não foi isso que eu disse, calma! Eu disse que é um processo difícil, delicado, que às vezes é resumido em um detalhe, mas que não diminui em absolutamente nada teus esforços.

– Todos os processos são assim na minha vida! Obrigada por ter ficado ao meu lado neste período tão conturbado. Nunca me senti tão frágil quanto neste momento.

– Entendo. Está mais forte agora? – perguntou Fábio.

– Sim. Hoje à tarde senti um peso sair das costas. Como se um novo sol fosse brilhar a partir de agora.

Fábio havia preparado uma noite incrível para os dois. Diferente dos últimos tempos, eles jantaram, conversaram, transaram e dormiram agarradinhos. Os tempos difíceis estavam findando. Agora seriam duas semanas até o aguardado listão.

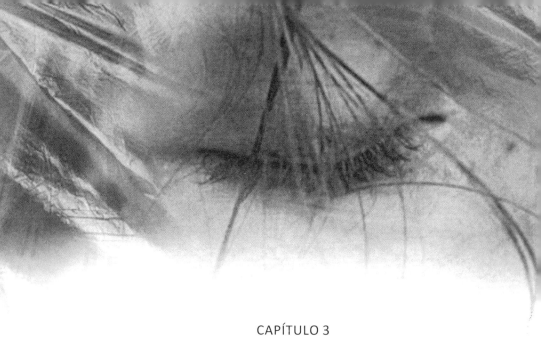

CAPÍTULO 3
Cada escolha, uma renúncia

Estranhamente, na manhã daquela quarta-feira, Fábio tirou Mariana de casa cedo. Segundo ele, a previsão das ondas indicava um pico grande próximo à Plataforma de Tramandaí. Colocaram os *longs* e partiram em direção ao mar para aproveitar as ondas, que realmente estavam sensacionais.

Passaram a manhã toda na água e Mariana dava sinais de cansaço, já ficava mais tempo sentada na prancha que propriamente "dropando". Fábio estava curtindo muito, por vezes dava algumas braçadas em direção à namorada, lhe dava um beijo e esperava ansioso pela próxima onda.

Saíram da praia por volta do meio-dia, sol a pino, o protetor solar já havia sido diluído há muito tempo, e o rosto queimado dos namorados denunciava que deveriam ir para casa, antes que uma insolação os encontrasse. Caminharam as seis quadras até a casa de Fábio, sentindo o asfalto quente lhes queimar a sola dos pés. Caminhavam de mãos dadas, em uma conversa acalorada sobre as ondas e sobre aquela manhã incrível de praia.

Mariana não costumava pedir nada para Fábio, mas naquele dia ela pediu:

– Podíamos tomar uma caipira bem docinha, o que acha?

– Pode ser, mas acho que podemos tomar mais que uma, afinal o dia está incrível, e sempre pode melhorar! – respondeu Fábio com olhar malicioso.

Trocaram beijinhos na rua e seguiram. Quando se aproximaram do portão e ouviram os latidos dos cães de Fábio, Mariana viu, estampada na janela de casa, a faixa que a derrubou de joelhos aos prantos:

PARABÉNS, MARIANA, BIXO MEDICINA UFRGS/99

Fábio e sua mãe haviam preparado a surpresa com muito carinho. Afinal, o namorado já supunha a aprovação da garota pelas correções que havia feito das provas. Coube a sua mãe prender a faixa na janela, colocar o espumante para gelar, comprar a carne para o churrasco e esperá-los voltarem do mar para festejar.

Mariana não acreditava no que estava acontecendo, pediu o jornal para conferir seu nome no listão, e, sim, ele estava lá. Pediu o telefone emprestado para Fábio, que lhe negou. Sem entender nada, viu Fábio sair pelo corredor em direção ao quarto e voltar com uma pequena caixa nas mãos, que entregou para ela.

– Vai precisar a partir de agora! – disse Fábio.

Mariana abriu a embalagem e mal podia acreditar: havia ganhado seu primeiro telefone celular. Fábio cercava a namorada de carinhos, abraços e beijos; estava radiante com a vitória de Mariana. Ajudou-a a fazer sua primeira ligação.

– Alô? Mãe, está ouvindo? É a Mari.

– Sim, estou ouvindo! Que milagre é esse de não fazer ligação a cobrar?

– Mãe, passei no vestibular! – disse Mariana radiante.

– Ah, tá! – respondeu sua mãe com indiferença.

– Mãe, você ouviu bem? Vou ser médica!

– Isso aí, preciso de alguém pra me sustentar.

Mariana não teve tempo de falar nenhuma frase a mais, foi sua mãe quem encerrou a ligação:

– Tchau – disse Márcia e desligou o telefone.

A menina não teve nem tempo de dizer que havia ganhado um telefone de presente do namorado. Estava em choque com a indiferença e insensibilidade de sua mãe. Afinal, aquele era o momento mais feliz de sua vida, e queria dividi-lo com as pessoas que amava. Esse momento acabou resumindo-se a estar com a família de Fábio. Sendo assim, Mariana fez o impossível para driblar a tristeza que havia lhe acometido a alma e foi, com seu fiel namorado, comemorar sua preciosa conquista.

Passaram um resto de dia incrível. Fábio adotou como missão fazer Mariana esquecer o que havia acontecido no telefone, naquele dia e nos próximos que o seguiram. Retornaram para Porto Alegre no domingo à noite, pois Mariana precisava começar a preparar a documentação para a matrícula e Fábio tinha de se apresentar na empresa para continuar seu estágio, que deveria reiniciar na primeira semana de fevereiro.

Mariana chegou em casa. Na mala a alegria da aprovação no vestibular, o celular e a certeza de que novos e melhores tempos estariam a caminho. Arrumou seu material com todo o carinho que conseguiu, deixou cada histórico escolar em seu devido lugar até o dia da matrícula. Ligou e combinou um chimarrão com sua amiga Helena, que havia sido aprovada no vestibular da Unisinos, em Contabilidade. Cursaria a mesma universidade que seu pai, como ele mesmo havia esquematizado.

Conforme planejado, naquela terça à tarde, as amigas se encontraram no Parque Moinhos de Vento, cheias de novidades. Abraçaram-se e choraram juntas pelas conquistas. Afinal, ambas haviam cumprido suas metas pessoais e, a partir de agora, aqueles encontros ficariam mais difíceis de acontecer.

Fizeram planejamentos de como seriam suas vidas a partir daquelas conquistas. O pai de Helena lhe havia prometido um carro de presente; Mariana planejava como faria para ir à aula todos os dias, visto que não tinha dinheiro nem para o ônibus. Foi aí que Helena teve uma brilhante ideia.

– Amiga, que tal começar a fazer uns doces para vender na faculdade? Brigadeiro todo mundo come! Você pode aproveitar e pedir para o professor Henrique para deixar uns na cantina da escola para vender. O que acha? – perguntou Helena, achando sua ideia incrível.

E era mesmo, não se podia negar.

– Nossa, Helena, é uma bela ideia. Não sei se na escola ia rolar, porque dependeria de ter alguém vendendo lá, mas na faculdade é uma ótima ideia – disse Mariana eufórica com a possibilidade.

As meninas seguiram com suas ideias e com o bom papo que sempre tinham. Retornaram para casa, após uma boa caminhada, que Mariana conhecia bem, pois o parque era bem próximo ao cursinho que tinha feito.

Havia chegado o dia da matrícula. Fábio fez questão de acompanhar a namorada. Apresentou a ela o campus do centro, conhecido como Campus da Saúde. O quase engenheiro observou que os alunos que se matriculavam no curso de Medicina eram mais velhos que Mariana, e isso o deixou inseguro. No carro conversaram sobre o assunto.

– Você notou, Mari, que seus colegas, quase em sua totalidade, são mais velhos? – perguntou Fábio.

– Nem notei. Eram tantas informações que mal sabia meu nome.

– Como pode não ter notado? – questionou Fábio.

– Por que deveria ter notado?

– Ora, eles serão teus colegas. Isso sem contar os veteranos. Na primeira semana vai ser fogo pro teu lado, é a caçula da turma.

– O pior já passou! – disse Mariana confiante.

– Os tempos difíceis nem iniciaram ainda!

– Por que diz isso?

– Vi que você não notou. Aqueles calouros vêm de outra formação, de outras classes sociais, dias de desafios. Nem tudo vai poder acompanhar. Em alguns momentos serás deixada para trás, você não deve se curvar, aguenta firme, teu objetivo é mais na frente! Olhos adiante, sempre! – expôs Fábio.

Embora as palavras de Fábio tivessem sido encorajadoras, Mariana havia entendido o recado. Vender doces não seria tão fácil quanto ela imaginava e precisava traçar um novo plano com certa urgência.

Já no trote da primeira semana, Mariana descobriu algumas dificuldades. A primeira é que quase ninguém dá dinheiro na sinaleira para você recuperar seus tênis; a segunda é que tinta não sai da roupa e seu jeans havia ido para o brejo; e a terceira, não menos importante, é que ela teria de vender seus doces para os colegas da enfermagem e de outros cursos, pois os seus não estavam dispostos a ajudar. Um tanto contraditório para uma profissão tão digna quanto a medicina. Então, tratou de colocar alguns cartazes pelos murais da faculdade, anunciando formatação de trabalhos, e logo conseguiu alguns para fazer, a garota era muito boa nessas questões de normas da ABNT.

Na primeira semana já eram exigidas dezenas de polígrafos que os professores deixavam no xerox da faculdade, a lista de livros para leitura, os capítulos imprescindíveis. As provas já estavam marcadas, alguns professores já estavam diminuindo seu tempo em sala e mandando os alunos para casa para estudar. Enfim, tudo era muito novo e Mariana mal sabia por onde começar.

O primeiro semestre serviu para mostrar à jovem caloura que seu namorado estava certo em suas palavras. Por vezes, ela saiu de casa antes das seis da manhã para ir caminhando para a faculdade, enquanto seus colegas iam de carro. Durante o semestre todo, o cansaço físico deu sinais evidentes.

Em sua casa parecia que a paz havia finalmente reinado. Esse fato derivava-se da ausência de Mariana em casa, e, quando ela estava, seu tempo inteiro era nos livros. Cada aula, cada momento, Mariana aumentava sua taxa de exigência consigo mesma. Havia absorvido a certeza de que sem um mentor na família seu caminho seria mais árduo que o dos demais e precisava fazer por si mesma o trilho que desejaria percorrer.

As provas eram bem mais difíceis que podia imaginar. Os detalhes mais minuciosos estavam sendo questionados em todas as disciplinas; eram horas intermináveis de provas, parecia que sua cabeça não ia aguentar, e era apenas o primeiro semestre.

Poucos dias antes do início do segundo semestre, as amigas Helena e Mariana se encontraram para um bate-papo, antes que a maratona de aulas lhes tomasse todo o tempo.

– Nossa, Mari, você está mais magra que antes ou é impressão minha? O que está acontecendo?

– Amiga, isso são os estudos me sugando, e foi só o primeiro semestre!

– Sim, eu também estou fazendo faculdade, sei como é. Entendo que Medicina deve ser milhões de vezes mais difícil, com centenas de milhares de detalhes que você deve saber, mas você está um lixo – disse Helena, infelizmente sendo honesta com a amiga.

Mariana não respondeu, sabia que as palavras estavam certas.

– Como você está fazendo para ir pra faculdade?

– A pé. Quando estou no Fábio, ele me leva, se dá tempo para ele, claro. Não gosto de ficar pedindo, ele tem os compromissos dele.

– Sim, mas e seus pais?

– Meu pai tem passado mais tempo fora de casa, arrumou um trabalho de representante, nem sei de que, simplesmente aparece uma vez a cada 15 dias, quando aparece. Minha mãe, quando tento estabelecer uma conexão com ela, diz que a culpa de meu pai ter achado esse emprego é minha, porque ele precisa me sustentar. Na verdade, voltei a comer em casa, então faço uma vianda e levo pra faculdade pra almoçar e janto todas as noites, não sei se dou tamanho prejuízo a este ponto, mas é isso que escuto dela, porque dele não tenho escutado quase nada.

– Mari, minha mãe Sandra sempre me deu as passagens para eu ir pra Unisinos, mas agora, de carro, nem tenho usado mais, posso passar as passagens para você. O que acha?

– Mas como você vai explicar para sua mãe o gasto das passagens, se está indo de carro?

– Com a verdade! Vou dizer que estou dando a você, que está precisando neste momento. Mamãe fica louca quando eu conto o que seus pais fazem com você!

– Então não conte! Tenho vergonha.

– Como não contar? Papai e mamãe te viram crescer ao meu lado, te viram me dar cola na escola! Nunca viram você fazer nada de errado, eles têm você quase como filha!

– Sim, eu sei. Mas isso não apaga minha vergonha.

— Enfim, não tem papo! Vou dar a você as passagens, isso vai te ajudar muito.

— Agradeço, amiga, de coração! Um semestre inteiro de faculdade, e não encontrei ninguém verdadeiro e empático como você.

As amigas trocaram um longo, apertado e carinhoso abraço.

— E o Fábio?

— Está bem.

— Nossa, que simplória tua resposta.

— Sim, acho que nos distanciamos um pouco; também, não tenho tempo para nada. Acho que até minhas obrigações de namorada estão em atraso — falou Mariana cabisbaixa.

— Como assim? Você acha que ele está te traindo?

— Acho que não, mas sei que a minha obsessão pelos estudos está o chateando. Não temos mais saído. No máximo, durmo na sua casa no final de semana. Daí ele quer sair, beber com os amigos, churrasco, sexo. Não estou dando conta, amiga. Dormir duas horas em uma noite e no outro dia estudar direto é para acabar com o ser humano. Ele me cobra que faço isso ou aquilo, que nunca quero fazer tudo, mas está difícil demais conciliar.

— Entendo, mas vocês são jovens, e o Fábio já está quase se formando. São normais essas baladas. De repente ele acalma agora, no seu segundo semestre.

— Espero.

— Amiga, preciso ir ao mercado para minha mãe. Podemos ir indo? — perguntou Helena.

— Claro.

— Eu levo você — disse Helena, dona de si e louca para mostrar o carro que havia ganhado de presente do pai.

As amigas entraram no carro e passearam como adolescentes, música alta, janela aberta. Helena estacionou na frente da casa de Mariana, que agradeceu a carona, deu um beijo no rosto da amiga e se despediu.

— Tinha quase me esquecido de como você é importante na minha vida. Te amo, amiga. Até a próxima — falou Mariana, que entrou pelo portão da velha casa onde morava.

Helena arrancou o carro e deu uma leve buzinada. Márcia, que estava na janela fumando, olhou a cena e não pôde deixar de destilar seu veneno na filha, quando esta entrou na sala.

— De carona com a amiguinha? Essa vadiazinha agora até carro tem?

— Primeiramente, boa tarde. Em segundo lugar, Helena nunca foi vadia e, sim, ela tem carro porque os pais, ao contrário de você, podem lhe proporcionar o melhor.

— Você é outra vagabunda, deve estar se prostituindo. Se não for desse jeito, de que forma você estaria conseguindo cursar a faculdade? — perguntou Márcia.

— Estudando, é assim que se cursa!

— Já que está conseguindo estudar, deveria estar pagando as contas de casa.

— Olha, mãe, não começa. Você sabe muito bem que não tenho um real no bolso. Que muito do meu material é comprado pelo Fábio, que ganho de alunos veteranos polígrafos e outras coisas. Me deixe quieta, é só o que peço!

Márcia, não contente com a filha ter lhe dado as costas, seguiu aos gritos na sala:

— Vou descobrir o que você anda fazendo, vou contar pro seu pai. Assim talvez ele volte a lhe dar umas belas palmadas, e você tome vergonha na cara e vá trabalhar, sua vagabunda.

Mariana ignorou, entrou no quarto, pegou o celular e mandou uma mensagem para Fábio:

— Saudade! Você vem me ver hoje?

Fábio respondeu quase duas horas depois:

— Hoje, não! Vou sair com os guris.

Mariana foi dormir com fome, evitando desta forma um novo possível enfrentamento com a mãe. Sentia um amargo na boca pela indiferença do namorado, sem falar na dor no coração pelas palavras proferidas por Márcia, e sabia que aquela resposta de Fábio não estava sendo em vão.

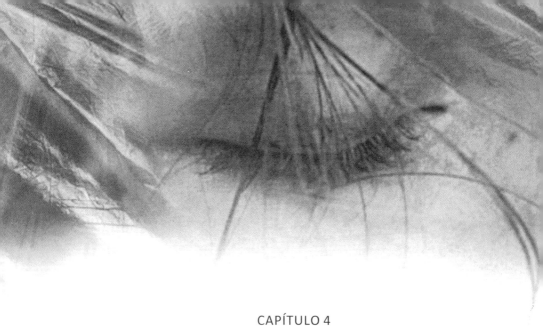

CAPÍTULO 4
Partidas e chegadas

O segundo semestre mal havia iniciado e Mariana já demonstrava sinais de esgotamento emocional. Suas férias de inverno foram chatíssimas, teve poucas oportunidades de estar com Fábio, que viajou para o Chile com alguns amigos para surfar. Em casa, sua mãe estava cada dia mais dando sinais de insanidade. Seu pai fora demitido do emprego que havia encontrado, a demissão foi por causa de Márcia, que havia jogado fora todo o portfólio de produtos dele, inclusive as amostras grátis, que Mariana juntou do lixo, pois sabia que nunca se deveria desperdiçar comida. Logo, a estudante fez um estoque razoável de bolachas recheadas, salgadinhos e outras guloseimas. A garota programou de se matricular para uma bolsa-auxílio da universidade, mas não sabia se preenchia os pré-requisitos, inclusive em virtude do curso que estava fazendo.

Assim como no primeiro semestre, Mariana aproveitou para estar com Helena, que tinha algumas novidades para contar da faculdade. Entretanto, toda vez que Mariana citava o assunto relacionamentos, Helena sempre se recordava de Joaquim, seu amor de verão, e contava os minutos para reencontrá-lo nas próximas férias. Mariana também foi tomar um café com uma colega de faculdade, uma das poucas amigas que fizera ao longo do semestre, que inclusive a ajudava muito na questão material de estudo. A garota também cursava Medicina, mas estava alguns semestres adiantada e por essa razão auxiliou inúmeras vezes a jovem nas provas, trabalhos e demais atividades ao longo do semestre.

À medida que a segunda metade do ano transcorreu, a distância entre Fábio e Mariana já era evidente demais para não ser percebida. A doce menina já entendia que seu romance estava perto do fim e, embora quisesse postergá-lo ao máximo, compreendia as razões do namorado. Ficaram quase duas semanas sem se ver. Nesse meio-tempo, Fábio mandou algumas mensagens, mas a conversa havia se tornado tão passageira que eles mal conseguiam dar continuidade nos pensamentos um do outro. Quando se encontravam, Mariana sempre mostrava o quanto sentia a falta de Fábio, o quanto era bom estar com ele, e, por mais que o namorado se esforçasse, ele já não mais conseguia sentir o mesmo sentimento. A fim de ainda tentarem manter a relação, optaram por deixá-la mais aberta, mas ambos sabiam que era apenas uma medida paliativa.

Assim que o semestre terminou, ambos aprovados, Fábio se encaminhava para a formatura e Mariana confirmou o excelente desempenho em todas as disciplinas, tendo as melhores notas da turma. Respirava aliviada; entretanto, sabia que era chegada a hora de chamar Fábio para uma conversa definitiva. Isso aconteceu poucas semanas antes do Natal. O ponto de encontro foi em uma praça próxima à casa de Mariana. Fábio chegou com alguns minutos de atraso, Mariana já olhava apreensiva para o relógio. A pior conversa para ela seria ser deixada esperando na praça. O garoto desceu do carro, com calma, pegou a carteira, o celular e caminhou em direção à namorada, que já tomava seu mate.

– Oi, gata! – disse Fábio, sorrindo.
– Oi, gatinho!

Trocaram beijinhos, mas a conversa não iniciou, até que Mariana finalmente tomou coragem.

– Então, Fábio, precisamos conversar. Em que ponto está nossa relação? – perguntou Mariana, já sabendo a resposta e alcançando o chimarrão ao garoto, que permaneceu em silêncio por quase um minuto, respirou fundo e respondeu:

– Não sei! Mas preciso te contar uma coisa: vou embora do país!

– Embora do país? Como assim? Quando pretendia me contar? – indagou Mariana, em um misto de fúria e tristeza.

– Sim, me formo em menos de 30 dias, recebi uma proposta para ir morar em Santiago, no Chile – disse Fábio, que foi interrompido por Mariana.

– Então foi isso que você foi fazer no Chile? Você mentiu para mim? – perguntou Mariana, agora em um misto de fúria, tristeza e mágoa.

– Eu não menti, eu omiti. Fui surfar, mas já tinha essa proposta de emprego. Não queria ver você assim, triste, eu gosto de você, de verdade, mas...

A fúria que havia brotado nos olhos de Mariana foi substituída por um olhar meigo e carinhoso. Com uma possível lágrima no canto do olho, a menina já não mais conseguia esconder a consternação. Sentia-se sem chão, estava sendo abandonada pelo homem que amava, ou que um dia amou. Mais uma vez, Mariana se sentia derrotada, estava perdendo Fábio.

– Mas você não pode esperar chegar o meu tempo. Eu entendo – disse Mariana, segurando as lágrimas.

– É e não é isso! É difícil explicar. A Medicina vai te levar, mais cedo ou mais tarde, para longe de mim! Serão longos seis anos de faculdade, depois a residência, especialização. Preciso pegar essa oportunidade, ela pode nunca mais voltar – expôs Fábio profundamente triste.

Foi a vez de Mariana permanecer em silêncio, digerindo as palavras do namorado. Sabia que Fábio estava com a razão. Sua peregrinação exigiria muito mais que alguns anos, é a caminhada de uma vida inteira; ser médico é estar em constante aprendizado.

– Por mim a gente não terminava, mas não posso pedir pra você ficar comigo, sabendo tudo que vai viver na faculdade. A universidade é um mundo incrível, você vai encontrar amores, paixões, desilusões. Ela é muito maior que toda a nossa relação. Tudo lá se torna muito intenso.

– Por que está me dizendo isso?

– Porque muitas vezes eu vi isso com meus olhos. Algumas vezes consegui conter essa onda incrível, em outras me deixei levar, assim como você já se deixou levar. Sabemos que não somos santos. Foi nossa relação incrível de amizade, cumplicidade, parceria que manteve nosso namoro nesses quase três anos. Agora, eu preciso voar e você também.

Mariana se sentia despedaçada. Ouvia a verdade dos lábios de Fábio, mas escutar que ele se deixou levar doeu, embora a menina também tivesse se deixado levar. Alguns anos faziam toda a diferença, principalmente quando o período de desafios que se tem pela frente é muito maior que o normal. Tomaram aquele mate amargo, já como bons amigos, lembrando as peripécias que fizeram juntos. No final da térmica de água, Fábio colocou o ponto final na história.

– Mari, eu agora sigo sem você. Por favor, nunca esqueça que você tem um amigo, de verdade. Alguém que torce por você, que vai acompanhar teus passos a distância, que vai vibrar a cada conquista. Vivemos algo verdadeiro, algo real. Se não foi amor, foi muito perto. Você é incrível, jamais permita que digam o contrário – disse Fábio, abraçando durante um longo período Mariana, que estava com a cabeça amparada em seu ombro e os olhos cheios de lágrimas.

– Voa, meu passarinho! Fábio, você foi e sempre será alguém muito especial para mim. Foi meu primeiro namorado, minha primeira relação sexual, sempre cuidou de mim, ajudou. A parte mais difícil agora será aprender a viver sem você! E, sim, foi amor, e ainda é, e sempre será, ele apenas mudou.

Fábio segurou o rosto de Mariana entre suas mãos, com um olhar carinhoso e um sorriso no rosto, e disse:

– Mari, o tempo é senhor de todas as coisas! Foi justamente por essa razão que essa oportunidade só aconteceu agora! Você está pronta. Olha a linda mulher em que você se transformou! Você é uma das pessoas mais inteligentes que conheço, você é inexplicável. Obrigado por me permitir ser o teu homem neste tempo que passamos juntos.

Mariana queria se ajoelhar e pedir para o namorado voltar atrás na decisão dele, mas, lá no fundo de sua alma, ela sabia que a decisão tomada por Fábio era a mais correta. Juntou cada pedacinho seu que havia se partido e perguntou:

– Quando você parte?

– Vinte e quatro de janeiro.

– Mas já?

– Sim, é a data-limite. A formatura é dia 21. Pedi o máximo de tempo possível. Não queria deixar você mal e não podia, depois de tanto esforço, abrir mão da solenidade de formatura!

– Eu vou sentir muito a sua falta, mas já previa tudo isso. Caminhos se cruzam, caminhos se perdem. Somos portos, chegadas e partidas. Estações que se lotam de amor, e esvaziam a cada trem que parte. Seja muito feliz, por mais que me doa! – disse Mariana, dando um beijo na bochecha de Fábio e levantando do banco em que estavam sentados. Em seguida, saiu em direção à sua casa.

– Mari, espera! Eu levo você! – propôs Fábio.

– Melhor não. A partir de hoje fico só, pela primeira vez nestes três anos, e vai ficar tudo bem! – falou Mariana, caminhando a passos curtos, cabisbaixa.

Depois de alguns passos, para, vira o corpo em direção ao ex-namorado, olha nos olhos de Fábio, que chora, e lhe pede:

– Guarde-me sempre em um bom lugar no seu coração! Você sempre terá o seu lugar no meu! Eu posso ficar com sua camisa do Guns?

– Pode ficar com tudo! Se quiser, deixarei meus CDs com você! Não poderei levar na mala, exceto os que você me deu de presente, esses vão comigo! Inclusive, posso ficar com o do Marillion? Sei que é um dos seus preferidos, que é seu, mas é uma forma de você ficar perto de mim!

Mariana correu de volta, abraçou o ex-namorado e o beijou como há alguns meses não faziam.

– Adeus! – disse Mariana e partiu.

No caminho de volta, os sentimentos de Mariana se confundiam entre tristezas, decepções, certezas. Aquele sentimento verdadeiro que tinha por Fábio iria se repetir? Estava perdida em seus pensamentos, em seus devaneios. Sentia uma onda de calor que lhe enjoava o estômago, trazendo náuseas; teve que parar em meio ao caminho para vomitar. Uma mistura de vômito e choro, um sentimento de ter perdido muito mais que um namorado, mas a certeza de estar sozinha, de não ter com quem contar.

Chegou em casa e ligou para Helena, que prontamente pediu para que ela fosse à sua casa. Avisou seu pai que dormiria na casa da amiga, pegou uma mochila com algumas peças de roupa e foi para a casa de Helena, que já recebia a visita de Veridiana, uma nova amiga da faculdade.

Veridiana era uma mulher um pouco mais velha que as amigas Helena e Mariana. Já com seus 30 e poucos anos, a bela mulher que estava no sofá da sala chamava a atenção pela beleza, educação e postura. De cabelos compridos, levemente cacheados, olhos verde-claros, quase 1,80m de altura, magra, o tipo de pessoa que chamava a atenção por onde passava.

Ela e Helena deslocavam-se juntas para a faculdade, utilizando-se do sistema de ônibus fretado de que a instituição dispõe. Entretanto, assim que Helena ganhou seu carro, as meninas passaram a ir juntas para a Unisinos, rachavam a gasolina e iam contando seus percalços, suas conquistas e seus segredinhos. Foi uma amizade que cresceu rapidamente, em apenas dois semestres as garotas já eram profundamente unidas e confidentes.

Mariana não sentiu ciúmes; pelo contrário, sentiu uma afinidade incrível com Veridiana, o tipo de pessoa em que se pode confiar. A presença daquela mulher mais velha transmitia a sensação de uma família, uma espécie de irmã mais velha, alguém para se confidenciar segredos. Conversas aleatórias, até que Helena percebeu que algo de errado havia com a amiga.

– O que aconteceu, Mariana? Você está pálida, com os olhos inchados. Parece que vai explodir! – disse Helena.

– Fábio terminou comigo! – respondeu Mariana, caindo em choro.

Helena rapidamente correu e abraçou a amiga. Mariana tentava em vão esconder o rosto.

– Acho que preciso ir, meninas. Isso é assunto de vocês.

– Por favor, não vá! Tenha palavras experientes para me consolar – pediu Mariana, desabando de vez nos braços de Helena.

A jovem amiga não sabia o que fazer, afinal nunca havia passado por isso. Coube a Veridiana assumir o papel principal. Levantou-se, abraçou Mariana e conduziu as duas amigas até o estofado, onde se sentaram para conversar.

– Criança, vamos começar do início. Por que ele terminou? – perguntou Veridiana.

– Ele disse que vai embora para o Chile – respondeu Mariana, chorando.

– Sim, e como você queria que essa relação se mantivesse?

– Não sei.

– Você o ama? – indagou Veridiana.

Um longo e perturbador silêncio se fez na sala em que as meninas conversavam. Veridiana esperava uma resposta mais imediata por parte de Mariana, que não conseguiu responder claramente.

– Talvez.

– "Talvez" não é um sentimento. Se você não tem certeza, não é amor. Por certo tens uma paixão por ele, são cumplices, amigos! Mas, se você não o ama, por que manter a relação?

– Mas como posso saber se não o amo? – perguntou Mariana de volta.

– Se você amasse, você saberia. Pensou em largar tudo e ficar com ele? Ele lhe pediu isso?

– Não, ele não pediu, e eu não largaria.

– As relações são assim, minha criança, elas iniciam e acabam quando menos esperamos. Somos deixados à deriva, sem porto, sem luz no farol. Mas a verdade é que o término noventa por cento das vezes é benéfico, principalmente quando ele acontece de forma pacífica, amigável. Foi um ciclo que se fechou. É dolorido, machuca, mas superamos. A Helena ainda não sabe o que vou contar agora, mas fui abandonada no altar pelo meu noivo há seis anos, ele me trocou pela minha prima. No início, achei que jamais superaria, que jamais seria capaz de perdoar, como se estivesse em minhas mãos perdoar alguém. Com o passar do tempo, comecei a olhar meu ex com os olhos de uma adulta, não de uma adolescente apaixonada. Vi seus defeitos, seu lado obscuro, sua maldade escondida em um belo sorriso. Entendi o porquê daquela atitude, amadureci na dor, paguei com o corpo o alto preço daquela relação. Hoje entendo que teria sido o maior erro de minha vida casar com ele.

— E vocês nunca mais ficaram juntos? – perguntou Helena, superinteressada no segredo da amiga.

— Nos encontramos, claro. Ele precisava devolver minhas coisas.

— Mas nem um *"remember"*? – questionou Helena.

Veridiana respirou fundo, não queria mexer naquelas lembranças tão doloridas, e respondeu o que foi possível naquele momento:

— Não. Tive muita vontade. O namoro dele não durou seis meses com minha prima. Queria esfregar na cara dele o tamanho do erro que ele havia cometido, mas então percebi que não havia sido um erro. Minha vida tinha dado uma guinada sem precedentes, eu havia comprado meu apartamento, terminado a primeira faculdade. Ele foi apenas uma parte do caminho. Uma linda parte enquanto durou, que fez e faz parte, mas que não mais me interessa. Paguei muito caro por aquela relação.

As palavras francas e verdadeiras de Veridiana fizeram as duas jovens garotas pensar no que elas queriam para suas vidas. Por alguns segundos, as três amigas pensaram no futuro. Entretanto, Helena se lembrava apenas do passado, com um sentimento de culpa e vergonha que não revelava, e Veridiana tentava de todas as formas calar o passado dentro de si. Mariana pensava somente nos desafios do futuro. Na cabeça de Helena e Mariana, não havia lugar para o amor, nenhuma delas se fazia realmente disponível para amar e ser amada. Somente Veridiana, com sua maturidade, era capaz de ver aquilo, mas também não estava disposta a estar disponível para o amor. Temia que as amigas iniciassem relacionamentos difíceis, assim como ela teve um dia.

As semanas que sucederam o término do namoro de Mariana foram tumultuadas em demasia. Mais de uma vez seus pais haviam brigado, os vizinhos já nem chamavam mais a polícia. Seu pai estava constantemente alcoolizado e sua mãe agora desconfiava até da sombra, sobre uma suposta traição, fora que havia aumentado em demasia a quantidade de tabaco e álcool que estava ingerindo. Mariana não tinha com quem conversar, Marcelo vivia jogando futebol (tinha conseguido uma equipe amadora que lhe pagava por jogo), nunca tinha tempo para os conflitos da irmã, que sempre que aparecia pelos cômodos da casa via o clima tenso da residência. A sala tinha um mau cheiro característico de cigarro barato, o sofá vivia cheirando a cerveja, urina e vômito. Descobriu que sua mãe, em um de seus rompantes de loucura ou alcoolismo, havia doado quase metade de suas roupas. Mariana mal tinha o que vestir, exceto as roupas que estavam sempre na mala, pois ficavam na casa de Fábio, que fizera questão de trazer suas coisas e ver como ela estava.

Nas férias de verão, como sempre fazia, marcou de encontrar Helena, que dessa vez iria acompanhada de Veridiana. Helena estava bastante triste. Ficou 15 dias na praia e não encontrou Joaquim. Esteve em todos os bares onde se encontraram no verão passado, encontrou alguns amigos do garoto, mas nada de Joaquim. Veridiana estava empolgada, montando uma produtora de eventos com alguns amigos. Estava realizando seu sonho antes mesmo de se formar na faculdade de Publicidade.

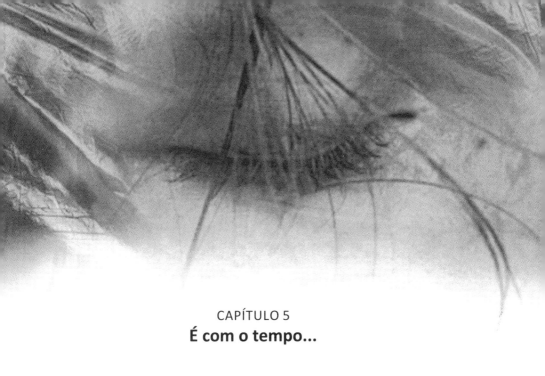

CAPÍTULO 5
É com o tempo...

O tão esperado carnaval havia chegado. Aquele feriado prolongado era aguardado por todos; afinal, além da oportunidade de descanso, era a opção de festa boa, relativamente barata e com boas companhias. O trio de amigas embarcou no carro de Helena, em direção ao litoral norte. Nas malas, as três meninas carregavam desejos diferentes. Mariana, a vontade de esquecer as férias solitárias e perturbadas até aquele momento; Veridiana, o desejo de tomar um bom banho de mar; e Helena, o desejo de conhecer gente nova. Mariana aproveitou e levou sua prancha, Veridiana levou três livros, sua leitura dinâmica assustava as garotas, e Helena era a relações-públicas do trio, quem tramava as baladas, trocava os contatos e descobria onde seriam as noites mais divertidas do carnaval.

Quem diria que a aventura já iniciaria no caminho de ida: levaram seis longas horas para percorrer pouco mais de 120 km. O trânsito na rodovia BR-290, sentido litoral, nessa época transformara-se em um verdadeiro caos, principalmente depois da instalação de praças de pedágio, mas chegaram dispostas e cheias de vontade para encontrar uma bagunça, porém não menos exaustas já na sexta-feira, primeira noite de carnaval.

Descarregaram o carro por volta da uma e meia da madrugada na casa de Helena e foram em direção à avenida principal, onde centenas de pessoas se encontravam na rua, e foi lá que a primeira noite de festa transformou-se na primeira noite de tristeza. Em meio àquela multidão, Mariana viu Fábio aos beijos com uma garota. Era nítido que ele estava bastante alcoolizado, pois, quando viu Mariana, quase atirou a garota no meio da rua. A ex-namorada respirou fundo, engoliu em seco e caminhou em direção ao vendedor de bebidas, comprando três cervejas. Veridiana encarou o rapaz, que a partir daquele momento não mais tirou os olhos de Mariana e não retornou a beijar a garota, que minutos depois não estava mais ao lado dele. Helena parecia um radar a procurar Joaquim, mesmo não sabendo se ele estava na praia ou não. Algumas cervejas mais tarde, o trio de amigas retornou para casa, afinal a primeira noite de carnaval não havia sido o sucesso que elas desejavam.

Quando chegou ao quarto, Mariana, que dividiria o recinto com Veridiana, viu em seu celular uma mensagem de Fábio: "Desculpa. Você não deveria ter visto! Foi coisa de carnaval". Foi tirando a roupa e encaminhou-se ao banho. A ducha gelada na noite de calor intenso aliviou as tristezas no coração daquela menina. Quando saiu do banho, enrolada na toalha, Veridiana a esperava com mais uma cerveja. Alcançou à amiga e perguntou:

— Está tudo bem? Aquele rapaz aos beijos era o Fábio, né?

Mariana deu um grande gole na cerveja e respondeu:

— Sim. Como você sabe?

— Porque ele não tirou os olhos de você a noite toda, mas, como você não deu abertura, ele não se aproximou.

— Ele é livre para fazer o que quiser, não temos mais nada! Não me deve explicação — declarou Mariana, sendo forte, embora estivesse chateada com toda a situação.

Veridiana, que estava na janela do quarto tomando sua cerveja, disse:

— Sim, mas ele se importa com você. Se não se importasse, tinha ficado com mais meninas na sua frente. E você, se importa com ele?

Mariana continuava enrolada na toalha, bebendo, mas já estava sentada na cama, com as pernas cruzadas, e agora mais pensativa a respeito das palavras de Veridiana. Alguns longos segundos de silêncio se fizeram até que Mariana conseguisse formular uma resposta para dar à amiga.

— Eu fiquei triste, um sentimento de posse. Como se tivesse sido roubada, não sei, algo parecido com isso. Foi uma longa jornada ao lado do Fábio, jamais o imaginei com outra, tão rápido.

— Mas é carnaval, minha flor! Ele estava só curtindo, e ficou mal quando te viu – explanou Veridiana.

— Sim, mas ele mal foi para o Chile e já voltou para o carnaval, e não me avisou que estava aqui!

— Você está com esse emaranhado de sentimentos porque ele voltou e não te avisou ou por algum outro motivo? – perguntou Veridiana, que agora fechava a janela e deitava-se em sua cama, somente de lingerie.

Aquela pergunta perturbou os pensamentos de Mariana, que honestamente não sabia responder à amiga. Esbravejando, Mariana respondeu:

— Se ele ia ficar indo e voltando, não precisava ter terminado!

Veridiana sorriu para a amiga e disse:

— Finalmente consegui ver você dando algum sinal de ter 20 anos. Você tem a maturidade de uma mulher de 80 anos. Sim, talvez você tenha razão, mas e se realmente ele quisesse terminar? Será que o trabalho não foi a desculpa útil?

Mariana levantou da cama, caminhou até a cozinha e pegou mais duas cervejas. No caminho, foi digerindo cada frase de Veridiana. Espiou o quarto de Helena, viu que a luz já estava apagada, a amiga deveria estar dormindo. Entrou no quarto, fechou a porta e alcançou mais uma bebida para a amiga. Não havia formulado uma resposta, mas estava segura de que poderia confiar a Veridiana um segredo. Iniciou a fala, tentando responder à questão levantada pela amiga anteriormente.

— Sabe, Veridiana, quando eu vi o Fábio me bateu uma tristeza, porque ele não era um amor do passado, ele é alguém real, mas que já deixei de amar há muito tempo. O Fábio nunca exigiu fidelidade, apenas lealdade, e talvez eu tenha falhado com ele nesse aspecto, afinal de contas não lhe contei tudo que aconteceu comigo nos últimos tempos.

Veridiana levantou, mudou de cama e sentou-se frente a frente com Mariana.

– Nas férias de inverno, saí com uma colega de faculdade e alguns cafés depois, nem sei bem ao certo como aconteceu, acabamos indo parar no motel.

Veridiana olhou com cara de espanto, mas não recriminou a amiga, que seguiu seu relato.

– E, depois desse dia, comecei a questionar minhas preferências – disse Mariana meio encabulada, esperando um possível julgamento de Veridiana.

– Isso pode acontecer! Mas você gostou?

Mariana sabia bem a resposta.

– Sim!

– E qual o problema?

– Tem toda essa sociedade, esse povo, a minha família, a faculdade, os amigos, o...

– Calma, criança! Uma coisa de cada vez. Pense em como é pra você encarar essa situação. Primeiro você; depois os outros. Como você vai sair para encarar o mundo se não consegue se encarar diante do espelho?

A pergunta de Veridiana fazia todo o sentido. Mariana jamais havia se imaginado homossexual, até poucas semanas atrás ela namorava Fábio. Conseguiria ela enfrentar as dificuldades desse processo, ou havia apenas sido uma experiência que tinha passado em sua vida? Sem conseguir formular a resposta, o silêncio se fez por alguns segundos novamente.

– Você se sente atraída por outras mulheres?

A cabeça de Mariana agora girava, como se estivesse em um brinquedo de parque de diversão. Levantou rapidamente, largou a cerveja na mesa de cabeceira e foi ao banheiro encarar quem ela via diante do espelho. Embora já bastante alcoolizada, pois a jovem não tinha por hábito ingerir bebidas, ela sabia o que seu corpo havia lhe dito, sabia exatamente o quão bom tinha sido aquela experiência. Voltou para o quarto, rosto lavado, serena, como quase sempre era, e respondeu:

– Não sei! Não me senti atraída pela colega, simplesmente aconteceu. E foi uma vez. A colega me convidou outras vezes, mas não rolou. O problema é que foi bom demais e eu não sei como agir com isso, não sei se quero esse rótulo, e não sei se me sentirei atraída por outras mulheres.

Veridiana terminou sua cerveja e fez sinal com a mão de que não queria mais nenhuma. Mariana fez o mesmo sinal. Veridiana terminou a conversa daquela noite com uma proposta:

– Que tal um dia inteiro de praia amanhã? Assim, você poderá observar as meninas caminhando, praticando esportes, e vai conseguir saber se sente atração ou não! O que acha?

Veridiana se levantou da cama de Mariana e se preparou para retornar para o seu leito.

– Acho uma boa proposta, até porque está quase amanhecendo – respondeu Mariana, se desenrolando da toalha, se cobrindo e deitando para dormir.

Antes de adormecer, fez um pedido a Veridiana:

– Podemos deixar essa conversa entre nós? Pelo menos até que eu descubra ou decida, e consiga contar para a Helena.

– Claro que podemos! – respondeu Veridiana, dando um beijo na testa da amiga e desligando sua luz de cabeceira.

Por volta das nove da manhã, Helena abriu sutilmente a porta do quarto das meninas e viu que as amigas ainda estavam dormindo. Pegou o carro e foi ao mercado fazer compras. Algumas caixas de cervejas, algumas garrafas de espumante, gelo; pão e coisas rápidas seriam as refeições das amigas, mas as bebidas estavam garantidas.

Quando retornou, fez questão de chegar com o som do carro alto, o intuito era acordar as dorminhocas. Colocou as compras na cozinha, arrumou o cooler com os espumantes, as taças, fez café da manhã e torradas. Como uma boa anfitriã, foi acordar as amigas, que mal abriam os olhos, visto que haviam dormido bem menos que a companheira. Helena deixara tudo organizado no carrinho de praia que deveriam empurrar por apenas uma quadra e bastava apenas colocar o biquíni e encarar o dia escaldante na orla.

Eram quase onze da manhã quando as amigas chegaram caminhando à praia, que estava completamente lotada, visto que um dia de calor e muito sol era previsto. Mariana, munida de toda a calma do planeta, arrumou em um espaço minúsculo três guarda-sóis para as amigas. Veridiana ficara responsável por passar protetor solar nas costas das amigas e Helena já iniciava sua caça atrás dos gatinhos da praia. Mariana e Veridiana sentaram-se lado a lado. Mariana, com seus óculos escuros, e Veridiana, com seu chapelão, estavam tentando manter a discrição em relação à conversa na noite anterior. As três amigas se divertiram demais aquele dia, comeram, beberam e iniciaram seu retorno para casa somente quando terminaram a terceira garrafa de espumante.

No caminho de uma quadra até a casa de Helena, vindo em sua direção, no mesmo lado da rua, uma mulher chamou a atenção de Mariana, que automaticamente diminuiu a velocidade da caminhada para vê-la passar. De cabelos compridos, perfeitamente lisos, castanho-claros com luzes loiras, praticamente na mesma altura de Mariana, uma pele clara e delicada, um sorriso largo e branquíssimo, uma pequena pinta na narina direita, com uma saída de praia branca transparente, a mulher, que aparentava uns 35-40 anos, deu um sorriso com o canto dos lábios, uma piscadela e acionou o alarme do carro, estacionado pouco à frente da casa de Helena. Mariana observou-a até entrar no carro, depois acessou o pátio da casa de Helena, que já lavava os pés no chuveiro da rua. Veridiana apenas ria sozinha.

— Está tudo bem? — perguntou Helena para Veridiana, que naquele momento não conseguia esconder a vontade de gargalhar da amiga.

— Está, sim. Comigo está! E com você, Mariana? — indagou Veridiana, sorrindo maliciosamente.

— Absolutamente tudo em ordem! — respondeu Mariana, rindo.

O trio de amigas famintas atacou quase tudo que estava em cima da mesa e só depois cada uma foi para o banho. Veridiana apenas ria, olhava com o canto dos olhos para Mariana, sentia vontade de dizer: "Que gata, amiga!", mas tinha prometido guardar aquele segredo.

Foram para a rua à noite, assim como todo mundo na praia. Mariana estava com o radar ligado, gostaria de ver aquela mulher novamente; Helena já havia trocado telefone com seis garotos na praia, mas seguia à procura de Joaquim; Veridiana estava à paisana, esperando o que de bom pudesse vir, sem criar expectativas. A noite rendeu para Helena, que desapareceu por algumas horas, mas retornou para casa, sã e salva. Mariana e Veridiana curtiram a noite, zoaram com as cantadas, dançaram, se divertiram, mas retornaram para casa juntas e solteiras.

Na manhã do dia seguinte, logo que clareou o dia, Mariana pegou sua prancha e foi surfar. Ficou no mar quase até às onze e retornou pela beira da praia até chegar ao ponto de referência da casa de Helena. A garota se guiava sempre pela casa dos guarda-vidas. Tirou o sal do corpo em uma ducha rápida, na beira da praia mesmo, e foi caminhando descalça. Assim que chegou ao calçadão, ela viu atravessando a rua a linda mulher do dia anterior. Sem tirar os olhos dela, Mariana não reparou que a mulher estava acompanhada de outra mulher que, ao cruzar a rua e ver o olhar de Mariana, parou em sua frente, respiração ofegante e bufando.

– Está olhando o quê? – perguntou quase aos gritos a mulher, de uns 50 anos no máximo.

Mariana, meio assustada, desviou o olhar e encarou a mulher à sua frente. A linda mulher da saída de praia estava de cabeça baixa, envergonhada.

– Estava olhando como é linda a saída de praia da sua amiga! – respondeu Mariana em tom sereno.

– Ela não é minha amiga! Ela é minha mulher! – gritou a senhora.

Mariana desviou o caminho, saindo da frente da madame transtornada, e respondeu:

– Ok! Mas a saída de praia é linda de qualquer forma. Tenham um bom dia, senhoras.

Mariana saiu no mesmo passo, queimando a sola dos pés em direção à casa de Helena, que já havia saído com Veridiana. Largou a prancha na garagem, bateu a porta e voltou para a praia. A missão agora era encontrar as duas guerreiras no mar de gente que estava a areia, mas não seria tão impossível assim, afinal de contas os guarda-sóis de Helena eram tão chamativos que bastava olhar com atenção para conseguir visualizá-los a uma certa distância.

Para a surpresa de Mariana, Veridiana e Helena estavam sentadas quase ao lado da mulher da saída de praia e de sua companheira, que voltou a encarar a garota, coagindo-a. Veridiana, que estava sentada ao lado direito de Helena, não havia reconhecido a mulher, então Mariana se agachou e, cochichando no ouvido direito de Veridiana, disse:

– Sim, estou atraída por mulheres. À sua direita, aquela ali, da calçada de ontem. Viu?

Veridiana, que de boba não tinha nada, observou que a garota e sua acompanhante fuzilavam as duas com os olhos. Pegou no pescoço de Mariana e deu-lhe um beijo discreto no rosto, depois comentou baixinho só para a amiga ouvir:

– Ela é gata demais!

Helena, que estava conversando com um garoto diferente do da noite passada, não estava entendendo nada e olhou com os olhos arregalados para as amigas. Mariana gentilmente serviu a taça de espumante de Veridiana, tocando-lhe sutilmente a mão. A amiga sorriu de volta, levantou e foi passar protetor nas costas de Mariana, aproveitando para passar protetor também nas nádegas da amiga, nos ombros e no rosto, sempre com muito carinho e olhar de malícia. Veridiana então brindou com a amiga, que se sentou ao seu lado, e começaram a conversar em tom de voz baixo, para não atrapalhar a paquera de Helena, que acabou por dispensar o garoto, pois as intenções e atitudes das amigas estavam suspeitas demais. Sempre muito espontânea, Helena perguntou:

– Que merda está acontecendo aqui?

As amigas se olharam, rindo copiosamente da atitude de Helena, que, sem entender, continuou:

– O que vocês estão me escondendo?

As amigas continuavam rindo, embora Mariana tivesse arregalado os olhos com uma cara de espanto para Veridiana, que disse:

– Você acha que só você pode cuidar os gatinhos? Reparou no salva-vidas?

Helena olhou para a casinha. Aquele homem em nada poderia estar interessando Veridiana, visto que seu ex era um loiro lindo, de olhos azuis e lábios carnudos. Mariana se encheu de coragem e disse:

– É que estou cuidando as gatinhas na praia!

Helena continuou com olhar de desdém para as duas, sem nada entender. Veridiana comentou:

– Nada que falarmos para ela agora vai servir! Conheço a figura; depois que encasqueta, ninguém tira da cabeça a ideia fixa que ela criar.

– Sim, algumas dessas coisas podem ser verdade, mas vocês duas estão com um semblante estranho, tipo aquelas crianças que fizeram arte e suas caras denunciam aos pais.

Mariana mudou de lugar, sentando-se entre as duas amigas, mas, antes disso, fez o mesmo ritual de encher a taça de Helena. Veridiana sinalizou que não precisava de mais no momento.

– Você ouviu o que eu disse? – perguntou Mariana, olhando firme para Helena.

O silêncio de alguns segundos fora quebrado novamente.

– Eu disse que estou cuidando as *gatinhas*! Eu estou me sentindo atraída por mulheres! – repetiu Mariana.

– Sim, eu ouvi, e daí? – disse Helena.

E continuou:

– Mas que palhaçada é essa aqui na praia? Vocês estão juntas?

Veridiana quase se afogou com o espumante e deu uma gargalhada para que todos ouvissem, bem diferente de seus hábitos discretos. Observou que a mulher da saída de praia não tirava os olhos do trio na areia. Pegou na mão de Mariana, que olhou meio assombrada pela atitude da amiga, e respondeu:

– Não, embora Mariana seja um partidão. Estamos é fazendo ciúmes para uma das garotas que está sentada logo aqui atrás! Pena que a mulher está acompanhada pela megera da namorada, que inclusive não tira os olhos daqui!

Helena riu da situação e disse:

– Vocês formam um lindo casal!

O trio, nas areias quase escaldantes, caiu na risada. Mariana mal acreditava no que havia acabado de confessar à melhor amiga e na leveza com que ela havia tratado a situação. Veridiana aproveitou e zoou ainda mais a garota da saída de praia. Comprou queijo, sorvete, fez massagem na amiga. Deixou a menina com ciúmes e provavelmente excitada com o tratamento dado por ela à jovem.

Arrumaram todas as coisas para voltar para casa. Mariana, a mais organizada, fez questão de arrumar tudo com carinho, amarrou a canga de Veridiana em seu corpo como um vestido, deixando-lhe o cabelo solto, esvoaçante. Fez um breve carinho em suas costas, chegou bem próximo de seu pescoço, como se fosse beijá-lo, mas apenas respirou fundo. Por fim, ao arrumar tudo, olhou com o canto dos olhos para a mulher e sua companheira. Veridiana também espiou a garota.

As meninas iniciaram o deslocamento em direção à casa de Helena. A linda mulher, que estava deitada em sua espreguiçadeira, segurando seu chapéu, puxou os óculos para baixo, e a leitura feita em seus lábios dizia:

– Eu te acho!

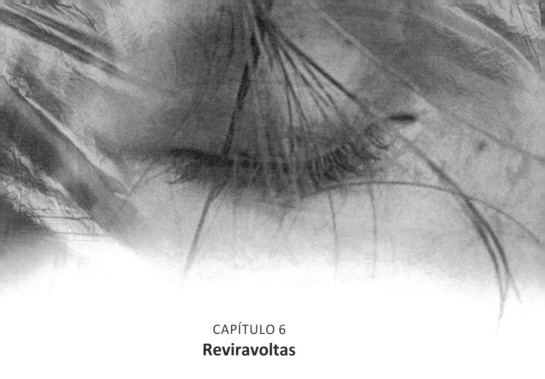

CAPÍTULO 6
Reviravoltas

    A última noite de carnaval foi uma loucura. Assim que saíram para a avenida, as meninas encontraram as encrencas que procuravam, ou não. Helena tinha resolvido encontrar Joaquim, não era possível ele não ter aparecido no carnaval. Conseguiu descobrir com uns garotos onde era a casa da avó do menino, foi até lá, mas a casa estava completamente fechada. Veridiana encontrou um ex-colega do curso de Administração, um bate-papo despretensioso, uma boa companhia, e os amigos aproveitaram para terminar o carnaval de uma forma ótima, juntos. Mariana, que tinha procurado a menina da saída de praia ao longo da noite, se deparou com Fábio no portão da casa de Helena.

    O garoto estava sentado no chão, garrafa de cerveja vazia ao lado. Quando viu Mariana se aproximar, tratou de levantar rápido, limpando a bermuda. A garota apenas observou a cena, não se lembrava de ver o antigo namorado daquela forma, como um menino, e não como o homem que esteve ao seu lado nos últimos três anos. Ela sorriu:

    – Boa noite! Foi promovido a segurança? – perguntou Mariana, brincando com o ex.

    – Eu vim verificar se estava tudo bem! – respondeu Fábio, sorrindo.

– Bem, como pode observar, tudo está no lugar certo.

– Nem tudo!

Fábio puxou Mariana rápido demais para que a menina se desvencilhasse e deu-lhe um beijo, como há muito tempo não fazia. Mariana retribuiu e se deixou levar, pegou na mão de Fábio e, em vez de entrar, foi com o ex-namorado para a casa dele, onde passaram a noite juntos. Somente depois de amanhecer, a garota se lembrou de avisar as amigas que estava bem, mas elas mal se importaram, afinal Veridiana estava com o ex-colega e Helena fora a primeira a chegar em casa e ir dormir, desolada por não encontrar Joaquim.

O caminho de volta para Porto Alegre foi no mínimo curioso. As meninas tagarelavam sem parar, até mesmo Veridiana, que sempre foi mais reservada, estava falante na viagem de volta. Helena, em seus comentários, sempre tocava no nome de Joaquim e, embora curiosa com a noite das amigas, não escondia a frustração por não o ter encontrado no carnaval. Mariana estava em paz, teoricamente. Por dentro, ela explodia em sentimentos que não conhecia. Tinha gostado muito da noite com Fábio, tinha entendido o que era sexo casual com um homem, afinal de contas suas relações limitavam-se somente ao ex-namorado como parceiro e a uma experiência com a colega de faculdade. Veridiana se perguntava como não havia cedido às tentações daquele amigo no passado, quando eram colegas na universidade.

Depois de alguns minutos, Helena limitou-se ao silêncio, como se estivesse com os pensamentos longe do alcance das amigas. Logo que entrou na via expressa, ela parou o carro abruptamente em um refúgio, desceu rápido indo para a parte de trás do veículo, sentou, encostando-se no porta-malas, e chorou copiosamente. Mariana e Veridiana, sem entender absolutamente nada, saíram atrás da amiga, com medo de que ela fizesse alguma loucura e se jogasse na frente de um dos carros, que passavam em alta velocidade por elas. Veridiana, que estava ao lado da motorista, foi a primeira a descer e chegou primeiro. Vendo a cena triste que acontecia, pegou a amiga pelos braços e envolveu-a em um abraço carinhoso. Mariana chegou segundos depois assustada e perguntou:

– O que aconteceu, Helena?

Helena apenas chorava nos braços de Veridiana.

— Eu preciso contar uma coisa para vocês. Não aguento mais. Se eu não falar, acho que vou explodir ou me matar! – desabafou Helena.

— Sim, estou preparada para te ouvir! – disse Veridiana, olhando Helena nos olhos.

— Mari, sabe quando fiquei doente no início das aulas e disse a você que era depressão? – perguntou Helena.

— Sim, me lembro. Liguei para sua casa, mas você não falou comigo direito – comentou Mariana, recordando os fatos.

— Então, eu não estava doente. Eu estava grávida!

As meninas se entreolharam, sem entender muito bem as palavras de Helena.

— Como assim, estava grávida? – indagou Mariana.

— Sim, grávida do Joaquim! Meu pai me obrigou a fazer um aborto, disse que não teria uma filha em casa grávida de sei lá quem!

— Meu Deus, amiga, por que não me contou isso antes? – questionou Mariana.

Mariana deu um forte abraço na amiga, que despedaçada continuava seu relato, palavra por palavra, escondida no pranto que rolava.

— Depois do aborto tive complicações, passei mal, quase morri. Voltei para casa e tentei tirar a própria vida, nada mais fazia sentido para mim!

Veridiana já tinha buscado uma garrafa de água no carro. Estava atônita com a declaração da amiga, jamais imaginaria que o peso que ela sempre relatou fosse o peso de um aborto.

— Agora faz todo o sentido a depressão – observou Mariana.

— Sim, antes do aborto, tentei fugir de casa, fui procurar o Joaquim, mas ele não estava mais na casa da avó, tinha voltado para o interior.

— Você acredita que o Joaquim poderia ter ajudado. É isso? – perguntou Mariana.

— Não sei. Eu pouco sei sobre o Joaquim, só sei que ele tinha o direito de saber que eu fiquei grávida e que, sozinha, não tive como impedir o que meu pai fez comigo.

— E sua mãe nessa história toda? – questionou Veridiana.

— Ela não concordou com meu pai, mas achava que eu não tinha condições de ter esse filho sozinha. Mamãe contou que teve quatro abortos antes de me ter. Ela foi meu porto seguro, não desgrudou de mim, segurou a barra mesmo. Sem ela, eu não teria conseguido.

– E seu pai? – perguntou Mariana.

– Papai, em pouco tempo, perdeu os sentidos. Os médicos não encontraram nada de doença nele, não sei bem ao certo o que mudou dentro dele. No meio do semestre passado, ele comprou o carro, me deu, reformou a casa do sítio, mudou-se para lá e abandonou o escritório. Deixou tudo nas minhas mãos e do Ernesto e foi para uma espécie de exílio. Estou há mais de quatro semanas sem falar com meu pai. Ele simplesmente não entra mais em contato conosco, abandonou a mamãe, a casa, tudo.

– Que história, amiga, nem sei o que dizer. Mas eu não julgo, nem você, nem eles. Tudo foi como foi. Nada pode ser mudado. Cabe a nós amigas ouvir, jamais julgar! Cabe a você dar um bom lugar em seu coração para tudo isso, sei que é difícil, quase impossível, mas no teu tempo, passo a passo, você conseguirá. O que você precisar, eu estarei aqui, sempre – disse Veridiana, abraçando a amiga.

– Eu também! Juntas, pela vida toda! – completou Mariana.

Veridiana levou Helena para o carro, colocou-a no banco do carona e assumiu a direção do veículo. A partir daquele trecho, a conversa ficou mais serena, sem tantas perguntas nem brincadeiras. O clima havia pesado demais na confissão de Helena.

Chegando a Porto Alegre, Mariana foi a primeira a ser entregue em sua casa. Largou a mala, a prancha e foi até a cozinha, onde encontrou o irmão caído no chão, envolto em uma poça de sangue. O menino respirava com dificuldade, a lesão no rosto era bastante severa, o piso estava quebrado. Pegou o telefone e ligou para o SAMU, que chegou rapidamente ao local do acidente.

Ao levar o irmão para o pronto-socorro, descobriu que ele havia tido uma overdose e só estava vivo pelo socorro prestado rapidamente. Ligou para o serviço de sua mãe, que deveria estar trabalhando, mas não estava. Deixou recado pedindo que ligasse para ela, o que não aconteceu. Não sabia do paradeiro de seu pai, que era mais difícil de se localizar, visto que ele não estava empregado nem tinha telefone celular.

Depois do primeiro atendimento, o médico do plantão informou a Mariana que o quadro era muito grave e que ela deveria voltar para casa, pois Marcelo ficaria no hospital sabe-se lá por quantos dias, uma vez que seu estado era delicado e necessitariam fazer diversos exames para chegar a um possível diagnóstico. Em suma, um quadro pouco encorajador: coma e uma concussão cerebral.

Mariana optou por aguardar algumas horas na frente do pronto-socorro, estava literalmente sem saber o que fazer. Nenhuma ligação para o seu celular e nenhum sinal dos pais em casa, visto que Mariana tentava ligar para casa a cada cinco minutos. Depois de um longo tempo transcorrido, desistiu, pegou um ônibus com o pouco dinheiro que lhe restava e foi para casa.

Chegou em casa cansada e sem saber por onde começar a ajeitar as coisas. Lavou a cozinha. O sangue do irmão no chão a deixava chocada, por diversas vezes sentou e chorou. Foi limpando cômodo por cômodo, retirou as cortinas, que sempre eram fedorentas por causa dos cigarros da mãe, colocou na máquina de lavar, limpou os estofados. Arrumou seu quarto, guardou suas roupas, arrumou seus livros, afinal teria aula na manhã seguinte. Ao dirigir-se ao quarto dos pais, verificou uma centena de coisas reviradas. O armário, na parte das roupas de seu pai, estava completamente vazio, havia lixo no chão, louça suja já com fungos, sinais de que há alguns dias ninguém passava por ali. Não tinha como se comunicar com ninguém, estava só e não sabia o que fazer. Decidira, por fim, fechar a porta do quarto e deixar assim como estava. Precisava descansar, sua vida precisava continuar, com ou sem eles.

A pancada que Marcelo sofrera na cabeça causou-lhe uma grande hemorragia, um aumento na pressão intracraniana, e ainda não era sabida pelos médicos a extensão total do estrago, inclusive pelo fato de ter tido uma overdose, o que, por si só, já seria estrago suficiente. No final da noite, Mariana pegou um ônibus e foi visitar o irmão, que permanecia nas mesmas condições no hospital. Sem dinheiro para quase nada, guardou o pouco que lhe restava e voltou caminhando os 6,5 km até em casa, chegando por volta da meia-noite.

A fim de guardar algum dinheiro, novamente voltou a ir para a faculdade a pé, pois utilizaria os créditos dados por Helena para o transporte do irmão quando ele saísse do hospital. Nem seu pai, nem sua mãe tinham dado sinais de existência. Naquela manhã, no intervalo da aula, tornou a ligar para o serviço da mãe, onde a colega, já bastante preocupada, informou que Márcia não aparecia no trabalho há mais de uma semana. Não sabia por onde iniciar uma busca em relação a seu pai, afinal seus avós já eram falecidos e seu único tio morava em Santa Rosa do Purus (AC) e não tinha o menor contato com ele.

Aquele primeiro dia de retorno da faculdade após o carnaval já fora bem puxado. A quantidade de matéria e material exigido estava por arrancar os cabelos de Mariana, que não sabia por onde começar as compras, visto que não tinha dinheiro para absolutamente nada. As aulas naquela quinta-feira foram em três turnos e Mariana foi e voltou caminhando da universidade. Após o último turno de aula, passou pelo hospital em que o irmão estava, para receber notícias. Ao chegar lá, foi encaminhada direto para conversar com o médico do plantão.

– Boa noite. Você é a familiar de Marcelo Nogueira? – perguntou o médico.

– Sim, sou irmã dele.

– Então, o caso do Marcelo é bem delicado. Além da overdose, ele fez uma lesão gigante no cérebro e está respondendo a bem poucos estímulos. Não consegue respirar sem ajuda dos aparelhos, hoje teve três paradas cardíacas, fez um quadro de embolia pulmonar e insuficiência renal. Acredito que você deva avisar seus pais e demais familiares.

Mariana parecia ter levado um soco na boca do estômago. Estava completamente congelada, suas pernas estavam pouco a pouco cedendo, a ponto de quase desmaiar. O médico, um rapaz jovem, percebendo a situação, lhe trouxe água e foi aferir sua pressão.

Mariana perguntou:

– Afinal, o que devo fazer?

– Honestamente? Além de rezar, comece a pensar em uma possível morte de seu irmão. O quadro não é irreversível, mas muito complicado – respondeu o médico, que estava sentado ao lado da garota.

Mariana saiu do hospital absolutamente fora de si. Queria chorar, gritar, esbravejar. Deu alguns murros em uns postes no caminho para casa. Com a mão sangrando e o coração despedaçado, não podia ligar para ninguém porque não tinha crédito em seu celular. Quando chegou em casa, ligou para Helena pedindo socorro, pois seus pais continuavam desaparecidos. A amiga prontamente a acolheu e dirigiu-se até sua residência para buscá-la para passar a noite em sua casa.

Sandra, mãe de Helena, já esperava Mariana com um café forte e um bom sanduíche para lanchar. A menina, muito abatida, estava completamente sem saber o que fazer. Sandra teve um papel decisivo naquele processo tão difícil. Enquanto tomava seu café e pensava no que poderia fazer, Sandra informou que daria uma pequena saída, pois iria buscar um cartão de recarga para o telefone de Mariana. Também aproveitou para passar na funerária próxima à sua casa. Conhecia o senhor que lá trabalhava há uns 30 anos e foi lhe pedir ajuda.

Após Sandra explicar o caso de Mariana, a dificuldade em localizar seus pais e tudo mais, inclusive a impossibilidade de a menina arcar com os custos de um funeral, o velho senhor recomendou o que chamam de funeral social, que é uma cerimônia praticamente sem gastos, cuja documentação é apresentada pela família de baixa renda. No caso de não conseguir localizar a família de Mariana, esta não tinha renda nenhuma.

Pouco mais de uma hora depois, Sandra retornava com o cartão de recarga. Orientou a Mariana que tomasse um banho, comesse mais alguma coisa e fosse descansar. Afinal, se tudo corresse bem, amanhã ela teria aula para assistir.

Pouco depois das cinco da manhã, o telefone de Mariana despertou. A menina levantou sem fazer barulho, foi ao banheiro, fez sua higiene, preparou um café e, enquanto fazia seu desjejum, Sandra apareceu, ainda meio sonolenta.

– Já acordada? – perguntou a mãe de Helena.

– Sim, tenho aula o dia todo – respondeu Mariana, tomando apenas um café preto.

– E pretende passar o dia todo apenas com um café? – questionou Sandra.

– Normalmente levo uma pequena térmica com café e compro um pão na padaria da esquina. Ontem estava tão louca que esqueci – disse Mariana.

Sandra começou a preparar, com muito carinho, uma espécie de lancheira para Mariana, recordando-se do tempo que preparava lanches para Helena. Colocou, em um pote, uma maçã, uma banana, um pacote de biscoito e um suco. Foi até o quarto e voltou com a carteira na mão, perguntando:

– Você tem dinheiro para o ônibus?

– Não precisa, obrigada. Eu vou a pé! – disse Mariana.

– A pé? Você sabe que distância é daqui à faculdade? – indagou Sandra.

– Sim, pouco mais de seis quilômetros. Uma hora e meia, no máximo, estou lá – respondeu Mariana tranquilamente.

– Negativo. A Helena me disse que tinha dado a você as passagens escolares que fornecemos a ela. Você não usa? – perguntou Sandra.

– Uso, mas em dias de chuva. Nos outros dias, economizo para comprar um lanche extra, algo assim. Ou até mesmo para comprar algum material para a faculdade, gasto bastante em fotocópias.

Sandra baixou a cabeça. Não sabia se abraçava a garota ou se chorava ao ouvir o relato da menina, que esforçadamente saía da cama e seguia seus passos, com dificuldades que ninguém jamais imaginaria. Alcançou alguns reais para Mariana, que lhe agradeceu timidamente, pegou o lanche, a mochila e saiu rumo ao seu sonho.

Logo no início da tarde, o telefone de Mariana começou a vibrar. O professor, pouco empático, olhou para a garota com olhar de desaprovação. Ela levantou, pegou seu telefone e foi atender a ligação.

– Alô! É o telefone da Sra. Mariana, familiar de Marcelo? – perguntou a voz do outro lado da linha.

– Sim, sou eu mesma – respondeu Mariana.

– Aqui é do hospital de pronto-socorro, precisamos de um familiar no recinto.

Mariana gelou por inteiro.

– Sim, estou a caminho – respondeu e desligou.

Entrou na sala de aula, atrapalhando pela segunda vez a explicação do professor de Epidemiologia II, que não hesitou em chamar a atenção da aluna.

— Já de saída? Conteúdo importante — disse o velho professor.

— Sim, mestre, eu sei. Peço desculpas por me retirar assim da sua aula, atrapalhando a sua explicação, mas creio que meu irmão venha a ter falecido — explicou Mariana.

O professor estava acostumado aos mais diversos motivos para o aluno "matar" aula, mas ficou atônito com as palavras da menina, jamais poderia ter imaginado algo semelhante.

— De onde tirou essa ideia? — perguntou.

— Ele estava hospitalizado desde ontem, e acabaram de me chamar no pronto-socorro, onde ele estava recebendo atendimento — respondeu Mariana, tentando não desabar na frente da turma.

— Eu realmente espero que fique tudo bem. Vou deixar meu telefone particular com você, caso necessite de alguma coisa — disse o professor alcançando um pequeno cartão.

Mariana pegou o cartão, o material e saiu, entrando na primeira porta de banheiro que viu aberta. Olhou-se no espelho, não acreditava no que estava acontecendo, e chorou. Menos de um minuto depois, uma portinhola se abriu dentro do banheiro e, para a alegria de Mariana, era Fernanda, a colega com quem tinha saído nas férias passadas. Ao Mariana contar os fatos, Fernanda correu até sua sala de aula, explicou rapidamente ao mestre o ocorrido e foi prontamente fazer companhia à amiga até o pronto-socorro. Chegando lá, a notícia era justamente a que Mariana menos desejaria ouvir. Seu irmão falecera após outras duas paradas cardíacas.

Em absoluto estado de choque, Mariana tentava em vão ligar para casa, para o trabalho de sua mãe e, por fim, ligou para a casa de Helena, de onde mãe e filha foram prontamente ao seu encontro auxiliá-la. Fernanda permaneceu todo o tempo ao lado de Mariana e só saiu quando Sandra chegou, fez algumas ligações e levou Mariana para sua casa. Coube à mãe de Helena preparar tudo para os trâmites. A jovem senhora tomou a frente da situação, amparando a garota naquele momento de dor.

Sem sucesso, todos corriam atrás do paradeiro dos familiares de Mariana, que parecia estar só no planeta. Até nas rádios eles foram chamados. A jovem também não conhecia os amigos do irmão, não sabia se ele estava namorando. O que pôde fazer foi ligar para a escola onde Marcelo estudava e avisar do óbito.

Helena ligou para Veridiana, que prontamente após seu expediente de trabalho foi para o velório com as meninas. Fernanda, assim que Mariana avisou da chegada do corpo na capela, voltou para ficar com a amiga por mais algum tempo e só foi embora por volta das duas da madrugada, pois ainda precisava descansar e terminar algumas atividades da faculdade.

As quatro mulheres (Mariana, Veridiana, Sandra e Helena) passaram velando o corpo do menino morto absolutamente sozinhas. Nem o pai de Helena fora ficar com elas. Mariana havia solicitado o sepultamento do irmão para as nove horas da manhã e, para sua surpresa, alguns colegas de faculdade, entre eles Fernanda, e o professor de Epidemiologia II se fizeram presentes. Isso se resumia a menos de dez pessoas.

Mariana voltou para casa de carona com Sandra e Helena. Embora não devesse ficar só, ela precisava viver aquele luto. Chegando em casa, a menina foi direto ao quarto do irmão, onde encontrou uma quantidade significativa de drogas, dinheiro e roupas. Não sabia muito bem o que fazer. Foi ao mercado, comprou alguma coisa de comida, café e guardou o resto do dinheiro, que, por incrível que pareça, não era pouco. Encontrou junto com os documentos do irmão um cartão de banco e a foto de uma garota que ela não fazia a menor noção de quem fosse. Naquela tarde, se dirigiu à agência bancária com o cartão, seus documentos e o atestado de óbito do irmão. Para sua surpresa, Marcelo tinha algum dinheiro guardado.

Durante aquela semana pós-enterro, Mariana saiu de casa apenas para ir à faculdade. Comunicou-se exclusivamente por mensagem com Helena e Veridiana. As meninas, embora preocupadas, respeitaram o luto e a dor da garota. No final de semana seguinte, Mariana saiu finalmente de casa para encontrar Helena, que mandava mensagens pelo menos três vezes por dia. As amigas se encontraram em uma praça relativamente próxima às suas casas, um lugar discreto, silencioso, onde poderiam conversar e deixar o tempo passar. Fazia dez dias da morte de Marcelo e Mariana seguia sem nenhuma notícia de seus pais.

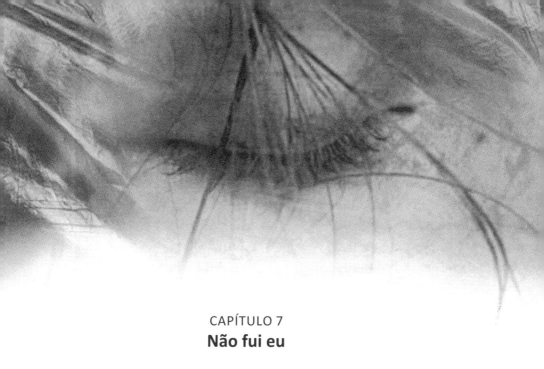

CAPÍTULO 7
Não fui eu

Logo no início da semana seguinte, passando o horário do almoço, seus pais apareceram em casa. Incapazes de observar alguma mudança, sua única pergunta foi: "Onde está o Marcelo?". Mariana pôs-se a chorar e foi ao encontro dos braços da mãe, pedindo-lhe um carinho, um afago. Finalmente teria com quem dividir aquela dor. Márcia, como de costume, afastou a menina, pois não gostava em nada daqueles gestos, e tornou a perguntar:

– Onde está o Marcelo?

Mariana, que não conseguia responder, sentou-se no sofá. Em um pranto desesperado, respondeu:

– Morto!

– Como assim morto? Está louca? – questionou Márcia aos gritos.

– Marcelo morreu faz 12 dias.

Márcia, enlouquecida, ergueu a menina pelos cabelos, gritando:

– Cadê o Marcelo? O que você fez com ele?

Eliseu nada falava, estava em choque. Mariana tentava se desvencilhar da agressão que estava sofrendo, mas a cada momento Márcia lhe puxava mais os cabelos e, por conseguinte, já havia arrancado uma bela mecha do cabelo da garota.

– Por favor, me solte! Eu não fiz nada! Pelo contrário, fui eu quem o socorri, mas não deu tempo! Ele teve uma overdose, caiu e lesionou o cérebro, e...

– Mentira! – gritou Márcia.

Agora, tentava dar bofetadas na menina, que se protegia como podia. Eliseu entrou no meio da discussão, pegou o braço de Mariana e tornou a perguntar:

– Onde está seu irmão?

– No túmulo da família, junto com a vovó – respondeu Mariana.

Márcia voltou a tentar agredir a menina, mas desta vez seus atos foram impedidos por Eliseu, que pegou a chave do carro, acenou com a cabeça para Mariana e partiu em direção ao veículo. De lá gritou:

– Você não vem, Márcia?

– Eu vou na polícia! Mariana matou o Marcelo – disse Márcia completamente transtornada.

Eliseu arrancou o carro e perguntou:

– Como aconteceu? Quando aconteceu? Por que não nos avisou?

Naquele interrogatório doloroso, Mariana, agora mais calma, respondeu pergunta por pergunta do pai, inclusive mostrou os registros telefônicos realizados para o trabalho de Márcia. Disse que não sabia por onde procurar o pai. Falava a verdade, Eliseu sabia. Ele tinha saído de casa, havia decidido finalmente se separar de Márcia; entretanto, ela foi atrás, conhecia o único amigo de Eliseu e sabia onde ele morava, sabia que encontraria o marido lá. Após uma longa conversa, decidiram reatar e aproveitaram para fazer uma pequena lua de mel e só depois voltar para casa.

Chegando ao cemitério, Eliseu caminhou vagarosamente em direção ao túmulo de sua mãe. Muitos anos haviam se passado desde sua última visita. Agora ele sabia que ali jazia não somente seus antepassados, mas a sua semente que partira cedo. Não escondeu da filha a tristeza, ajoelhou-se junto ao túmulo do filho e pediu perdão por não ter sido um bom pai, sentiu-se culpado, pois foi quando decidiu abandonar aquela doença chamada casamento que seu filho acabou por falecer. E ali, chorando, sentiu a mão da filha em seu ombro, que também necessitava de sua atenção, mas Eliseu estava incapaz de ver a dor de Mariana. Mergulhado no mar da vergonha, da tristeza, o pai não conseguiu acolher a filha, que necessitava dele, e mais uma vez foi indiferente à dor da garota.

Entraram no carro e retornaram para casa, onde Márcia havia promovido um cenário de guerra. A mãe, desolada pela perda do filho, quebrou a casa quase em sua totalidade. Eram louças, vasos, a mesa de vidro, tudo quebrado. Eliseu abraçou a companheira, com o intuito de acalmá-la. Márcia gritava:

– Diz que não é verdade! Diz que meu menino não está lá!

Eliseu não respondeu, apenas permaneceu abraçado à esposa.

– Assassina! Você matou o Marcelo! – continuava Márcia aos gritos, pela residência.

Mariana tapou os ouvidos, não queria e não precisava ouvir aqueles despautérios. Saiu em direção ao quarto. Márcia ainda tentava ir até a garota, mas dessa vez Eliseu protegeu a menina e pediu:

– Minha filha, deixe o atestado de óbito do Marcelo em cima da mesa.

Mariana virou-se, entrou no quarto, pegou o documento, colocou em cima da mesa e voltou para seu quarto. Fechou a porta e tornou a sentir-se só, da mesma forma como se sentira quando recebera a notícia da morte de Marcelo. Pegou o telefone e mandou uma mensagem para Fernanda, sabia que estaria na faculdade naquela noite.

A querida amiga a esperava no bar da esquina. Levantou, cumprimentou a amiga, que ainda estava inchada de chorar durante a tarde que havia passado. Pediu um copo extra de café e decretou que, aquela noite, Mariana não ia para a aula. Embora fosse uma aluna exemplar, sem faltas praticamente, necessitava daquilo ali mesmo, carecia de qualquer tipo de carinho, de qualquer tipo de companhia que a fizesse sorrir, que tornasse seus pensamentos mais leves e a fizesse esquecer as palavras tenebrosas desferidas por sua mãe.

No horário do término da faculdade, Mariana informou a Fernanda que iria para casa. A amiga, entretanto, não concordou e convenceu a garota de que, naquele momento de fragilidade, ela se encontrava indefesa e suscetível a qualquer tipo de violência novamente. Os excelentes argumentos de Fernanda convenceram Mariana a ir dormir em sua casa, entretanto houve uma condição: elas seriam somente amigas. Fernanda concordou e levou a menina para sua residência.

O pequeno apartamento de Fernanda era mais que suficiente para uma jovem solteira e estudante. Um JK funcional, com um chuveiro de dar inveja. Fernanda sempre dizia que o melhor da casa era o chuveiro. Mariana tomou um banho demorado, bem diferente do que tomava em sua casa. Ao sair da ducha, enrolou-se na toalha e pediu à amiga um pijama, uma camiseta, enfim, qualquer coisa que pudesse vestir para dormir. Fernanda alcançou uma camisola do Mickey que havia trazido da Disney, uma das poucas peças que havia sobrevivido aos anos de uso. Após o banho de Fernanda, as garotas se recolheram para descansar, afinal, na manhã seguinte, ambas teriam aula. Somente na outra noite Mariana retornou para seu domicílio.

Em sua casa, a cena parecia estar em um *repeat* infinito. Tudo continuava uma bagunça. Quando chegou, sua mãe mal lhe respondeu o boa-noite que recebera. Havia uma garrafa de whisky barato e Mariana pôde ver que a mãe já estava no segundo maço de cigarros. Entrou na cozinha, tudo continuava como na tarde anterior, quando sua mãe quebrou as louças. Abriu a geladeira, pegou um iogurte e foi para seu quarto estudar. Não ouviu uma palavra sequer por ter dormido fora de casa.

Quando chegou o final de semana, Mariana aproveitou para arrumar um pouco da bagunça. Esforçava-se para entender a dor e o luto da mãe, entretanto não entendia o porquê das agressões. Viu seu pai chegando da feira com as sacolas de comida, não o via desde o início da semana. Eliseu deu-lhe um beijo na testa e começou a guardar as compras na geladeira. Contrariando o silêncio que imperava na casa, perguntou:

– Como foi sua semana? Como está a faculdade?

– Foi boa, sempre muito material para estudar.

– Você precisa de alguma coisa? Livros? Cadernos? Não sei o que vocês usam, no meu tempo era só um caderno, e quem era de estudar frequentava a biblioteca.

– Não, estou com tudo em dia. Obrigada, papai.

Mariana surpreendeu-se com a atitude do pai e por algum tempo trocou boas conversas com seu velho, enquanto cozinhavam um bom feijão.

Na tarde de sábado, Mariana voltou a encontrar Fernanda, que desta vez estava com outros colegas da faculdade, e tomou um bom chimarrão no parque Moinhos de Vento. Mariana estava tendo a oportunidade de socializar com os colegas, bem como de tirar dúvidas, pois, por mais incrível que pudesse parecer, aqueles alunos estavam sempre envoltos em alguma questão acadêmica. Aquela menina cheia de perguntas havia, finalmente, encontrado sua turma.

Mantendo aquele hábito do bom e velho chimarrão, a turma de amigos chegou ao final do semestre, praticamente sem percalços.

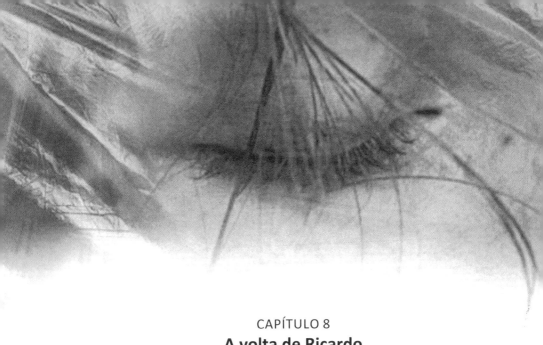

CAPÍTULO 8
A volta de Ricardo

Depois daquela semana fatídica de agressões e loucuras, o clima finalmente se acalmou. O tempo transcorreu rápido naquele ano, os semestres passavam em uma velocidade imensurável. Veridiana arrancava seus cabelos para concluir seu Trabalho de Conclusão de Curso, Helena se virava como conseguia com o escritório, a faculdade, as festas, não abria mão de uma boa balada. Mariana não tirava os olhos dos livros. Uma a duas vezes na semana, dormia na casa de Fernanda; entretanto, estava ficando difícil para a menina manter o acordo de somente amigas. Foi em uma noite que uma conversa entre as duas se fez necessária.

– Então, Mariana, até quando vai ficar me iludindo? – perguntou Fernanda, sorrindo e tentando manter um ar de leveza na pergunta extremamente pesada.

– Te iludindo? Como assim, Fernanda? Do que você está falando? – questionou Mariana, sem entender a questão levantada pela amiga.

– Assim, Mariana, preciso ser objetiva contigo. Não dá mais pra ser só sua amiga! Não consigo mais dormir com você e não te ter! Sério, está pesado demais! – disse Fernanda em tom sereno.

Mariana engoliu a pergunta, como se tivesse chupado um limão azedo. Tentou formular alguma resposta rápida, como sempre fazia quando estava acuada ou nervosa; entretanto, não sabia o que dizer para a amiga.

– Eu entendo que você não sente a mesma coisa! Está tudo bem. Porém, eu não quero ser sua válvula de escape. Tudo bem você vir de vez em quando dormir aqui, não mais com frequência. Eu quero uma relação, e quero com você. Se você não quer, não há problema, sigamos na amizade, mas eu vou procurar outra pessoa, alguém que queira uma relação. Eu estou disponível; você não!

Mariana continuava atônita com as palavras da amiga, ela jamais imaginara que Fernanda guardava por ela sentimentos. Pensou que sua noite de prazer, há mais de um ano, havia sido somente um excesso de cafeína e algumas taças de vinho. Seguia sem conseguir formular absolutamente nada, nenhuma expressão. Por fim, pegou na mão de Fernanda e disse:

– Sinto muito. Eu não sei quem eu sou! Eu não sei o que quero!

Fernanda, que observava as atitudes da amiga, sabia que suas palavras eram recheadas de verdade. Durante aquele ano, somente em uma festa, Mariana tinha se relacionado com um rapaz, e em nenhum momento ela havia cogitado voltar a se relacionar com uma mulher.

– Eu entendo, talvez você realmente não seja lésbica – comentou Fernanda.

– Nem sei o que sou! Gostei de ficar com você, de verdade, mas passou, assim como passaram meus sentimentos por outros rapazes. Nem mesmo penso mais no Fábio, águas passadas.

– Não é possível que você não pense em ninguém!

– Para não dizer que não penso, eu penso. Mas eu nem sei quem ela é – explicou Mariana.

– Como assim?

– Uma mulher que eu vi no verão. O tempo parou quando ela passou na minha frente; entretanto, nunca mais a vi.

O telefone de Mariana começou a tocar. Veridiana ligou incessantemente quatro vezes. Mariana interrompeu a conversa com Fernanda e atendeu.

– Onde você está? – perguntou Veridiana com voz afobada.

– Na Fernanda.

– Estou chegando aí em cinco minutos, pode falar comigo? É urgente! – disse Veridiana.

– Claro, estou descendo! – respondeu Mariana, interrompendo definitivamente a conversa com Fernanda.

Mariana vestiu sua camisa roxa da Fiorentina (a garota tinha adoração por aquela camisa), trocou o short e desceu, deixando a colega de faculdade sem resposta. Veridiana ainda demorou alguns minutos a chegar, vinha do Vale dos Sinos. Estranhamente, não tinha voltado de carro com Helena. Havia pegado um trem, descido na Estação Mercado, caminhado pelo centro da cidade e agora dirigia-se à Rua Bento Martins. Subiu a lomba da casa de Fernanda com o coração aos pulos, controlando as palavras, respiração ofegante. Quando viu a amiga sentada na porta, correu e lhe deu um forte abraço, respirou profundamente, com o intuito de recuperar o fôlego, sentiu as pernas ficarem trêmulas, permaneceu naquele abraço por mais de um minuto e só depois disse:

– Podemos tomar uma cerveja?

Mariana consentiu com a cabeça. Desceram a lomba de volta, com as luzes da Igreja das Dores à sua esquerda. Aproximaram-se do bar. Veridiana olhava para todos os lados, como se estivesse sendo vigiada. O bar da esquina era famoso por suas famosas iscas de peixe e cerveja gelada. Assim que sentaram e pediram a bebida, Veridiana disse:

– O Ricardo voltou! – e começou a chorar compulsivamente.

Mariana jamais havia visto a amiga em tal situação. Meio sem atitude, processou a informação em seu cérebro, respirou e perguntou:

– Quando?

– Hoje. Acredita que ele foi na apresentação do meu TCC hoje? Eu quase nem consegui apresentar! Eu tenho uma medida protetiva! Ele não pode se aproximar de mim!

Veridiana estava quase descontrolada, com olhos arregalados, praticamente em pânico.

– Ele se aproximou? O que queria? Medida protetiva? – perguntou Mariana com cara de espanto.

Eram informações pela metade, que a menina não conseguia unir.

– Sim, veio me pedir perdão! Disse que me amava, que jamais queria ter me deixado, menos ainda de ter me violentado, depois que eu não quis voltar para ele.

– Espera. Violentado você? Meu Deus, você nunca me contou, apenas disse que ele tinha te abandonado.

Veridiana apenas chorava com as mãos no rosto, sentia vergonha do que tinha passado. Aquele era um segredo que ela jamais havia confessado a ninguém, somente à delegada quando fez o boletim de ocorrência e à sua psicóloga.

– Sim, aquele canalha fez isso comigo! Ele quase acabou com a minha vida! E agora, simplesmente, aparece bem no dia do meu trabalho de conclusão, quer me enlouquecer. Eu tive que mudar de telefone, eu mudei de endereço, mudei de emprego, mudei de cidade, abandonei minhas antigas amigas, tudo por causa dele, e ele ainda ousa dizer que isso é amor!

– Como aconteceu essa violência? Você consegue me contar?

– É pesado, mas acho que agora eu consigo, faz muito tempo, está na hora de conseguir.

Veridiana respirou fundo e começou o triste relato:

– Em 1996, num final de tarde de novembro, poucos dias antes do meu aniversário, o Ricardo ligou lá para o escritório, pediu para conversar, tomarmos uma cerveja. Eu trabalhava lá próximo do Hospital Centenário, em São Leopoldo. Topei, havia vários barzinhos na região. Tivemos uma conversa tranquila. Diversas vezes ele relatou que sentia minha falta, que me amava. Entretanto, em nenhum momento sinalizei o mesmo a ele. Fui ao banheiro. Nesse meio-tempo, ele drogou minha bebida e me levou para sua casa. Lá, me estuprou desacordada diversas vezes. Quando eu acordei, ele sorria ironicamente, me perguntando se havia sido bom. Eu estava toda ensanguentada, mal conseguia caminhar. Ainda assim, ele me agarrou pelo braço – Veridiana mostrou a cicatriz no braço –, me atirou na cama e me violentou mais uma vez. Ele dizia: "Que bom que você acordou, é pra sempre lembrar de mim, é por amor!". Após me violentar comigo acordada, novamente tornou a me drogar, me obrigando a cheirar um lenço úmido. Acordei no meio da Vila Bom Jesus, e, acredite ou não, foram uns meninos de lá (aviõezinhos, sabe?) que pegaram o carro e me levaram para o hospital. Nunca consegui agradecer àqueles garotos, eles fugiram pouco depois de me deixar no pronto-socorro, talvez com medo de que fossem acusados de alguma coisa.

Por mais que Mariana tentasse disfarçar, algumas lágrimas rolaram. A amiga que fazia o relato, entretanto, mostrava-se forte e segura. Tinha denunciado o abusador, tinha tomado as providências que lhe cabiam, tinha mudado a sua vida por aquela violência. Quanto ao meliante, respondeu processo em liberdade e sofreu um inquérito administrativo; entretanto, a situação nunca foi provada, afinal Ricardo era um advogado bastante conceituado na cidade, conhecido por frequentar as altas rodas da Ordem e os clubes privados.

— Foram dezenas de horas de terapia para tentar me curar. Fiz muitas terapias alternativas, uma delas pouco comentada no Brasil, mas ela me ajudou profundamente, a constelação sistêmica familiar. Por um longo período não quis mais me relacionar sexualmente, tinha vergonha do meu corpo, eu tive medo dos homens, tive receio que todo homem que se aproximasse fizesse a mesma coisa, mas eu consegui entender, ressignificar e assumir meu lugar, deixando de carregar fardos tão pesados, transformando os processos sombrios em pequenas vitórias. Abusos como esse que vivi são naturais na minha família.

Mariana afagava os cabelos da amiga, como se quisesse lhe acarinhar a alma, que havia sido ferida por alguém que só tinha recebido amor de Veridiana. Afinal de contas, eles foram noivos e, quando aconteceu a violência, ela era uma mulher livre, foi ele quem a abandonou e na sequência traiu o resto de sua confiança. Será que em algum momento passa pela cabeça de um homem que uma mulher voltará para ele, ainda mais cometendo uma atrocidade dessas? Será que a mente doentia de um homem violento, ou que cometeu um ato de violência, realmente acredita que aquilo é amor? Essas perguntas mexiam com os sentidos de Mariana, mesmo assim ela continuava a demonstrar todo o seu carinho, cuidado e zelo com a amiga.

— O que mais ele fez ou falou?

— Nada. Ele só fez isso. Me deixou desconcertada, em frangalhos, e foi embora! Graças a Deus – respondeu Veridiana, que por vezes olhava à sua volta, para ver se o ex-noivo não a estava vigiando.

Terminaram as cervejas, já passava da meia-noite há muito tempo. Mariana ofereceu-se para dormir na casa de Veridiana, afinal tinha medo de que Ricardo a estivesse seguindo e lhe fizesse algum novo mal. Subiram até o apartamento de Fernanda, que esperava pacientemente pela volta de Mariana, como se aguardasse uma decisão que pudesse ter sido alterada após seu encontro com a amiga.

Ao abrir a porta, Fernanda sorriu, levantou e deu um bom abraço em Veridiana. Mariana arrumou suas mochilas rapidamente. Em uma colocou as poucas roupas que sempre carregava consigo; na outra, que alcançou para Veridiana carregar, os livros, polígrafos e mais alguns cadernos. Aproximou-se de Fernanda, deu-lhe um longo abraço e bem ao pé de seu ouvido disse:

— Sinto muito, eu preciso ir embora. Não posso deixar alguém tão incrível como você sem resposta. Eu não posso, eu não consigo ter uma relação com você agora. Sinto muito. Gostaria de ter sua amizade, mas não posso ser sua companheira.

Mariana beijou demoradamente a bochecha de Fernanda, que apenas sorriu para Veridiana, desejando-lhe boa noite.

— Até amanhã! Nos vemos no café! – disse Fernanda, controlando o ar de choro, a voz estava embargada.

— Sim, no café – respondeu Mariana.

Fernanda gentilmente ajudou Veridiana com uma das mochilas de Mariana. A garota ligou para o ponto de táxi mais próximo para levá-las ao endereço da amiga. Mariana descia as escadas em silêncio, como se tivesse cometido algum crime, entretanto sabia que maior delito seria despertar cada dia mais os sentimentos da menina e não poder retribuir na forma que esta gostaria.

O táxi chegou em pouco mais de dois minutos, as garotas entraram e foram para o apartamento de Veridiana, no bairro Bom Fim. O carro de praça levou pouco mais de seis minutos de trajeto, e um silêncio sepulcral se fez presente durante o caminho. Assim que chegaram em casa, Mariana rapidamente tirou os tênis e ajeitou os livros ao lado do sofá. Não poderia esquecer nenhum deles na manhã seguinte.

– O que aconteceu entre você e a Fernanda agora? – perguntou Veridiana, que não deixava um único instante passar desapercebido.

– Ah, bobagem, nada de mais!

– Nada de mais? A garota estava completamente arrasada! Você está com um semblante péssimo. Tudo bem que o que lhe contei não deixa ninguém animado, mas você está horrível! – ressaltou Veridiana.

– Sim, devo estar! Fiquei fora de órbita com o que você me contou! Lá na Fernanda, foi só aquilo mesmo – disse Mariana, diminuindo as expectativas de Veridiana.

– Achei que vocês estavam juntas. Mas, como você nunca falou nada, respeitei seu silêncio. Achei que ela fosse sua namorada!

– Não, mas ela queria! – Mariana falou com tristeza nos olhos.

Agora era a vez de Veridiana especular sobre os segredos da amiga, e continuou suas perguntas:

– E você? Por que não quis?

A cerveja bem gelada que Veridiana acabara de abrir serviu para esfriar a voz contida que Mariana estava agora. Tomou alguns goles antes de responder para a amiga, que esperava paciente pela formulação daquela resposta. Entendia que o assunto ainda não era totalmente confortável, mas sabia que Mariana precisava começar a se entender, para que pudesse entender o mundo e suas relações.

– Se eu disser que penso na mulher da saída de praia, você vai me chamar de louca?

Veridiana arregalou os olhos, com uma surpresa evidente, já que Mariana tinha visto a mulher apenas duas vezes na vida e não sabia absolutamente nada a seu respeito.

– Acredito em você. Mas o que você fez para encontrá-la? Para saber quem ela é?

– Nada! Ela disse que me encontraria.

– Cômodo demais isso pra você, né, criança?! O que falta para você ir atrás dessa felicidade?

– Como vou ir atrás de alguém que eu nem sei quem é?

– Ora bolas, as pessoas costumam ter vida, elas saem, vão a festas, restaurantes, shoppings. Se você procurar, vocês irão se encontrar. O mundo não é tão grande assim nem tem tantas opções, alguém sempre conhece alguém que conhece alguém! – ressaltou Veridiana, sempre muito prática e decidida, em nada lembrava a mulher abatida que chegara há algumas horas pedindo socorro para a amiga.

Naquele final de noite, as meninas tentaram ter conversas mais animadas. Veridiana contou em detalhes absolutamente tudo de seu trabalho de conclusão. Na verdade, ela quase fez uma nova apresentação para a amiga, que ouvia tudo atentamente, sem perder um detalhe, esperando pela palavra mais aguardada da noite: aprovada.

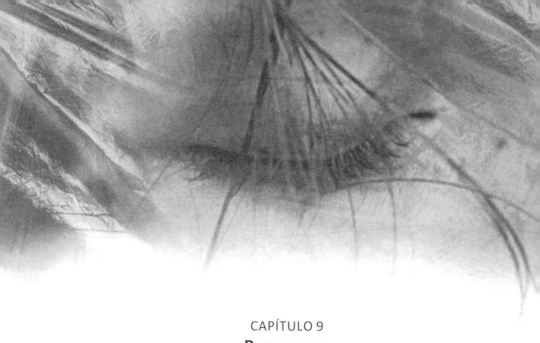

CAPÍTULO 9
Recomeços

O ano finalmente estava terminando, as aulas já estavam em recesso, os planos para o verão já estavam arquitetados e as meninas haviam programado novamente passar o carnaval juntas. Algumas semanas antes do feriado, Helena e Veridiana tinham ido passear uns dias em Foz do Iguaçu, cidade da família de Veridiana, no intuito de fazer compras e visitar aquele lindo lugar. Mariana, que dispunha de menos recursos, ficou na cidade. Aproveitou para ir a alguns churrascos da turma, participou de alguns seminários e estudou. O pai de Helena combinou com a filha que na sexta-feira de carnaval a casa estaria à disposição das meninas. Ele iria uns dias antes para fazer alguns reparos no telhado, cortar a grama e depois retornaria ao sítio. Dava sinais de estar melhorando psicologicamente.

O percurso de ida ao litoral desta vez foi mais tranquilo, encontraram apenas um bom congestionamento próximo ao pedágio de Santo Antônio da Patrulha. Mariana era a mais eufórica no carro. Tinha passado o ano sem ir à praia, contava os minutos para aquelas férias, já tinha visto a previsão das ondas, programado o celular para acordar cedo, assim que o dia nascesse, para curtir o mar. As outras duas garotas contavam da viagem e das belezas da cidade das Cataratas. Estavam com o carro lotado de bebidas, batata frita e malas. Para completar, ainda em cima, carregavam a prancha de Mariana. Nenhuma das três havia sido compacta em suas bagagens neste verão, estavam aproveitando o espaço no carro novo de Helena, que havia trocado seu Uno por uma Palio Weekend, e agora espaço não era mais problema para aquele trio.

Helena estacionou o carro com calma, abriu a garagem e foi até a porta da frente da casa para abrir para as meninas, que já haviam descido do veículo e preparavam a abertura de uma cerveja gelada que tinham trazido no cooler. Quando Helena abriu a porta e acendeu a luz, seu grito atravessou o quarteirão. Seu pai estava morto, enforcado no lustre da sala, provavelmente há alguns dias. Veridiana fechou os olhos, tentando não ver a cena, Helena virou-se rapidamente e a abraçou. Mariana, que vinha mais atrás, entrou correndo e deparou-se com a cena triste. Desta vez, coube a Mariana tomar as providências. Ligou em primeiro lugar para a polícia, que chegou poucos minutos depois do chamado. Em seguida ligou para Sandra.

– Oi, tia. Está podendo falar? – perguntou Mariana de forma educada.

– Claro. O que aconteceu? Helena está bem? – respondeu, devolvendo a pergunta à jovem.

– Sim. Então, estamos com um problema aqui. O seu João faleceu – disse Mariana, não entrando em detalhes.

– Como assim? Está de brincadeira, menina? – o tom de voz e as perguntas de Sandra já demonstravam um nervosismo. – Deixe-me falar com a Helena.

Mariana alcançou o celular para a amiga, que chorava, chamando pela mãe. A polícia chegou.

– Mãe, papai está morto! Papai se matou! Mãe...

Helena não conseguia mais responder às questões de Sandra e chorava desesperadamente. Veridiana pegou o telefone e conversou com Sandra. Enquanto permanecia abraçada em Helena, sinalizou com a cabeça para que Mariana acompanhasse os guardas. Poucos minutos depois, o carro da perícia também chegou. Mariana tentava dar o máximo de detalhes possível aos policiais. Embora uma investigação fosse aberta, era visível que fora suicídio. Os guardas, com muita calma, conversaram com Helena e solicitaram a retirada do corpo, que seria trazido, já naquela noite, para Porto Alegre, para a autópsia. Mariana acompanhou em silêncio, enquanto os homens da polícia transportavam o corpo até o carro.

Um automóvel que trafegava lentamente pela avenida viu o alvoroço, já causando a impaciência dos que vinham atrás, que não hesitaram em buzinar. Mariana desviou os olhos por dois segundos no máximo do transporte do corpo e olhou em direção ao carro com cara de desaprovação. Entretanto, quase como uma piada do destino, ao volante, estava a mulher da saída de praia. O policial, neste momento, sinalizava sem parar para os carros passarem e não trancarem a avenida. Mariana deu um breve sorriso e recebeu outro de volta. Contudo, encontrar vaga de estacionamento nestes dias de festa era praticamente impossível, e o carro, um Vectra vermelho, foi lentamente desaparecendo no meio da multidão, que já começava a invadir a avenida principal. A garota mal pôde ver a placa do carro.

Mariana atravessou a rua de volta e viu Veridiana e Helena fechando a casa. Helena entrou no carro, no banco de trás, e pediu que Mariana fosse fazendo companhia para Veridiana durante o caminho de volta. A garota, ainda em estado de choque pela cena vista, pediu para ficar em silêncio e veio deitada no banco traseiro todo o caminho de volta. Embora entendesse tudo que a amiga estava passando, Mariana precisou comentar com Veridiana que havia visto a mulher da saída de praia. A amiga arregalou os olhos, louca para saber de detalhes, mas permaneceu em silêncio em respeito à dor da amiga no banco traseiro.

Chegaram a Porto Alegre no meio da madrugada de sábado. Descarregaram o carro na casa de Helena. O trio não se separou naquele dia, exceto pelos momentos em que estavam auxiliando Sandra nos preparativos do funeral. Foram longas horas, o corpo a ser velado chegou somente às quinze para a meia-noite daquele sábado, e o enterro foi programado para três horas da tarde de domingo. Depois de todo o ritual de despedida, as amigas se separaram. Mariana voltou para casa desolada pela tragédia, pelo carnaval que seria dentro das paredes de seu quarto, tristonha pelas ondas que perderia naquele final de semana.

Veridiana aproveitou para passear pela cidade, fez um bom chimarrão, foi para o Parque da Redenção comer pipoca, ver o Brique, descansar. Helena permaneceu em casa, olhando fotos e tentando entender o que teria feito seu pai tomar uma atitude tão extrema, enquanto Sandra culpava-se por não ter dado a atenção devida ao marido, que há muito tempo dava sinais de não estar bem psicologicamente.

Na quarta-feira de cinzas, já no turno da tarde, Mariana retornava às suas atividades. Estava com a agenda cheia, aulas, materiais para pegar, outros para comprar. Veridiana retornou às reuniões com os amigos Maurício e Giovana, o trio programava abrir uma produtora de eventos e, com os conhecimentos de Veridiana em Administração, as coisas ficavam mais rápidas. Maurício tinha também uma boa experiência no campo do Direito, pois havia cursado até o 6º semestre. Giovana contribuía com as ideias mais inusitadas e trabalhava de forma impecável nos mais variados programas de computador. Suas montagens de vídeo, mixagens de som e trabalhos já eram conhecidos por diversas empresas que normalmente acabavam por contratá-la como *freelancer*, pelo simples fato de a menina ainda não ter se formado. Com o término da faculdade, os três amigos se uniram e decidiram criar sua própria produtora de eventos.

Ao longo daquele semestre, cada uma das três amigas engajou-se em dar o seu melhor às suas atividades. Mariana praticamente não retornava ligações. Seus pais seguiam com suas mesmas atitudes. Embora seu pai quisesse ter uma postura diferente, era praticamente impossível, pois Márcia seguia naquela linha de acusações, brigas e outras coisas mais. Haviam herdado de uma tia-avó de Eliseu uma casa muito velha em Quintão e lá passavam grande parte do tempo. Márcia vendia pão caseiro e Eliseu cuidava das casas que permaneciam fechadas grande parte do ano (uma espécie de caseiro). Assim, Mariana foi se acostumando a ficar sozinha, a ter a casa para ela, que mantinha sempre organizada e limpa. Por vezes, chamava algum outro colega para ir lá estudar, assar um churrasco, fazer um *happy hour*.

Veridiana, além de dar vida à empresa, passou a atender formandos, noivos, debutantes e qualquer pessoa que quisesse uma boa festa. Já em seus primeiros trabalhos, a produtora ficou conhecida pela competência, profissionalismo e organização. Ela sempre dizia que o barato poderia sair caro e em dia de festa tudo tem que ser perfeito.

Helena estava mais caseira do que nunca. Tinha despertado uma espécie de zelo pela mãe, uma superproteção, como se quisesse impedir Sandra de ter as mesmas atitudes de seu pai. Entretanto, a jovem viúva queria espaço. Procurava sair sempre que possível. Tinha ingressado em um grupo de hidroginástica, que vivia fazendo viagens pelo Brasil, e esperava ansiosa pelo próximo roteiro. Por vezes também ajudava Veridiana em dias de evento. Nas formaturas, principalmente, ter uma costureira de plantão era uma ajuda preciosa, além de ser uma espécie de amuleto, visto que Sandra era uma daquelas pessoas que ajudam sempre sorrindo.

O segundo semestre do ano de 2001 fora repleto de novidades para as amigas. Helena já iniciava os preparativos para sua formatura, que seria no final de 2002. Ingressou na comissão de formatura e logo deu um jeito de conseguir aquela boa turma de formandos para a produtora de Veridiana. A publicitária e sua equipe estavam engajados na busca de formandos e seus esforços foram recompensados, tendo conseguido bons contratos em diversas universidades, na capital e interior. Mariana, por sua vez, seguia focada em seus estudos, e também estava descobrindo alguns outros prazeres da vida. A menina, sempre recatada, estudiosa e serena, estava finalmente vivendo sua juventude. Tinha voltado a sair, dançar, se relacionar com pessoas. Não estava à procura de romance nem de alguém especial, e sim de aproveitar seus 20 anos.

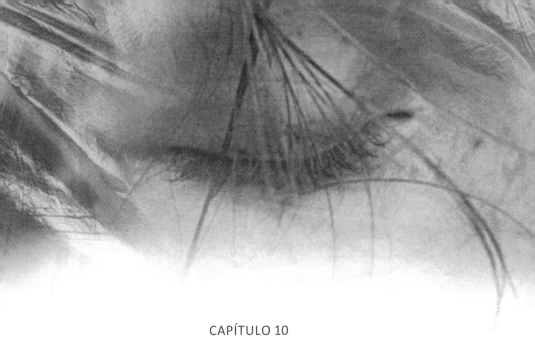

CAPÍTULO 10
O bem sempre encontra o caminho

Em uma noite, já no final de novembro de 2001, Mariana fez um churrasco a um grupo de amigos em sua casa. Acostumada a estar sempre só, mal pôde acreditar na infinidade de comida e bebida que os amigos haviam comprado. A festa seria realmente "forte". A garota, cuidadosa e habilidosa na cozinha, tratou de deixar os espetos perfeitamente limpos, fez o fogo na churrasqueira, esperou sair a fumaça do carvão, espetou a carne, salgou-a, levou-a ao fogo, deixando os ossos das costelas para baixo. Os colegas homens que acompanhavam a cena mal acreditavam na habilidade da garota, que já havia deixado preparados os pães com pasta de alho, os corações de frango no tempero de limão e as cervejas geladas no cooler, próximo daquele que seria o assador ou assadora da noite. Mariana buscava sempre um equilíbrio, mas em alguns encontros com os amigos acontecia de ela passar um pouco do limite na bebida.

Estar em um grupo de amigos por vezes é desafiador, principalmente quando se une bebida e outras coisas mais. Embora todos fossem adultos, nem sempre suas atitudes condiziam com suas idades, afinal de contas a Medicina exige um amadurecimento por vezes precoce. Aquela turma não era tão jovem quanto a anfitriã. Tinham em média a idade de 26 anos, enquanto a menina chegava aos 20 anos, não mais uma adolescente, mas uma jovem mulher, extraordinariamente inteligente, havia conquistado o coração de colegas, veteranos e professores.

Depois de muita cerveja, alguns amigos começaram a se recolher para suas casas. Duas amigas, ambas veteranas de Mariana, haviam consumido bebida demais, e coube à mais jovem cuidar delas. As fanfarronas não apresentavam condições de ir para casa, e Mariana sugeriu que as meninas tomassem um banho antes de dormir, isso minimizaria os efeitos do álcool e, por conseguinte, as faria levantar mais dispostas na manhã seguinte. As meninas concordaram, tomaram banho e foram para o quarto.

Neste intervalo de tempo, Mariana deu uma leve ajeitada na casa. Tratou de recolher as garrafas, as baganas de cigarro, colocou os copos na pia, fechou a garagem e foi para o quarto com as amigas, que já estavam acomodadas lhe esperando. Mariana tirou a roupa e foi para o banho, havia deixado um colchão ao lado de sua cama para uma das amigas dormir. Quando saiu, Patrícia, talvez a mais embriagada das meninas, dormia tranquilamente, sem roupa, no colchão. Mariana não se sentiu incomodada com o hábito da colega e também deitou nua, ao lado de Rafaela, que, por sua vez, dormia só de calcinha, um sono profundo, quase em desmaio.

No meio da noite, Patrícia, que ainda estava alcoolizada, sentiu frio e chamou por Mariana algumas vezes, porém ela não ouviu os chamados da amiga, que resolveu dormir na mesma cama que as colegas, já que estas estavam cobertas por uma manta bem quentinha e ela não conseguia se aquecer no colchão. O quarto, bastante escuro, praticamente não permitia a entrada de luz externa.

Pouco antes do amanhecer, Eliseu, que recebera uma ligação de um vizinho reclamando do barulho da festa, abriu a porta do quarto e acendeu a lâmpada no rosto das três meninas. Mariana ergueu-se assustada, ainda sem conseguir abrir os olhos direito por causa da forte claridade.

– O que está acontecendo aqui? – perguntou Eliseu aos gritos.

Mariana olhou em volta. As três meninas estavam despidas, então ela deu de mão rapidamente na manta que deveria cobri-las, tapando as garotas. Antes que pudesse responder à pergunta do pai, ele continuou com seu escândalo.

– Não é possível! Dentro da minha casa! Que pouca vergonha é essa?

– Calma, pai – disse Mariana.

Nesse meio-tempo, as duas meninas já haviam acordado e estavam embaixo da coberta, assustadas com a atitude de Eliseu.

– Vocês duas, fora da minha casa agora! – ordenou Eliseu aos berros.

Patrícia e Rafaela levantaram quase instantaneamente. Quando o homem se virou, colocaram suas roupas e saíram calçando os sapatos porta afora. Mariana, envergonhada pela atitude do pai, mal conseguiu dar tchau para as meninas, que já estavam saindo pelo portão quando Rafaela fez sinal com a mão de "depois te ligo" para Mariana.

– Como você pode fazer uma coisa dessas? Eu, que sempre te apoiei! Fui apunhalado pelas costas!

Márcia ria sozinha na sala, já tradicionalmente fumando seu cigarro.

– O que eu fiz, pai?

– Eu não criei uma filha para ela ser sapatão! – gritou Eliseu, pegando Mariana pelo braço violentamente e a atirando em cima da cama.

– Do que você está falando, pai? Estávamos dormindo. Só isso! – disse Mariana, tentando manter a calma, mas esfregando o braço já machucado pelo pai.

– E eu lá sou trouxa? Três mulheres nuas na cama. Na casa parece que passou um furacão e vocês aí, as três donzelas, três putas sem-vergonhas! – o pai de Mariana continuava com as agressões verbais.

– Por favor, pai! Me respeite. O que você está dizendo? Ouça suas palavras! – Mariana tentava em vão dialogar com Eliseu, que cada vez mais dava sinais de querer agredi-la ainda mais.

Márcia continuava com seu riso, quase eufórico. Entre uma risada e outra, cantarolava marchinhas de carnaval em tom pejorativo.

– Para mim, chega! Cansado de sustentar vagabunda! Fingindo ser estudante! Pega as tuas coisas e rua daqui, não quero nunca mais te ver na minha frente!

Eliseu abriu o roupeiro de Mariana e começou a atirar as roupas no chão, pisoteou livros. Márcia estava em êxtase, como se desejasse aquele momento. Mariana pegou a mala que estava em cima do armário, dobrou o máximo de roupas que conseguiu, ajeitou com cuidado os livros da faculdade na mochila e em mais algumas sacolas do Mercado Público colocou suas toalhas e roupas de cama, inclusive sua manta. Juntou os polígrafos e cadernos, sua prancha e seu violão, era muita coisa. Vestiu-se de uma dignidade que nem sabia que tinha, pegou seu celular e ligou para o ponto de táxi solicitando um carro grande, que não havia no ponto no momento. A pergunta que lhe corria a mente era: "Para onde eu vou?".

Naquele intervalo de tempo, entre a chegada do carro de praça e a retirada de suas coisas do quarto, teve, por fim, uma conversa talvez ainda mais aterradora com sua mãe.

— Finalmente você vai embora! — disse Márcia com um sorriso estampado no rosto, batendo palmas.

— Por que tanto ódio, minha mãe? Que mal lhe fiz?

— Você existir já é prova do mal!

Mariana seguia empilhando as sacolas. Aqueles cinco minutos que o ponto de táxi pediu para arrumar um carro grande seriam eternos. Márcia acendeu outro cigarro e resolveu falar:

— Eu vou lhe contar! Eliseu não é teu pai! Foste filha de uma violência que sofri há muitos anos atrás e, para minha tristeza, Eliseu resolveu dar o nome dele a ti! Sempre amou mais a ti que a mim! Pela minha escolha, eu te daria para adoção, olhar todos os dias para você aflora a dor do que passei.

Mariana olhava com olhos arregalados.

— Desde pequena, ele te defendia, apoiava tuas insanidades. Te deu dinheiro diversas vezes para ir ao cursinho, para comprar livros. Eu que jamais permiti que esse dinheiro chegasse a ti. Você não merece! És desgraçada assim como teu pai!

Mariana seguia ouvindo tudo atentamente, não conseguia distinguir o que era fato do que era loucura da cabeça de sua mãe.

— Quem é meu pai?

— Eu sou teu pai — respondeu Eliseu.

Mariana ficou exatamente entre os dois na discussão.

— Chega, Márcia! Eu jurei que jamais falaria nesse assunto novamente. Eu sou o pai! Eu registrei! Eu criei!

O táxi deu um pequeno aviso sonoro, informando que havia chegado na frente da casa. Mariana olhou novamente para Eliseu e disse:

— Sim, você é o meu pai! E você é o pai que hoje me nega, me acusa e me coloca para fora de casa! Sinto muito se desapontei você, meu pai, mas tenho certeza que nada fiz de errado.

Mariana pegou suas coisas e começou a alcançar para o motorista, que gentilmente estava arrumando tudo com cuidado no porta-malas do automóvel, e ainda precisava arranjar um lugar para a prancha e o violão da menina.

— Quanto a você, Márcia, minha mãe, sinto muito se passou por tudo isso, eu jamais imaginei. Entretanto, precisei muito de você, precisei de uma mãe, de uma amiga, daquela que orienta, que ensina, que ama. Eu, assim como você, não tenho culpa do que aconteceu há mais de 20 anos, eu não carrego, e nunca carregarei, esse fardo. Esse preço eu não pago! Eu seguirei a minha vida, guardarei com carinho as memórias dos bons momentos, não levarei comigo a tristeza e o rancor, que sempre foram teus, não meus! Eu agora escolho a vida, escolho a felicidade!

Virou para Eliseu e terminou:

— Quanto a ti, Eliseu, foste um bom pai! Me acusaste de um crime que eu não cometi. Não desta vez! Estávamos todas inocentes, culpaste e foste ignorante com pessoas que um dia poderão salvar a tua vida. Sinto muito pela tua escolha de me negar um lar, mas, se queres saber, sim, eu gosto de me relacionar com mulheres.

Na mesma velocidade que Mariana disse aquelas palavras, Eliseu desferiu uma bofetada em seu rosto, que chegou a lhe cortar o lábio. Sem dizer palavra alguma, Mariana pegou os últimos livros que ainda estavam no chão, junto à porta, e entregou ao motorista, um senhor de bastante idade, que assistia à cena completamente atônito. Assim que colocou o pé para fora da porta, Mariana atirou o molho de chaves da casa no chão e entrou no táxi. O motorista arrancou com calma.

Somente depois de umas duas quadras, quando não era mais possível avistar a casa onde havia pegado a passageira, ele perguntou:

– Para onde vamos?

Mariana olhou com espanto para o homem, afinal não sabia a resposta e não desejava envolver ninguém naquela dor em que havia mergulhado. Pediu ao senhor se poderia esperar por alguns momentos, até que ela pudesse lhe responder aquela pergunta. O velho motorista, já calejado de tantas histórias difíceis, ficou sensibilizado com tudo aquilo, encostou o carro no posto de gasolina que havia logo em frente, desceu e pegou dois cafés bem fortes, um para ele, um para a garota, que agora estava ao telefone. Seu primeiro instinto foi ligar para Fernanda, que sempre lhe acudia em momentos difíceis como aquele. Sabia que ligar para Helena poderia agravar a situação, pois Sandra não guardava para si as palavras e entraria, com certeza, em uma guerra pelo bem de Mariana.

– Oi, Fê, sei que é cedo. Pode falar?

– Claro. Está tudo bem? – Fernanda sentiu algo diferente na voz de Mariana e sentou-se abruptamente em sua cama. Fazia umas duas semanas que não se falavam.

– Meu pai me colocou para fora de casa, não tenho para onde ir. Pode me ajudar?

Depois de alguns segundos de silêncio, Fernanda respondeu categórica:

– Eu estou namorando agora, aqui em casa vai ficar difícil. Mas sei de um lugar para onde você pode ir.

– Lembre que praticamente não tenho dinheiro para pagar nada de aluguel! – disse Mariana preocupada.

– Sim, eu sei. Fica tranquila! Onde você está?

– Estou em um táxi, próximo de casa.

– Certo, anota aí o endereço e vai direto para esse lugar. Estou me deslocando para lá! Beijo – Fernanda se despediu e desligou o telefone.

O motorista, que aguardava paciente pelas resoluções da jovem garota, alcançou-lhe o café quente, conferiu o endereço e, antes de conduzir a menina até o local combinado, puxou conversa com a jovem.

— Desculpa a minha intromissão, mas o que foi que você aprontou para o teu pai agir assim? – perguntou.

— Pior que nada! Mais uma vez, fui acusada por algo que não fiz. Que história louca, talvez tenha sido melhor, pelo menos agora eu sei por que minha mãe me odeia. Somente o tempo irá dizer qual o caminho a seguir, porém estou preocupada. Como farei para me sustentar, e a faculdade? Agora, bem no meio, como farei para concluir? Não tenho nem onde morar. Em poucos dias, não terei o que comer.

Mariana desabou dentro do carro do homem, que ainda não havia iniciado sua corrida, pois aguardava a menina terminar seu café. O velho, de olhar meigo e generoso, que estava conversando com a menina que estava sentada dentro do veículo de porta aberta no posto de gasolina, deu-lhe a mão e puxou-a para fora, dando-lhe um abraço muito apertado.

— Esse lugar que sua amiga conseguiu vai ajudá-la muito. É próximo à faculdade, bem localizado, você pagará quase nada e terá amigos, pessoas que possam auxiliá-la – disse o homem.

Entraram no carro e partiram. Ao chegarem ao local combinado, Fernanda esperava já impaciente por Mariana, que desceu do automóvel com o rosto bastante inchado de chorar. As amigas trocaram um abraço fraterno e demorado. Tocaram a campainha, e o portão foi aberto por um conhecido de Fernanda, que já havia feito contato com ele e explicado um pouco da situação, embora pouco soubesse dos detalhes.

Não era um hotel cinco estrelas, nem tinha nada de luxo, mas a vaga conseguida na casa do estudante garantiria a Mariana um quarto, um chuveiro e internet para poder estudar. Fernanda conseguiu um quarto individual, muito pequeno, o menor da casa na verdade. Ficava no sótão, mas o valor era muito acessível, e assim ela pôde ajudar Mariana, deixando três meses pagos antecipadamente.

Antes de se despedir do taxista, Mariana puxou a carteira para pagar a conta e o café. O velho pegou na mão da jovem, com um sorriso já faltando alguns dentes na boca, e disse:

— Não precisa! Faço hoje por você o que um dia fizeram por mim! Ali, na outra esquina, tem um bar de um conhecido meu. Vou passar lá e pedir para ele conseguir algo para você, pelo menos para ter como se virar até conseguir algo melhor. O que mais precisa?

A pergunta do ancião parecia nem fazer sentido.

– Um abraço! – respondeu Mariana, que foi prontamente atendida pelo motorista.

Mariana deu-lhe um abraço apertado, um beijo no rosto e prometeu nunca se esquecer daquele gesto, bem como prometeu-lhe formar-se e salvar vidas. Fernanda assistia à cena com lágrimas nos olhos, ainda não sabia o que havia motivado tudo aquilo, e pouco importava, mas sabia que a amiga levaria dias para se recuperar do choque. Terminaram de levar as coisas para o sótão. Neste meio-tempo, dois rapazes já vieram se apresentar para as meninas.

Fernanda fez questão de ajudar a deixar o mais próximo do ideal aquele pequeno cômodo para a amiga. No quarto havia um frigobar, um micro-ondas velho, uma cama com um colchão já bastante usado, um roupeiro caindo as portas, que fez Fernanda pegar uma chave de fenda com um dos rapazes e colocá-las no lugar, uma cadeira de praia, um banquinho de madeira e uma escrivaninha cheia de cupins. Era o suficiente para Mariana começar a sua vida.

Enquanto a jovem foi tomar um banho, digerir os fatos e se inteirar das regras da casa (afinal, na casa do estudante, todo mundo faz tudo), Fernanda foi até o mercado e comprou frutas, água, sucos em pó, comidas, café em pó e solúvel, enlatados e pão. Trouxe consigo um espumante e duas taças de vidro, dois pratos, dois garfos, duas facas e duas colheres, os únicos utensílios do quarto.

– O que estamos comemorando? – perguntou Mariana descrente com a atitude de Fernanda.

– O seu novo lar! A oportunidade de recomeçar, de fazer diferente!

Mariana encheu os olhos de lágrimas, pegou a taça e brindou com a amiga. Logo em seguida, Fernanda se despediu e voltou para casa. Ainda tinha de retornar para o hospital, estava no penúltimo semestre. Por fim, Mariana terminou de ajeitar as roupas no armário, que ela fez questão de limpar antes, trocou de roupa e foi para a faculdade, pois teria o resto do dia cheio de aulas.

À noite, antes de retornar à casa do estudante, foi ao bar do amigo do taxista, que já esperava pela sua chegada. O homem, de pouco mais de 50 anos, foi bastante gentil com a garota.

– Minha jovem, o Nei me disse que você está com dificuldades. Ele não sabia me dar nenhuma informação a seu respeito, apenas que você estava se mudando para a casa do estudante. O que você cursa? Talvez eu possa ajudá-la em algum estágio na sua área.

– Eu curso Medicina, terminei o 6º semestre – respondeu Mariana.

Estava pensativo o dono do bar.

– Nossa, como farei para ajudá-la?

– Qualquer coisa serve. Tenho aulas em horários diversos, às vezes de manhã, às vezes de tarde, algumas noites.

O homem seguiu pensando e propôs à jovem:

– Acho importante para sua carreira que as pessoas não te vejam trabalhando em um bar. Embora não haja absolutamente nada de errado em trabalhar aqui, existe, sim, um preconceito da sociedade, e, como me parece, você não nasceu em berço de ouro. Será mais fácil para você construir uma carreira sem nosso nome no seu currículo.

Mariana sorriu, sabia que o homem tinha razão.

– Vamos fazer assim, você ficará responsável pela limpeza e organização da cozinha, todas as noites, das onze às três da madrugada. Sua responsabilidade será mantê-la limpa, organizada, para que na manhã seguinte, quando abrirmos, tudo esteja absolutamente pronto. Para isso, vou te pagar vinte reais por noite. Terá uma folga na semana e uma folga em final de semana a cada 15 dias. Mas sem carteira assinada, estou te ajudando. Serve? Pode iniciar hoje mesmo, se quiser!

Mariana nem precisava pensar muito. Era bem mais dinheiro a que estava acostumada. Entretanto, precisaria driblar as festas na faculdade, organizar uma rotina de estudos e de sono e ainda fazer um caixa para adquirir algumas coisas de que necessitava, entre elas um computador.

Somente três dias depois do ocorrido ligou para Veridiana e para Helena, chamando as duas amigas para encontrá-la naquele endereço. As meninas, sem entender direito, foram ao seu encontro. Chegando lá, em uma tarde relativamente quente, Mariana foi recebê-las no portão e as direcionou para seu novo quarto, onde as esperava com um refrigerante gelado, quatro copos de vidro (sua primeira aquisição), flores em cima da escrivaninha e um ventilador velho, adquirido de segunda mão.

Helena olhava estarrecida para todos os lados, sua cabeça formulava uma centena de perguntas por minuto, mas seu instinto dizia que deveria aguardar Mariana falar. Veridiana, muito mais despojada, entendeu que ali, agora, seria a nova casa da amiga, entretanto manteve sua discrição de sempre, permitindo que Mariana contasse somente o que conseguia, pois a ferida causada por seus pais ainda lhe era dolorida demais, e não era possível relatar todos os fatos às amigas sem reavivar a dor sentida dias antes.

O trio de amigas conversou por longas horas naquela tarde. Mariana contou cada detalhe que conseguiu do que havia acontecido, como tinha ido parar ali, o motorista de táxi, a ajuda de Fernanda. Contou empolgada de seu emprego e de como poderia continuar fazendo seus cursos de verão e como estava sendo bom, todos os dias, saber que estava voltando para casa com algum dinheiro. Também contou que ganhava uma à la minuta todas as noites no bar, isso já garantia o jantar, e almoçava no RU da faculdade.

O pouco era tanto que Veridiana e Helena ficaram felizes com a conquista da amiga, mesmo que antes da vitória tenha acontecido uma perda maior. Veridiana questionou por que Mariana optara por ficar só, mas entendeu que aquele momento seria de grande crescimento para a amiga. Helena ainda estava em uma espécie de choque, seu mundo era tão distinto daquela realidade que não entendia as razões diversas que levaram a amiga para aquela situação. Entretanto, via dentro dos olhos de Mariana um novo olhar, um novo brilho, um novo sonho nascendo.

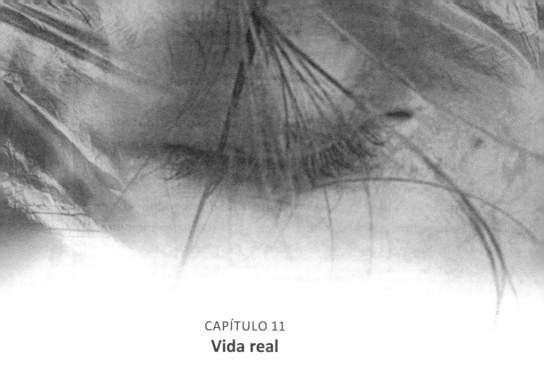

CAPÍTULO 11
Vida real

Mariana pouco a pouco encontrava mais alguns caminhos da vida real. Tinha aprendido que dormir nos intervalos das aulas poderia ajudar muito a manter sua rotina de estudos durante os turnos livres. Dormia menos de três horas por noite, mas seu esforço fora recompensado. Pouco mais de três meses depois, a jovem já havia adquirido seu computador (de segunda mão), comprado um colchão novo, mobiliado seu pequeno quarto e até adquirido roupas novas. A rotina no bar, embora exaustiva, sempre compensava. Mariana era grata a tudo que acontecia, ajudava a todos sempre que possível.

Desta maneira, a primeira metade de 2002 passou voando, a menina mal teve tempo de pensar e já estava nas provas de final de semestre. Como sempre, fora aprovada em todas as disciplinas, mas desta vez não foi fácil. Todos sentiam como estava sendo complicado aquele período para a garota, que lutava contra o sono, o cansaço, para vencer os prazos dos trabalhos, estudar para as provas. Havia desaparecido praticamente das festas com os colegas, foi cobrada por Rafaela e Patrícia, e deu-se conta de que passara o semestre absolutamente sozinha, não dera nenhum beijo em ninguém. A solidão a machucava, até mesmo Fernanda estava sumida, também em final de curso e absolutamente sem tempo para nada. Tinha somente as amigas Helena e Veridiana para compartilhar o que acontecia, mas neste momento de sua vida nunca foi tão difícil ficar perto delas, afinal de contas não sobrava tempo para absolutamente nada.

Foi no período de férias da faculdade, naquele meio de ano, que Mariana achou tempo para encontrar as amigas Veridiana e Helena, que estavam com saudades das boas risadas e das peripécias contadas. Veridiana contava animada como estava conseguindo levar sua produtora, como eram os eventos, as festas, os casamentos. Transformava um evento em um momento único. Helena já pensava o tempo todo em seu TCC, na formatura, na cerimônia, na colação de grau, na festa. Cada uma tinha suas metas para o semestre. Seus encontros seriam ainda mais espaçados neste final de 2002.

Helena, que entrara no final do semestre passado para a comissão de formatura, já acertava de antemão com Veridiana tudo que poderiam e deveriam pedir em seus orçamentos para a festa ser inesquecível. Suas últimas férias ficaram em torno desses pensamentos. Queria uma grande festa, pomposa. Decidiu que seria seu único curso superior. O escritório estava muito bem, assumiu os negócios deixados por seu pai, com eficiência e competência, não permitindo comparações, e ainda adquiriu contratos valiosos com grandes empresas.

A correria do trabalho de conclusão fez Helena quase surtar. Foram horas intermináveis de pesquisa, números, avaliação de resultados, nada nem ninguém conseguia acesso a ela naquelas duas semanas que antecederam a entrega do material. No dia da defesa de seu trabalho, Helena fez questão de convidar as amigas para assistir a sua apresentação, sabia que se sentiria mais segura com a presença das duas.

Após o massacre de perguntas da banca examinadora, Helena recebeu os parabéns dos mestres e foi dada como aprovada. Sua nota seria divulgada em 48 horas, mas já podia comemorar, havia concluído a faculdade de Contabilidade. Dirigiram-se ao carro de Veridiana, que esperava a amiga com um espumante gelado e lindas flores compradas pelas amigas. Naquela noite, saíram para comemorar. Mariana havia pedido folga do trabalho, e foram para uma das casas noturnas mais badaladas de Porto Alegre curtir o show do amigo "Salsicha", um saxofonista parceiro que tocava em uma banda cover engraçadíssima. Foi realmente uma noite incrível para as meninas.

Durante a festa, as meninas observaram um moreno, de aproximadamente 1,85m de altura, com um peitoral marcado na camisa, cabelos negros perfeitamente alinhados, olhos marcantes, que não desviavam de Veridiana. Helena e Mariana resolveram passear por dentro da casa noturna, deixando a amiga alguns vários minutos sozinha. Nesse momento, o homem se aproximou. As amigas posicionaram-se no bar, em um campo de visão que poderiam enxergar os sinais criados por elas para tirá-las de alguma roubada, caso a conversa do rapaz não agradasse, caso ele não estivesse dentro das perspectivas de cada uma. Entretanto, Veridiana parecia profundamente interessada na conversa proposta pelo moreno, realmente o homem dava sinais de ser educado, de ter bom papo e de ser alguém a se investir. Pouco tempo depois, os dois já trocavam um beijo quente na festa. Somente depois as amigas se aproximaram, trazendo o *mojito* pedido por Veridiana e tomando uma cerveja, em uma conversa descontraída.

Leonardo, o moreno, era ainda mais belo quando visto de perto. Dono de traços marcantes, de um corpo sarado, sabia se portar, fora gentil e educado com as garotas, tratou Veridiana como uma rainha. Na memória de Mariana, os causos passados contados pela amiga ficavam no passado, aquele homem lhe trazia uma sensação de paz e tranquilidade, seu instinto dizia que era diferente, mesmo que todos carregassem dentro de si segredos e lados obscuros.

Com o passar das horas, Helena e Mariana anunciaram que iriam embora. Veridiana insistiu em ir com as garotas, entretanto Leonardo fez questão de levá-la para casa.

– Não se preocupem, eu levo Veridiana em segurança – falou Leonardo de forma galante.

Veridiana apenas acenou com a cabeça para as amigas, confirmando que havia gostado da tomada de decisão do homem.

– Ok. Mas avise que chegou bem. Todas nós bebemos e sempre ficamos mais seguras depois de receber a mensagem – disse Helena.

Mariana, sempre a mais ligeira, foi até o ouvido de Veridiana e aconselhou baixinho:

– Use camisinha!

Veridiana colocou a mão no rosto, riu de forma envergonhada e comentou apenas:

– Você não tem jeito mesmo!

Veridiana não hesitou em aproveitar a noite ao lado do estranho e garboso homem, que os conduziu a um motel confortável, tendo uma noite realmente especial. Leonardo sabia como tratar uma mulher, em todos os sentidos. Fora gentil, forte, viril, deixara Veridiana satisfeita, por fim levou-a para casa em segurança. Trocaram telefone, Leonardo prometeu ligar, mas disse que seria em alguns dias, pois teria de viajar por causa do trabalho. Veridiana, já acostumada aos famosos golpes dos homens, nem se importou tanto assim, aprendera com a vida a não criar expectativas e "deixar rolar", como costumava dizer.

Na semana seguinte, despretensiosamente, Leonardo ligou para Veridiana, que atendeu prontamente.

– Oi, tudo bem? Eu disse que ligava – falou Leonardo em tom garboso.

Veridiana não escondia a alegria em receber aquela ligação, entretanto tentava passar um ar sóbrio na conversa.

– E não é que ele ligou mesmo! – disse em tom sereno e descontraído.

– Sim, eu cumpro com a minha palavra!

Após uma conversa descontraída e breve, Leonardo sugeriu de encontrar Veridiana novamente e buscou-a para jantar. Novamente o encontro fora leve, com conversas corriqueiras. No final da noite, antes de novamente irem para um motel, Leonardo contou um segredo para Veridiana, que ficou paralisada com a franqueza do homem. Ele segurou sua mão, olhou em seus olhos azuis, quase a penetrá-los, e disse:

– Eu entenderei se não quiser mais me ver, mas esses dias que passaram eu só fiz pensar em você. Eu poderia estar em uma festa, em uma balada, em um bar, procurando outras garotas. Eu poderia seguir a minha vida e não lhe dizer nada, mas eu não quero enganá-la. Você é real, mexeu demais comigo e eu não quero me afastar de você, entretanto preciso lhe dizer a verdade. Por mais que ela possa vir a machucá-la, a mentira sempre é pior. Assim lhe dou a opção de escolher se quer ou não mais me ver. Inclusive, meu nome é Agenor Filho, mas uso Leonardo por motivos óbvios, como o que estou lhe dizendo.

Veridiana escutava aquelas palavras com descrédito, não assimilava que Leonardo estava lhe dizendo aquilo. Fora tão especial a noite da semana passada, estava por ruir uma possível relação? Estava ela envolta em uma rede de mentiras, ou estava ela envolvida por aquele homem, desejando-o? Seu corpo ardia em brasa, lembrando-se de seu toque, de seus beijos. Queria sentir sua mão pesada, seu carinho sutil, seu cheiro de mato. Respirou fundo, fechou os olhos e pensou: "Dane-se!".

Veridiana atravessou a mesa e sentou-se na cadeira ao lado de Leonardo. Beijou-o de forma quente e intensa e em seu ouvido disse:

– Eu corro o risco! Mas prometa sempre me dizer a verdade!

– Eu também corro o risco por você!

O homem pediu a conta, e foram para mais uma noite de amor. Depois de um sexo de extremo prazer para ambos, dormiram juntos, abraçados. Veridiana sentia-se confortável e segura nos braços daquele homem, que em seu sono sorria. Seu peito de pelos aparados e seus músculos fortes deixavam Veridiana completamente entregue. Na manhã seguinte, continuaram a fazer amor de todas as formas.

Veridiana, que não carregava consigo nenhum tipo de preconceito, transformou o modo de ver a vida de Leonardo, afinal mulheres livres e libertas não estão à disposição, e aquele homem vivenciou a experiência de ter uma mulher dona de si em sua cama, uma mulher forte, dominadora, que se permitia dominar, que se libertava, que se dava prazer! Leonardo apaixonava-se sem saber por Veridiana, que aproveitava cada instante nos braços fortes de seu amante.

Almoçaram no motel e somente na parte da tarde Veridiana retornou ao trabalho. Leonardo também disse que precisaria recuperar o atraso na agenda dos clientes da manhã, que deixara de visitar. Naquela noite, pouco antes das dez, Veridiana recebeu em seu apartamento um lindo buquê de rosas com um cartão em que estava escrito: "Eu nasci no dia que te conheci!". Sentia-se realizada. Queria gritar para o mundo que aquele homem era seu, que havia se apaixonado, mas aquele sentimento deveria ser restrito no máximo às amigas Helena e Mariana, que estavam ansiosas para saber as novidades.

Poucos dias depois, Helena estava comemorando sua famosa festa à fantasia, a última antes do grande dia da formatura. E as meninas capricharam nas fantasias. Helena fora de Tomb Raider, Veridiana de odalisca, Leonardo de *sheik* e Mariana de marinheira. O casal, Veridiana e Leonardo, parecia estar em lua de mel. Mariana parecia um zumbi por causa do final do semestre, pois, além de seu trabalho no bar, estava fazendo uma grana extra revisando trabalhos de conclusão e formatando-os conforme as regras oficiais. Mas estavam ali as amigas juntas, vivendo mais aquele momento ao lado da querida formanda, que agora dava os últimos passos em sua vida acadêmica e já se preparava para a vida de empresária.

O tempo transcorreu rápido nas últimas semanas daquele 2002. Cada uma das meninas envolta em suas atividades. Veridiana trabalhava enlouquecidamente, pois precisava acertar cada detalhe de cada evento, de cada festa, e ainda precisava driblar a ausência de Leonardo, que tinha em sua rotina viver em uma ponte aérea Porto Alegre x São Paulo. Helena buscava o melhor bronzeado na praia, bem como a melhor forma física. Queria estar impecável para sua formatura. Mariana preparava-se para o curso de verão, que neste ano seria somente um, pois precisava descansar para aguentar o internato, que iniciava neste 9º semestre. Fora convidada por Fernanda, que também estava por concluir seu curso, aguardando somente a colação de grau em abril, a participar de um seminário de obstetrícia com uma médica bastante renomada.

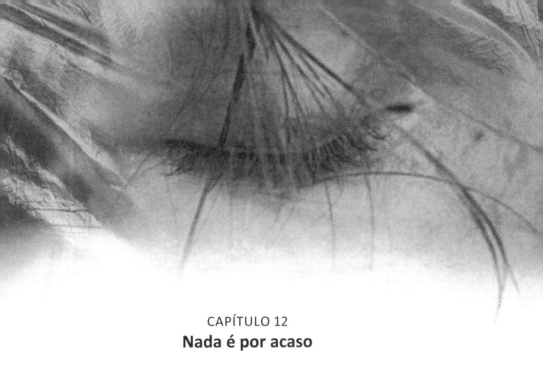

CAPÍTULO 12
Nada é por acaso

Fernanda estava tão eufórica para o seminário de obstetrícia que encheu a cabeça de Mariana com perguntas pré-formuladas, todas direcionadas à palestrante. Mariana, entretanto, não estava tão engajada no assunto, mas sabia o quanto era importante esse momento na vida de Fernanda, principalmente sua companhia, visto que seu namoro não havia durado mais que sete meses e a amiga estava preparando-se para a prova de residência médica. Marcaram de se encontrar às 18h no café da reitoria, assim poderiam conversar antes do início do seminário, que tinha sido programado para durar três horas.

Fernanda ainda se sentia culpada pelo término da relação com a namorada, entretanto sabia que não estava conseguindo conciliar namoro e Medicina, e sua garota pouco esforço fez para entender o período vivido pela formanda, que por vezes pensou em desistir de tudo, inclusive da vida. Foram as centenas de café pelos corredores da faculdade com Mariana, as tardes de sol junto ao Parque Marinha do Brasil, as caminhadas pelas proximidades da Usina do Gasômetro e os lindos pores do sol na beira do Lago Guaíba que ajudaram a garota a vencer esse momento tão delicado.

Pouco antes das 19h, as amigas se encaminharam ao auditório onde seria realizado o seminário tão aguardado. Fernanda estava inquieta, cheia de questionamentos. Levou Mariana para a segunda fila do auditório, e elas sentaram-se nas cadeiras do meio, em frente onde seria teoricamente o púlpito da palestrante. Pontualmente, às 19h, ainda sem entrar no palco, ouviu-se um boa-noite. A plateia, tímida, respondeu baixinho "boa noite!". A palestrante, vestindo uma bata branca de cetim, perfeitamente bordada em tons de ouro, com uma calça justa em tom de bege, um lindo e impecável sapato de bico fino e os cabelos soltos e esvoaçantes, entrou em silêncio, cabeça fletida, compenetrada. Dirigiu-se até o púlpito e o empurrou com leveza, levando-o para o canto do palco, virou-se de frente para o público e cumprimentou a plateia:

– Boa noite!

A voz firme e delicada inundou o ar. A plateia respondeu prontamente, exceto Mariana, que estava completamente estarrecida, olhando fixamente a professora, que continuou sua apresentação.

– Muito boa noite a todos! Que prazer estar hoje, aqui, compartilhando conhecimento com acadêmicos, formandos e colegas.

A palestrante inclinou a cabeça, olhando diretamente para a primeira fila de cadeiras, onde estavam sentados alguns professores da instituição, que estavam prestigiando o evento, e sua visão periférica reconheceu, imediatamente, Mariana, a menina surfista da praia.

Mariana também havia reconhecido a mulher. Sim, era ela, a mulher da saída de praia, do carro vermelho.

– Bom, primeiramente para quem não me conhece, sou a doutora Isabela Albertoni, mestre em Obstetrícia, especialista em cesarianas de alto risco, e...

O resto das informações Mariana não assimilou. Olhava quase sem piscar para a mulher a sua frente, que iniciou seu seminário de forma simples, com uma apresentação precisa de slides explicativos, situações de risco e demais informações que eram pertinentes ao momento. Sempre que suas palavras necessitavam um tom de questionamento, Isabela olhava diretamente para Mariana, que continuava em absoluto silêncio, desta vez, mais compenetrada que nunca.

Fernanda reparou que algo não estava certo e cochichou no ouvido de Mariana:

– O que você tem?

– Lembra que te falei uma vez de uma mulher na praia? É ela! – respondeu Mariana.

As amigas continuaram prestando atenção. Mariana não tinha certeza se a médica havia a reconhecido. Sabia que a fuzilava com o olhar, e isso já era suficiente para que ela estivesse com as pernas trêmulas. Em um dado momento, quando já haviam aberto as perguntas ao público, um aluno, no fundo do auditório, fez uma pergunta bastante categórica sobre um assunto muito pertinente, e a resposta da palestrante foi ainda mais determinante, porém olhando para Mariana:

– Eu acho! Eu sempre acho!

Ao término do seminário, Isabela colocou-se à disposição dos alunos, caso permanecessem com dúvidas, e alguns deles dirigiram-se ao palco, ainda com perguntas. Outros levantaram de suas cadeiras e deixaram o auditório.

Quando Mariana pegou sua bolsa, encarando Isabela, ouviu:

– Ei! Por favor, você pode me aguardar terminar aqui, com os alunos?

Mariana sorrindo respondeu:

– Claro, vou trazer um café para você e volto para buscá-la!

Fernanda ficou sem entender absolutamente nada. Como assim, a professora e palestrante mais requisitada da Obstetrícia iria tomar café com Mariana, que mal dava importância a tal assunto? Saíram do auditório. A estudante foi até a cafeteria, pediu dois expressos, servidos em copo de papel, colocou um sachê de açúcar mascavo (exatamente como preparou para ela mesma), pagou e preparou-se para retornar ao auditório.

Fernanda estava atônita com a atitude e a tomada de decisão tão precisa da jovem Mariana e não pôde deixar de comentar:

– Amiga, ela é bem mais velha! Não te mete em furada! Não vale a pena!

Mariana apenas sorriu, deu um beijo na bochecha de Fernanda e saiu com passos firmes em direção ao auditório. Subiu as escadas laterais, indo em direção à palestrante, e parou exatamente ao lado de Isabela, alcançando-lhe o café. A médica, sem pestanejar, o pegou, agradecendo, não sem antes tocar sutilmente a mão de Mariana. Educadamente, Isabela respondeu a cada uma das perguntas dos que ainda ali restavam, tomou o café e, por fim, perguntou a Mariana, que esperava paciente pela professora:

– Vamos?

Mariana apenas consentiu com a cabeça. Assim que todos saíram do auditório, Isabela, que ainda recolhia seu material, iniciou a conversa decidida.

– Então, eu sou a Isabela, mas isso você já sabe. Quem é você?

– Eu sou Mariana, estudante de Medicina, iniciando o 9º semestre, a surfista – respondeu sorrindo.

Mariana gentilmente ajudou Isabela a carregar seu notebook e encaminharam-se até o carro, que não mais era o vermelho de que Mariana se lembrava. Após largarem os materiais no porta-malas, Isabela perguntou:

– Aonde você deseja ir agora?

– Aonde você quiser me levar! Eu espero por você há muito tempo! – disse Mariana.

Isabela abriu gentilmente a porta do carro para Mariana, que entrou, sentindo-se eufórica, confusa e excitada ao mesmo tempo. A médica entrou na sequência, arrancando o carro calmamente e largando sutilmente a mão na coxa de Mariana, que tentava em vão disfarçar sua inquietação. Encaminharam-se à zona sul da cidade, chegando ao edifício onde morava Isabela. Estacionaram e subiram, indo diretamente à cobertura, apartamento da médica.

Mariana estava com o coração aos pulos, sentia seu corpo tremer, quase sem saber o que fazer. Isabela percebia, devido aos anos de diferença, a ansiedade no olhar de Mariana. Assim que entraram no apartamento, Isabela pediu licença a Mariana e foi guardar seu material. Pouco mais de dois minutos depois, retornou, pegou a menina pela mão e a conduziu até o andar superior.

– Normalmente não trago ninguém aqui, mas sinto que você vale a pena!

— Obrigada pela confiança.

Assim que subiram a escada, a vista em um dos lados da cobertura apontava para uma piscina e uma banheira de hidromassagem; do outro lado, estavam as poltronas e demais assentos. Isabela apontou para o sofá na área externa do apartamento, convidando a menina a se sentar. Foi até o bar, de onde perguntou a sua convidada:

— O que deseja beber?

— Acompanho você – respondeu Mariana de forma educada.

Prontamente Isabela serviu dois copos de bourbon e alcançou um deles a Mariana.

— Eu gosto de bebidas quentes, mesmo no verão, mas uma cerveja gelada também tem seu valor.

Mariana nada respondeu, apenas brindou e deu um pequeno gole na bebida, que lhe caiu como uma luva. Conversaram durante bastante tempo sobre os mais diversos assuntos e, por mais que tentassem fugir, sempre caíam em algum leque da Medicina. A médica prestava atenção em cada palavra dita por Mariana, como se estivesse interrogando com o olhar a jovem menina, que por sua vez sentia-se encabulada com tamanha sedução proposta por Isabela.

A jovem garota pediu para aproximar-se do parapeito, a fim de ver a vista. Embora a noite fosse escura, era possível ver o lago, uns poucos veleiros a deslizar pelas águas, e não havia vizinhos que as enxergassem. Isabela a acompanhou e, assim que chegaram na beirada, Mariana, que tomava a frente, virou-se e puxou firme pela cintura Isabela, beijando-a demoradamente. Isabela, muito mais vivida, utilizou-se de sua sedução e dominou por completo Mariana, que estava completamente enlouquecida pela mulher a sua frente. A experiente doutora, em seus quase 40 anos, segurou firme os braços de Mariana nas costas. A garota, por mais que tentasse, não conseguiu unir forças suficientes para se soltar, e, utilizando apenas uma das mãos, Isabela a deixou completamente entregue a seus caprichos. Beijou-lhe o pescoço, lambeu sua orelha. Sentiu os seios rijos de Mariana em seu peito, abriu seu jeans e ali mesmo transaram pela primeira vez. A jovem garota quase não conseguia manter-se em pé. Isabela ria satisfeita e pediu baixinho no ouvido de Mariana:

— Grita! Eu sei que é isso que você quer!

Os gemidos de prazer de Mariana fizeram Isabela dar várias gargalhadas, a anfitriã não disfarçava em ver a menina completamente entregue. Quando Mariana deu um último grito, esse bem mais alto que os anteriores, e desvencilhou-se da mão atrevida de Isabela dentro de sua calça, seu corpo amoleceu, como se fosse desmaiar. Isabela, em um único movimento, caçou a jovem pela cintura e a abraçou, sentindo seu coração aos pulos. Em seguida, sussurrou:

– Eu estou aqui, não deixarei você cair!

Mariana respirou fundo e ficou naquele abraço por alguns minutos. Cheirava o delicioso perfume no pescoço de Isabela e lhe dava pequenos beijos entre a nuca e a orelha. A jovem menina ainda se recuperava do orgasmo que acabara de ter, quando Isabela, insaciável, a virou de frente para o parapeito e disse em seu ouvido:

– Você queria ver o lago, contemple-o em todo o seu esplendor.

Isabela colocou uma de suas mãos por baixo da blusa de Mariana e voltou a tocá-la, fazendo-a ter seu segundo orgasmo em sequência. Desta vez, Mariana ficara apoiada no parapeito, enquanto era embebida de prazer pela mulher que tanto desejara. Isabela encostou-se, roçando seu corpo ao de Mariana, puxou-lhe firmemente o cabelo e ao pé do ouvido disse:

– Desejei muito este momento. Desde a primeira vez que te vi, desejei tê-la em meus braços.

Mariana virou-se rapidamente, mesmo que ainda estivesse se recompondo, olhou no fundo dos olhos de Isabela e disse:

– Minha vez!

A jovem, muito mais forte fisicamente que Isabela, foi a empurrando em direção ao sofá, tocando-lhe firme os seios e beijando-lhe a boca de forma sedenta, e a atirou no estofado. Com o corpo em cima do de Isabela, segurava as mãos da médica acima da cabeça de forma a deixá-la presa em seus carinhos. Soltou-a suavemente, suas delicadas mãos foram retirando a bata que Isabela vestia, apreciou a lingerie impecavelmente branca que usava. Abriu seu jeans e o puxou para baixo, beijando as pernas da médica, que neste momento já se deliciava com a menina a seus pés. Mariana parecia não ter pressa, como quem sabe precisamente o que está fazendo.

Isabela não conseguia acreditar no prazer que sentia com os toques delicados da menina. A mulher madura estava agora completamente entregue aos carinhos da jovem. Agarrava-lhe os cabelos, arranhava suas costas, gemia de prazer, como jamais Mariana tinha presenciado, afinal de contas sua experiência havia sido bastante restrita e estava sendo movida pelo desejo desenfreado que sempre sentira por aquela mulher.

As duas mulheres permitiram-se ceder aos caprichos uma da outra a noite inteira e transaram na sala, na banheira, no quarto. Já perto do amanhecer, Isabela disse:

– Você pode ficar se quiser, mas daqui a pouco preciso ir para o consultório.

– Eu vou para minha casa, vou voltar para a vida real!

Isabela acarinhava Mariana, que estava deitada em seu peito, em total relaxamento. Perguntou à jovem:

– Você volta?

Mariana fechou os olhos, achando que estava sonhando, e respondeu com outra pergunta:

– Você quer que eu volte?

– Eu quero que você fique! – respondeu Isabela.

Mariana sorriu, girou-se rapidamente na cama, colocando seu corpo em cima do de Isabela, foi até sua linha umbilical e subiu, lambendo-a sutilmente até o queixo, onde, olhando profundamente em seus olhos, disse:

– Eu volto, quando você quiser!

Fizeram amor até o limite do horário, quando decidiram tomar banho juntas. Enquanto Mariana se vestia, sentiu cheiro de café e olhou assustada para Isabela, que estava dentro do closet, terminando de se vestir.

– Que cheiro é esse?

– Café – respondeu calmamente Isabela.

Mariana estava com os olhos arregalados.

– Deve ser dona Lina, ela chega cedo. Trabalha aqui em casa desde antes do meu nascimento. Não se preocupe, ela sabe que sou lésbica! – Isabela deu uma risadinha, deixando o clima mais leve.

Saíram do quarto. Mariana sentou-se à mesa do café, ainda desconfortável pela presença da velha senhora. Dona Lina, com seus quase 70 anos, arrumara tudo com excelência, carinho e zelo. Era muito observadora. Quando chegou, reparou que havia dois pares de calçados junto à porta do apartamento. Por isso, tratou de arrumar uma linda mesa de café da manhã para duas pessoas. A idosa cuidava de Isabela como quem cuida de uma filha. O café era delicioso, passado na hora, pão quentinho que ela trazia da padaria todas as manhãs, e a senhora fez questão de tratar Mariana como uma princesa.

Após o desjejum, Mariana e Isabela desceram para pegar o carro. Isabela fez questão de levar Mariana para casa, mesmo que a menina dissesse não haver necessidade. Para a surpresa da médica, Mariana a conduziu para a casa do estudante, onde morava há quase um ano.

– Você mora aqui? É do interior? – perguntou Isabela.

– Sim, moro aqui! Mas não sou do interior, abriram uma exceção para mim.

– E seus pais?

– Esse tema, somente no próximo encontro – disse Mariana de forma descontraída.

Trocaram um beijo breve e Mariana entrou na casa. Isabela arrancou o carro pensativa. O que levara aquela garota a uma situação delicada de não morar com os pais e estar em uma casa do estudante sozinha? Pensou em sua família, em seu pai, que se separou de sua mãe quando ela tinha 12 anos, mas que sempre fora presente em sua vida, até sua morte. Pensou em sua mãe, que fora embora para os Estados Unidos; em seu meio irmão, que não queria seguir os passos do pai e da irmã médica e vivia uma vida calma, no mundo dos geólogos.

Naquela noite, Isabela ligou para Mariana, entretanto ela não atendeu o telefone. Somente na manhã seguinte Mariana mandou uma mensagem, desculpando-se. Na noite seguinte a mesma coisa. Isabela agora se sentia apreensiva. Teria ela se apaixonado por uma menina que não estaria interessada nela? Afinal de contas, por qual razão Mariana respondia suas mensagens somente durante o dia? Teria ela outra pessoa? Era um mar de perguntas sem respostas. Depois de uma semana quase sem dar notícias, apenas mensagens via telefone, Isabela resolveu sair com uma antiga amiga dos tempos de faculdade. Foram a um bar na Cidade Baixa, tomar uma cerveja.

Naquela calorosa noite de verão, o bar onde Mariana trabalhava encontrava-se completamente cheio. Centenas de pessoas acumulavam-se, a cozinha não dava conta de preparar os lanches; os garçons, menos ainda de atender a todos ao mesmo tempo. Assim, Mariana fora recrutada para fazer um extra, no salão, e foi trabalhar de garçonete. Em uma das mesas ao lado da janela que Mariana fora designada a atender, estava sentada Isabela. Quando a garota chegou, viu a médica com a amiga e teve de lhe servir, baixou a cabeça confusa, envergonhada.

Isabela, quase sem entender o que estava acontecendo, notou a vergonha no olhar de Mariana, que olhava, quando conseguia, para Vera, a amiga. Anotou atentamente o pedido da cliente, respirou fundo e encarou firme, desta vez, de cabeça erguida, Isabela. Após assinalar seu pedido na comanda, com educação pediu licença e, quando foi se retirar, ao colocar a papeleta embaixo da toalha, sentiu a mão de Isabela tocar a sua afavelmente. O olhar firme se desfez e ela deu uma piscadela singela e delicada em direção à mulher.

Algum tempo transcorrido, Mariana voltou com o pedido das meninas e um sorriso no rosto. Várias cervejas depois, cerca de duas horas mais tarde, Vera pediu a conta para Mariana, que prontamente a trouxe. A garçonete gentilmente puxou a cadeira para Isabela, que, ao virar-se e pegar sua bolsa, perguntou:

– Que horas você sai?

– Às três horas – respondeu Mariana.

– Posso buscar você?

– Eu adoraria.

Precisamente às três horas da madrugada, a caminhoneta preta de vidros fumê estacionou bem em frente ao bar. Mariana despediu-se dos colegas e entrou no veículo, onde Isabela a esperava com um sorriso.

– Muito cansada, ou ainda temos algum tempo? – indagou Isabela.

– Tenho a noite toda para você! – respondeu a garota com um sorriso.

Isabela arrancou com calma e perguntou:

— Aonde vamos? Aonde você deseja ir?

— Aonde você quiser! – Mariana respondeu prontamente. Estava com muitas saudades daquela mulher, mas não desejava transparecer.

Isabela dirigiu pouco mais de duas quadras e parou em frente à casa do estudante, onde Mariana, meio sem saber o que fazer, respirou fundo, baixou a cabeça e preparou-se para se despedir de Isabela. Acreditava que sua noite havia acabado ali.

— Me leve para conhecer seu quarto – disse Isabela.

Mariana hesitou, não sabia o que fazer. Isabela abriu a porta do carro e desceu. Sempre muito decidida, foi até a porta de Mariana, abriu-a e pediu novamente:

— Me leve para conhecer seu quarto!

A garota prontamente atendeu. Embora muito simples, Mariana conservava o quarto sempre muito arrumado, os livros precisamente organizados, as roupas guardadas. Isabela entrou no recinto com calma e respeito, observando cada detalhe que cobria seu campo de visão. Mariana foi até a geladeira e ofereceu-lhe uma bebida, água e cerveja, no caso; era só o que ela tinha. Isabela aceitou e prontamente sentou-se na cadeira de praia de Mariana, que há essas alturas já havia adquirido outras três, formando um pequeno espaço *lounge* em seu minúsculo quarto. Depois de alguns segundos, que duraram uma eternidade para Mariana, Isabela quebrou o silêncio e iniciou uma conversa.

— Muito gracioso seu quarto.

— É só um quarto – respondeu Mariana timidamente.

— Negativo. Você o transformou o máximo que pôde. Cada canto tem um detalhe seu. As flores no vaso em cima da mesa, os livros organizados em ordem alfabética, a cama precisamente posta, a foto na praia – Isabela realmente havia observado os detalhes.

Mariana continuava tomando sua cerveja encostada no armário, sem saber por onde começar uma conversa, mas decidiu que precisava iniciar.

— Pensei em você esta semana – disse a jovem garota meio envergonhada.

— Se pensou, por que não ligou nem atendeu minhas ligações?

— Eu já havia faltado ao trabalho na noite que estive com você, não poderia faltar novamente.

— Então você trabalha todas as noites naquele bar?

— Sim, desde que saí de casa.

— E por que saiu de casa?

— Fui expulsa! Injustamente naquela época. Hoje seria justo.

— Como assim?

— Fui expulsa por ser lésbica, mas eu era inocente, mais ou menos! – falou Mariana, rindo.

Isabela riu, sem entender direito o que seria "mais ou menos".

— Meu pai me expulsou de casa por me ver dormindo com duas amigas na cama, onde estávamos nuas. Mas nada aconteceu, havia sido só uma daquelas festas que fazemos durante a faculdade – disse Mariana, tentando explicar.

— Entendi – respondeu Isabela. E continuou: – Ah, essas festas! Papai quase enlouquecia.

— Como eu não tinha para onde ir, Fernanda, a colega que estava comigo no seminário, conseguiu este quarto para mim. Ela me ajudou muito, não tenho palavras para agradecer.

Isabela largou a garrafa na mesa e caminhou na direção de Mariana, que permanecia bebendo sua cerveja encostada no armário. Apoiou as duas mãos logo abaixo dos seios de Mariana, que contraiu o abdômen, respirando fundo.

— Eu senti a sua falta – disse Isabela.

— Eu também!

Isabela pegou a garrafa que permanecia na mão de Mariana, largou-a em cima do armário e beijou a garota fervorosamente, que retribuiu de forma ainda mais quente, já tirando a blusa de Isabela e tocando-lhe a linda lingerie. Fizeram amor a noite inteira. Bem diferente da primeira noite, em que ambas estavam tomadas de desejo, desta vez ambas estavam envolvidas no prazer uma da outra, em sentir, em transmitir a imensa vontade que ficara guardada em seus corpos desde aquela noite.

Depois do amor feito, Mariana finalmente tomou coragem e perguntou quem era a garota com Isabela, na mesa do bar.

— Vera é uma grande amiga! Confidente desde os tempos de universidade, mora atualmente em Recife, não nos víamos há pelo menos seis meses. Ela é casada, com o...

Mariana interrompeu, levando seus dedos até os lábios de Isabela:

— Calma, está tudo bem! Não é um interrogatório. Você é livre e solteira, pode sair com quem quiser!

Isabela riu, colocando a mão na boca, quase como quem não acredita no que ouve.

— Por que está rindo?

— Você é completamente o oposto de minha ex.

— Graças a Deus! – resmungou Mariana.

— Você não se lembra dela? Na praia?

— Sim, eu me lembro! Achei que ela fosse me bater aquele dia.

— Também, né? Você me comeu com os olhos! – disse Isabela, rindo.

— Não é sempre que se encontra uma deusa na beira-mar! – falou Mariana, elogiando a beleza de Isabela.

— Mas, e a garota do espumante? Eu vi você pegando na mão dela! – comentou Isabela, querendo detalhes.

— A Veridiana, uma de minhas melhores amigas. Um ser humano incrível, linda, maravilhosa e heterossexual. E a sua ex?

— O que tem ela? – Isabela respondeu à pergunta devolvendo-a a Mariana.

— Quando vocês terminaram?

— Logo depois do verão passado. Me lembro que vi você na primeira noite de carnaval, você estava em uma casa com polícia na frente, a rua toda trancada. Larguei o carro na casa da vovó e voltei à pé, para a casa onde você estava, para te encontrar. Quando cheguei, a casa já estava fechada e ela havia me seguido. Nossa, ela fez um escândalo na praia que metade da cidade ouviu. Então, eu a deixei terminar o show dela e terminei o namoro. Ela me seguiu por uns três meses, tive que pedir medida protetiva e tudo. Agora ela está bem, já arrumou outra e me esqueceu, com a graça de Deus! Acabei ficando na praia ano passado com meu irmão, ele mora no interior e temos poucas oportunidades de ficar juntos. Aproveitamos os cinco dias de carnaval. Ele, beijando a praia inteira; eu, procurando você.

Depois das delicadas palavras de Isabela, Mariana explicou o que acontecera naquela noite na casa de Helena, o suicídio do pai da amiga, o retorno inesperado para a cidade. Contou do falecimento de seu irmão dois anos antes, da festa que gerou sua expulsão de casa. Estavam aproveitando para se conhecer.

Mariana levantou da cama, na qual conversavam abraçadas, pegou o resto de cerveja quente e olhou para Isabela, deitada sem roupa em sua cama, e disse:

– Você é absurdamente linda!

– Vem comigo! Vem ficar comigo! – propôs Isabela.

– Como? – perguntou Mariana.

– O que vem pela frente na sua faculdade não será fácil. Você não terá um dia de paz nesses próximos dois anos – alertou Isabela categórica.

– Eu desejo você com todas as minhas forças, mas não quero correr o risco de mais uma vez ficar sem ter chão. Sem ter um teto. Isso aqui que você está vendo é tudo que consegui juntar, com trabalho, suor e muitas lágrimas – disse Mariana com o coração aos pulos, querendo aceitar o convite.

– Eu entendo. Quer começar sendo minha namorada? Temos até o final do verão para aproveitar, até o internato iniciar.

– Quero! – respondeu Mariana.

Alguns dias depois, Mariana ligou para Helena e Veridiana e as amigas marcaram uma pizza na casa de Veridiana.

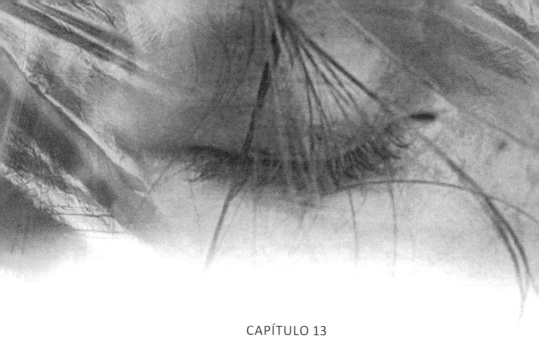

CAPÍTULO 13
Pizza e formatura

Faltando menos de uma semana para a colação de grau de Helena, as amigas se encontraram na casa de Veridiana, para contar as últimas fofocas, isso precisamente quatro dias após Mariana ser pedida em namoro. Veridiana contava empolgada dos preparativos para a festa de Helena, afinal ela ficara responsável pelo baile dos formandos em Contabilidade de 2002/2, mas a festa só aconteceria em janeiro de 2023. Helena, por sua vez, contava detalhes das férias, diminuíra consideravelmente sua caça a novos namorados. Comentou empolgada das novidades no escritório, tinha encontrado a motivação necessária para dar continuidade ao trabalho do pai, que agora era executado por ela em grande escala. Helena havia duplicado o tamanho da estrutura em menos de um ano, inserido contas novas, com contratos duradouros, garantindo-lhe um aporte financeiro de excelente valor.

Mas o que Veridiana e Mariana queriam contar mesmo era sobre seus novos romances. Mariana, sempre curiosa e observadora, comentou:
– Nossa, Veri, que brinco lindo! Nunca tinha visto você com ele.
Veridiana riu, entendendo as intenções da amiga.

— Ganhei do Leonardo!

— Ele já está dando joias a você? – perguntou Helena pasma.

— Sim, na verdade, é um conjunto, com uma gargantilha e os brincos. Leonardo é muito carinhoso e cuidadoso – disse Veridiana com um brilho nos olhos que as amigas não conheciam.

— Ele vem de São Paulo para minha formatura?

— Creio que não, sinto muito. Nos finais de semana, agora no verão, ele normalmente fica em São Paulo, pois a cidade fica mais tranquila, e ele consegue atender alguns clientes vips. Aquela cidade não para nunca, então ele aproveita os períodos de maior calmaria – respondeu Veridiana, que já olhava uma pequena marca de unha no pescoço de Mariana. Com certo olhar de maldade e com um sorriso malicioso, perguntou: — E você, garotinha, que arranhão é esse?

— Acho que me arranhei na praia! – disse Mariana, deixando no ar uma indireta para Veridiana.

— Na praia? Você esteve na praia? – questionou Helena.

— Deve ter sido uma saída de praia que me arranhou! – falou Mariana marotamente.

— Não é possível! Como assim? Como você não me contou nada? – Veridiana pulou no sofá praticamente no colo de Mariana, puxando-lhe a camisa e olhando os vários pequenos arranhões nas costas da garota.

— De quem vocês estão falando? – indagou Helena, entendendo pouco.

— Da mulher da saída de praia! – disse enfaticamente Veridiana, rindo.

Mariana também ria. Não conseguia se desvencilhar das mãos ligeiras de Veridiana, tentava em vão arrumar a gola da camiseta, que a amiga seguia segurando firme.

— Me conta tudo! Como assim? Onde vocês se reencontraram? – perguntou Veridiana, querendo saber de cada detalhe.

Mariana contou às amigas cada vírgula, minuciosamente, sobre como se reencontraram, como estavam se relacionando. Contou que Isabela fazia questão de que ela fosse para sua casa, entretanto Mariana sempre ressaltava às amigas que não se sentia preparada para ir morar com ela ainda. Enfatizou como seu relacionamento sexual era intenso, mesmo que ele estivesse apenas começando, e como elas se completavam quando estavam juntas. Comentou também que pedira demissão de seu emprego no bar, não somente por causa de Isabela, mas também pelo internato que viria agora, e esse período que estava por iniciar seria caótico, e seu objetivo era aproveitar os últimos dias de férias com a namorada. Acreditava ter guardado dinheiro suficiente para se sustentar, e as correções e formatações que fazia em trabalhos de conclusão lhe traziam um extra de grande valia.

A tão esperada noite da formatura de Helena havia chegado. A cerimônia de colação foi absolutamente impecável, o baile e o *buffet* de uma elegância ímpar. Helena trajava um vestido rosa, com uma echarpe em tom mais escuro, sua maquiagem salientava os traços delicados da jovem formanda. Pensara em cada detalhe, fez um lindo vídeo em homenagem a seus pais e melhores amigos. Arranjos de mesas delicados, músicas escolhidas combinando perfeitamente com cada momento.

Veridiana e Mariana ficaram juntas na mesma mesa. Fora a apresentação oficial de Isabela às amigas. Veridiana, sempre vestida de forma sóbria e impecável, trajava um tomara que caia preto em cetim brilhoso, no pescoço um colar de ouro com um pequeno e delicado pingente de rubi em formato de coração. Mariana usava um macacão prateado de corte reto e perfeito, que deixava à mostra suas costas largas, e brincos de strass até o pescoço. Isabela vestia um vestido pouco acima do joelho, modelo cabresto, muito elegante, em tom verde-escuro, com lantejoulas; na mão direita, um lindo anel de esmeralda e uma delicada pulseira em ouro.

A jovem Mariana cuidava com carinho e zelo de Isabela. Fez questão de deixar a namorada o mais confortável possível que pudesse se sentir. Veridiana puxou conversa com a médica, instigada a conhecê-la de forma mais profunda, entretanto Isabela era reservada e discreta em seus comentários, observando, sempre que possível, algum novo detalhe. Na mesa, Veridiana e Isabela observavam-se, cada uma tirando suas próprias conclusões. A doutora sentia ciúmes do cuidado da amiga com sua namorada, mas entendia que elas se conheciam há muitos anos e sua relação era forte demais para que qualquer pessoa tentasse se intrometer. A publicitária analisava os pequenos gestos, sempre discretos e muito carinhosos, por parte da médica, que tratava Mariana como uma princesa.

Mariana levantou discretamente e disse no ouvido de Isabela que iria ao toalete. Veridiana aproveitou a ausência temporária da amiga e indagou:

– Então, Isabela, você finalmente encontrou a Mariana?

Isabela, tomada por um ciúme que ela mesma desconhecia, respirou fundo, tentando ser o mais objetiva que pudesse sem ser grosseira, evitando, por conseguinte, qualquer situação desagradável, e disse:

– Sim, e eu vou tirá-la de você!

– Do que está falando? – perguntou Veridiana com cara de espanto.

Isabela continuou:

– Eu vi vocês duas na praia, vi seu carinho, seu toque sutil, vi como você a trata, aquilo não é só amizade. Temos a mesma idade, sei quando uma mulher está cortejando a outra.

– Você está enganada! O sentimento que tenho por Mariana não é carinho, é amor! Mas amor de amiga! Mari é como se fosse minha irmã mais nova, ela é o laço de família que não tenho, minha confidente, parceira, AMIGA. Sabe de muito dos meus segredos, sua discrição é uma dádiva, sabe de histórias que você jamais imaginaria! – expôs Veridiana.

– Sim, eu espero que seja só isso! Detestaria entrar em uma luta desleal com uma bela mulher como você!

Veridiana encarou firme Isabela e disse:

– Sim, é só isso! Mas eu estarei sempre em vigia, observando cada passo seu! Eu espero que você faça por merecer o amor de Mariana, porque, se não o fizer, vai se ver comigo! Palavra de melhor amiga!

Mariana retornou à mesa e sentiu um leve clima de tensão no ar. Observava os olhares de Veridiana e Isabela, sem compreender bem o que se passou durante os minutos que esteve ausente. Assim que se sentou, a mão grande de Veridiana repousou em sua coxa. Olhou para a amiga demonstrando não estar entendendo sua atitude. A amiga, por fim, devolveu-lhe um belo sorriso e disse ao pé do ouvido:

– Sim, mesmo não sendo da minha conta, eu valido sua escolha, minha amiga!

Mariana continuava completamente perdida nas palavras de Veridiana, pois não havia pedido validação alguma. Sabia que o carinho e amor de Veridiana por ela era infinitamente maior que o que recebia de sua família. Isabela sorriu, tocou de leve a mão de Mariana que repousava na mesa, puxou-a delicadamente até os lábios e deu-lhe um pequeno beijo. Olhando profundamente nos olhos de Mariana, disse:

– Sim, eu estou com você agora.

Mariana seguiu sem entender o que havia acontecido enquanto estava no toalete e o que se passara nos instantes depois. A conversa encontrou outro rumo e minutos depois Veridiana e Isabela já conversavam sobre uma possível nova festa que seria dada por Isabela em comemoração à vinda de sua mãe ao Brasil. Ela chegaria em terras brasileiras para rever alguns negócios e matar a saudade da filha, e, aproveitando esse momento, Isabela apresentaria Mariana a sua matriarca. Veridiana, acostumada a dar todos os tipos de festa, prontificou-se imediatamente a organizar um jantar para a mãe de Isabela.

Por fim, o trio aproveitou a noite. Mariana, sempre muito descontraída, dançou tudo que pôde, sozinha e acompanhada de sua garota. Divertiu-se quase como se ela mesma fosse a formanda. Nos pensamentos de Veridiana, a ausência de Leonardo. Helena esteve reluzente do início ao fim da festa. Sua noite fora inesquecível!

Já no final da festa, Isabela convidou Mariana para subirem para a serra gaúcha. Ela estava com o final de semana de folga e havia previsão de tempo bom e muito calor. Passaram no apartamento de Isabela e na casa do estudante, pegaram algumas coisas e partiram. Chegaram a Gramado, ao apartamento de Isabela, pouco depois do amanhecer. A bela mulher, sempre pontual em suas ideias, já havia pensado em quase tudo. Mal desceram do automóvel e já estavam entrelaçadas nos lençóis macios, fazendo o que mais gostavam de fazer juntas: amor. Dormiram abraçadas até quase o final da tarde, quando optaram para o jantar por um *fondue*, um bom vinho e depois, claro, voltar para o apartamento e curtir.

Mariana durante o passeio comentou se sentir envergonhada de Isabela estar bancando todas as contas. No entanto, Isabela não costumava dividir seus caprichos e cômputos e pediu a Mariana que relaxasse, que estavam curtindo, que ela não se preocupasse com nada. O tempo a faria recompensar o investimento da namorada. Na manhã seguinte, Mariana foi até uma padaria próxima do apartamento e providenciou uma mesa cheia de pães, biscoitos e bolos para o café da manhã.

Retornaram da serra no domingo, já no final da tarde. Mariana mal passou em seu quarto para buscar mais algumas peças de roupa e foi para a casa de Isabela, que fez questão de aproveitar os últimos dias de férias da namorada.

Faltava pouco mais de duas semanas para o término das férias. Mariana já se encontrava ansiosa para o início do internato. Veridiana, logo após a formatura de Helena, viajou com Leonardo para Buenos Aires, onde ficaram por uma semana. Helena curtia em sua totalidade seu presente de formatura, uma viagem a Paris. Isabela seguia sua rotina de trabalho, hospital e Mariana, afinal ela sabia que, assim que as aulas iniciassem, sua presença na vida da namorada seria mais remota.

A médica foi, de forma sutil, convencendo Mariana a ficar. Ela não precisava pedir, esse era o desejo da garota, mas esta achava precoce demais essa união. No entanto, quando estavam juntas, tudo sempre era perfeito. Isabela esforçava-se para ser a mais singela possível em suas escolhas, sem ostentação; tinha por intuito deixar Mariana o mais confortável possível. Quando voltava do trabalho, normalmente curtia o pôr do sol de sua cobertura na companhia de sua amada. Mariana, por vezes, esperava sua garota tomando um chimarrão, e Isabela, sempre que podia, a acompanhava. Entretanto, toda vez que falavam de planos, de futuro, Mariana fugia do assunto; vivia o tempo atual, o real. Se é que se podia chamar de real, pois, para ela, mais parecia um conto de fadas.

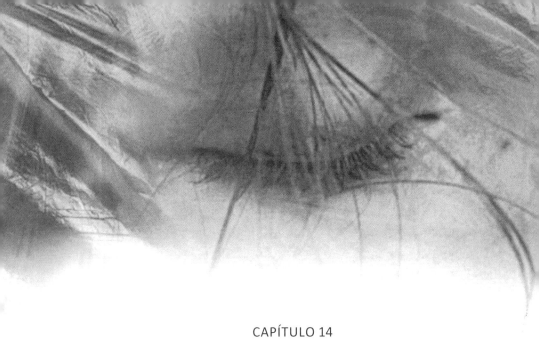

CAPÍTULO 14
Entre a luz e as sombras

O período considerado o mais delicado da faculdade havia chegado. Passar por quase todas as especialidades em dois anos parecia uma missão quase impossível. Mariana, por mais que Isabela se esforçasse em cuidar dela, havia emagrecido. Algumas olheiras já eram evidentes devido às noites acordada estudando, e até mesmo o uso de lentes havia se tornado um hábito.

Sem que percebesse, Mariana foi, pouco a pouco, mudando-se para a casa de Isabela. Afinal, os poucos momentos de descanso e lazer eram aproveitados com a companheira, que entendia a completa falta de tempo da garota. De forma sutil, Mariana ganhou metade do closet; no escritório, uma estante inteira para si; um notebook novo; um lugar na cama vitalício. Se por um lado Isabela sentia falta da companhia diária e da presença de Mariana em casa, por outro não podia queixar-se da menina quanto a seu desejo pela amada. A jovem garota, completamente apaixonada, não deixava a namorada em paz um único segundo quando estavam na cama, a bela menina era, como se pode dizer, insaciável.

Isabela esmerou-se para que Mariana se interessasse pela obstetrícia assim como ela. Pode-se dizer que entre as duas houve conversas profundas sobre o tema; entretanto, por mais que a médica se esforçasse e mostrasse seu universo particular, Mariana seguia firme em seu desejo de ser cardiologista e cirurgiã.

Os dias de hospital e faculdade pareciam infinitos, pois a carga horária e a demanda de estudos não condiziam com uma rotina dita normal na vida de qualquer pessoa. Mariana fez questão de manter sua simplicidade, embora Isabela sempre enfatizasse que a garota deveria começar a mostrar mais suas habilidades e seu potencial naquele período da faculdade, até porque suas notas eram dignas de primeira da turma. Seguindo o conselho da namorada, e com um leve empurrãozinho, conseguiu uma vaga de interna observadora, vaga criada por um cirurgião amigo de Isabela, assim ela poderia acompanhar os procedimentos que o médico realizava quando não estivesse em aula com seus preceptores. É importante salientar que Isabela sempre teve uma excelente relação com os colegas, inclusive os mais velhos e professores das instituições, visto que muitos deles eram amigos pessoais de seu falecido pai.

O esforço exacerbado da garota por vezes a levava à exaustão emocional e física. Fora um dia no cinema com Isabela que Mariana simplesmente teve um "apagão". Reclinou-se na poltrona e dormiu profundamente, não se importando com os barulhos do filme nem com nada que acontecesse ao seu redor. Isabela recebeu aquele episódio como um aviso e redobrou os cuidados com a namorada, pois tal fato não poderia acontecer durante os estudos.

Os dois semestres daquele ano passaram em uma velocidade espetacularmente rápida. Não houve oportunidades para as garotas viajar, curtir algo fora da cidade; seus momentos foram, por assim dizer, em casa mesmo. Próximo ao final do ano, em um fim de tarde agradável, de bastante sol e calor em Porto Alegre, Isabela propôs:

– Que tal entregarmos seu quarto na casa do estudante?

Mariana olhou com certo desconforto para a namorada, que continuou seu pensamento:

– Você, nesse último mês, só foi lá dois dias. E foi para pagar a faxineira que você contratou, pois não tinha tempo de fazer a limpeza, no seu dia. Está gastando com o quarto, a limpeza... um gasto desnecessário– Isabela sorria, com a certeza de estar usando os argumentos certos. – Que tal, em definitivo, você vir para cá?

Mariana levantou-se da poltrona em que estava sentada e foi caminhando até o parapeito, escorou-se e pensou que, afinal, os argumentos de Isabela estavam corretos. Não era válido seguir realizando pagamentos, tirando a vaga de alguém que pudesse estar com dificuldades semelhantes às que um dia ela teve. E devolveu a resposta em forma de pergunta:

– E se não der certo? E se você não me quiser mais, quando tudo isso terminar?

– De onde você tirou essa ideia? – perguntou, espantada, Isabela.

– Quando a faculdade terminar, iniciará a residência, a especialização. Você já passou por tudo isso, entende cada obstáculo que ainda está por vir. Compreende como ninguém as minhas ausências e excentricidades. Respeita meu espaço. Mas, e se eu não for suficiente para você? E se eu levar tempo demais para recompensá-la por tudo isso que você faz? – respondeu, com uma nova pergunta, Mariana.

– Amor, não é retribuição. É estar junto, enfrentando as adversidades, colhendo as flores. É saber quando calar; é ouvir, mesmo que não lhe diga respeito. Você já provou ser uma companheira e uma companhia incrível! Mesmo nos períodos mais distantes, eu consigo senti-la perto. Quanto a ser suficiente, você ainda tem dúvidas? O destino nos uniu novamente, e ele sabe o quanto eu procurei você. Te busquei pelos parques, pelos shoppings, pelas praias, em outras mulheres, e era uma busca particular, pois eu sabia que o dia em que te reencontrasse nada poderia ser mais forte que nosso amor – disse Isabela.

A mulher experiente e vivida colocou a jovem Mariana encostada em seu peito e abraçou a garota, deixando seus rostos lado a lado, e juntas olharam o pôr do sol esplendoroso que se fazia diante de seus olhos. Ficaram um longo período ali, contemplando, até que Mariana respondeu:

— Sim, eu aceito vir, em definitivo, morar com você! Mas continuarei arranjando uma forma de me manter financeiramente, não quero você bancando tudo. Não suportaria a ideia de ouvir das pessoas que estou te explorando.

Isabela virou-se com um sorriso de criança de feliz e disse:

— Certo, assim que te formares, abro uma vaga na clínica para você, como médica clínica geral. Assim, você poderá fazer sua residência onde desejar, e fará o turno que conseguir lá na clínica. Também não me custa pedir um favor a algum colega querido, afinal nós médicos devemos nos ajudar sempre, pois nunca ninguém vê o que passamos, somente a fama, e tentar colocá-la em algum hospital privado. Pode ser? – perguntou Isabela.

— Pode, eu aceito a ajuda. Eu sempre aceitei, e eu aceito, sim, hoje e sempre, ser a tua companheira. Finalmente estou pronta para enfrentar os desafios que é ser homossexual neste país. Afinal, o Brasil é o país do mundo que mais mata homossexuais, e, para ser honesta, sempre tive medo de prejudicar a tua carreira por esse motivo – respondeu Mariana.

— Não precisa se preocupar! Embora ser homossexual demande uma carga emocional intensa, eu já me acostumei. Meu pai, quando era vivo, me ajudou muito, sempre me ensinou a construir valores éticos e morais, para que, quando alguma decisão ou atitude minha fosse questionada, o motivo não fosse minha opção sexual, mas sim meu conhecimento sobre a causa, minha postura como ser humano, e como mulher. Embora papai tenha pedido o divórcio, e até entendo os motivos, visto que mamãe não é uma pessoa tão fácil assim, ele sempre respeitou as mulheres e me ensinou o lugar certo para que o maior número de pessoas me respeite como homossexual. E acho importante salientar: eu nunca estive "dentro do armário". Ele foi, é e sempre será um exemplo para mim – argumentou Isabela, tocando afavelmente os cabelos de Mariana.

E continuou:

— Você será questionada, indagada, pelo simples fato de ser mulher. Suas habilidades nunca serão o suficiente, você terá de ser além do número um em tudo, ser incrivelmente forte, para resistir as ofensas, as injúrias, será sempre comparada a um homem, mesmo que ele seja um péssimo médico, um péssimo marido, um idiota. Acredite, mesmo no topo da carreira, suas decisões serão todos os dias questionadas, e mantenha-se firme nelas, você acertará grande parte, e quando der errado, e vai dar, pois somos humanas, não deixe seu castelo desmoronar, é tudo que os olhos doentes desta sociedade desejam. O mundo tornou-se um lugar cruel para as mulheres, vivemos lutando por direitos como votar, como sair à rua sozinha, como poder amar sem limites, como vestir o que quisermos. E eu estarei ao seu lado, sempre! Você é a melhor escolha da minha vida, nunca se esqueça disso.

Mariana respirou fundo, não costumava falar, mas sabia que era necessário.

– Sabe, eu pouco falo de minha vida, das minhas trevas e tristezas, prefiro escondê-las em um lugar seguro, afinal normalmente nossos portos seguros são nossos pais, mas eu os tive tão distantes de mim que nunca consegui encontrar esse lugar tão desejado. Quando Marcelo morreu, minha mãe me acusou de tê-lo matado e jogou toda a sua tristeza em minhas costas.

Isabela ouvia atentamente a menina, que finalmente abria seu coração, secando-lhe por vezes as lágrimas que escorriam.

Mariana continuou seu relato:

– Pensei por vezes em desistir de tudo, afinal não fazia o menor sentido toda aquela luta. Confesso que pensei até em tirar minha própria vida e talvez não tenha feito nada assim pelas meninas, que foram e são sempre meu ombro amigo, elas são o que existe de mais belo dentro da palavra amizade. Veridiana, inclusive, me acompanhou nas primeiras sessões com a psicóloga, quase me levou pela mão, literalmente. Ela e Leonardo me monitoraram de perto e só me "largaram" quando eu provei já ter retomado as rédeas de minha vida novamente.

Isabela pegou na mão da namorada e deu-lhe um beijo carinhoso. Mariana seguiu sua história:

– A sua chegada, a sua leveza, o seu modo de ver o mundo me transformou, me trouxe luz. Quando a tive em meus braços, finalmente soube o que era amor de verdade, e eu pude, com a sua ajuda, sair da concha que escolhi como um lugar seguro para viver.

As meninas se beijaram de forma fervorosa. Por fim, Mariana concluiu o desabafo, como uma explicação perfeita:

— Antes de conhecer você, antes de te ver na praia, eu era como um bloco de granito maciço, eu entendia o meu valor, mas não conseguia determinar qual minha real função. Então um dia um escultor me viu, olhou-me como sendo o mais precioso dos materiais e desapareceu. Quando te reencontrei, me vi sendo levada ao mundo das artes, onde um bloco não é mais apenas um bloco, e sim já é visto como uma futura escultura. Nosso amor nasceu, e você, ao contrário de todo escultor, me alcançou as ferramentas necessárias para que uma linda obra de arte nascesse. E eu fui talhando, detalhe por detalhe, te tendo como exemplo, te seguindo, te copiando e, cada dia mais, te amando. Então, por favor, não ouse pensar que um dia irei abandoná-la! Te amo, te quero, e quero ficar para sempre com você. Quer casar comigo?

Isabela, que estava com os olhos inchados de chorar com as palavras da namorada, espantou-se com o pedido, mas não lhe negou uma resposta.

— Sim, eu quero casar com você! Você entende que será somente entre nós? Que o Estado ainda não nos reconhece como um casal? — perguntou Isabela.

— Sim, eu entendo! Mas desejo que todos saibam que você é minha, só minha! — respondeu Mariana.

Isabela terminou de enxugar as lágrimas, foi ao banheiro, lavou o rosto com água fria, pegou as chaves do carro, segurou Mariana pela mão e desceu pelo elevador do prédio, sem dizer uma única palavra. Entraram no carro, o clima era leve. Embora Mariana pouco estivesse entendendo, Isabela fez questão de pouco falar a respeito de onde estavam indo. Chegaram ao shopping Iguatemi e foram direto a uma das joalherias preferidas de Isabela, onde experimentaram diversos modelos de aliança, escolhendo-as cuidadosamente. Encomendaram e foram para o restaurante comemorar.

Naquela mesma noite, Isabela ligou para sua mãe, que morava em Boston, e contou-lhe a novidade. Maria Helena conhecera Mariana de forma rápida, visto que seu contato havia sido bastante restrito pelo tempo, pois tinha vindo ao Brasil somente escoltar a exposição de um artista americano que ela fazia questão de acompanhar, uma vez que, embora talentosíssimo, estava completamente despreparado para o mercado das artes.

Estando ela na outra extremidade da América, foi possível ouvi-la dizendo:

– Que felicidade, minha filha! A Mari parece uma menina incrível, e como ela é dedicada, amável, uma princesa! Cuide bem dela, pois sei que ela está cuidando muito bem de você, afinal nunca te vi tão feliz como você está agora!

Isabela recebeu os votos da mãe, estava radiante de felicidade. Sabia que estava tomando a decisão certa. Mariana tratou de ligar para Veridiana e Helena e contou-lhes a novidade. As amigas também transbordaram de alegria. A jovem fez questão de enviar o convite de suas bodas para os pais.

Algumas semanas depois, com muito cuidado e infinitas dicas de Veridiana, o casal celebrou sua união em uma cerimônia discreta, coberta de amor e cumplicidade. Uma amiga muito querida de Isabela ajudou as meninas no ritual, mas cada uma fez questão de escrever seus votos. Mariana fez questão de convidar o amigo "Salsicha", que quando se apresentava sozinho usava o nome Vini Netto, para tocar sax durante a cerimônia e após, na recepção aos convidados. Um *buffet* fabuloso foi contratado por Isabela (seguindo a dica primordial de Veridiana). O cerimonial, como um todo, fora absolutamente impecável, perfeito. Para a lua de mel, Isabela levou Mariana para Roma, Itália. Dez dias incríveis de amor.

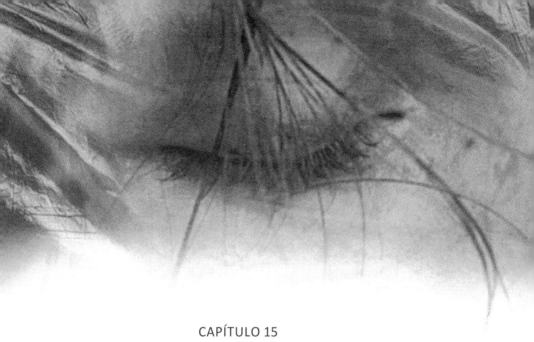

CAPÍTULO 15
As feridas que cada um carrega

O segundo ano de internato passava ainda mais rápido que o primeiro. No pequeno período que as meninas tiveram de férias, acabaram por curtir quatro dias em Buenos Aires. Retornaram dois dias antes do carnaval, e Isabela propôs, naquele ano, passarem uns dias embarcadas em seu veleiro, descansando. Mariana, por sua vez, amou a ideia, poderia colocar algumas leituras em dia e não precisaria se preocupar com absolutamente nada, embora o convite de Helena para elas irem para a praia tivesse sido tentador.

Na praia, Helena finalmente havia esquecido Joaquim. Parecia ter superado tudo que ocorrera há alguns anos e estava curtindo os dias de verão, sol, calor e carnaval na companhia de Sandra, que este ano, ao contrário de tantos outros, decidira ir com a filha para o litoral. A menina, sempre disposta a zoar e conhecer novas pessoas, estava envolta, inclusive, em encontrar um gatinho para sua mãe, que, embora tivesse quase 50 anos, ainda era bela e estava em forma. Anos de academia, musculação e natação compunham aquele corpo, era bem possível que algum desavisado achasse que as duas eram irmãs, e não mãe e filha.

Veridiana, por sua vez, embarcara com Leonardo para o Rio de Janeiro, e iriam realizar o sonho da garota de assistir aos desfiles das escolas de samba do grupo especial. Desde a chegada dos namorados, no Aeroporto Santos Dumont, à hospedagem, em um hotel de frente para o mar na praia do Leblon, Leonardo, como sempre, pensara em cada detalhe. Tinha comprado ingressos para um camarote, que dividiria com alguns amigos íntimos, sem muita badalação e holofotes. Veridiana havia comprado sua máquina fotográfica digital, não queria perder um único detalhe. A publicitária enxergava oportunidades em todos os lugares e sabia, como poucos, extrair as essências necessárias de cada ambiente.

Leonardo, sempre muito galante, papariçou a garota as duas noites inteiras, fornecendo-lhe champanhe de alta qualidade para aquela ocasião de calor no sambódromo do Rio de Janeiro. O generoso homem pouco se importou com a tietagem de Veridiana, que não perdia um único famoso nas fotos. Na terça-feira de carnaval, próximo ao meio-dia, partiram, para finalmente descansar das noitadas, rumo a Petrópolis, serra carioca.

Os requintes de cultura sempre propostos por Leonardo fascinavam Veridiana, que, toda vez que podia, ouvia as histórias do homem. Por vezes, o entusiasmo era tão grande, fazendo-o parecer um professor de História, não um empresário. Cada esquina daquela cidade exalava cultura e, assim, aproveitaram cada momento para adquirir um pouco mais de conhecimento. Desbravaram novos restaurantes e sabores, apreciando ostras gratinadas, *paellas* de frutos do mar, filé ao pesto com *snacks* de presunto Parma original, além das infinitas cervejas locais. Sete dias intensos de sabor, harmonia e muito romantismo do casal.

Na última noite que estavam embarcadas, Mariana notou um certo ar melancólico em Isabela, observou inclusive que ela já havia bebido mais que normalmente. Intrigada, Mariana aproximou-se de Isabela, que estava sentada na proa do veleiro, acompanhada de uma garrafa de vinho tinto seco. Deu de mão na taça, provou a bebida e perguntou:

– Você está bem? O que aconteceu?

Isabela estava com o olhar distante, como se as respostas estivessem longe demais para concluir o pensamento. Mais alguns minutos de silêncio, Mariana optou por apenas ficar ao lado da amada. Não sabia o que estava acontecendo, até que, finalmente, Isabela quebrou o silêncio.

– Hoje faz dez anos da morte de meu pai – disse com a voz embargada, segurando o pranto que corria por sua face.

Mariana passou o braço por sobre os ombros de Isabela, aproximou-a de seu peito, fazendo-lhe um afago singelo, e disse:

– Eu sinto muito, lamento sua perda.

– Eu pouco falo dele, mas ele me faz tanta falta. Além de um pai incrível, ele foi amigo, companheiro neste barco, companheiro na vida profissional, conselheiro.

Mariana permaneceu em silêncio, prestando atenção total nas palavras de Isabela.

– Eu tinha 12 anos quando papai e mamãe se separaram. Papai era um pediatra incrível, professor da Federal, vivia debruçado em estudos, buscando curas, aperfeiçoando técnicas. Mamãe sempre dizia que o casamento dele era com a Medicina, não com ela. E, mesmo com todo o seu amor pela Medicina, sua presença como pai era sempre constante. Ele estava nas entregas de boletim na escola, nas apresentações de ballet; sim, eu fiz ballet por cinco anos. Ele nunca disse o motivo da separação. Mamãe, ao contrário, inventou mil histórias, que ele tinha amantes nos hospitais, que não me amava. Eu, como filha única, fiquei mergulhada naquele universo triste que é uma separação, sem saber se era amada ou não, afinal uma criança pouco consegue discernir os fatos. Foi na adolescência que comecei a entender quão amada eu era por aquele homem, por aquele pai.

Isabela repôs vinho na taça, bebeu um pouco, respirou fundo e continuou:

– Eu tinha 16 anos, havia ganhado de papai uma viagem para a Disney, estava nos Estados Unidos com minha melhor amiga. Uma noite, sei lá por que, o grupo da viagem estava fazendo uma brincadeira, tipo um jogo de verdade ou consequência, e uma das consequências era beijar uma menina. Foi dada a mim aquela consequência, e eu escolhi, na época, minha melhor amiga. Eu adorei a experiência; ela, nem tanto. Havia me apaixonado em apenas um beijo pela garota, fora meu primeiro amor não correspondido, e depois foram tantos outros, mas enfim. Voltamos ao Brasil, ela passou a me desprezar. Primeiramente não contamos na escola o que havia acontecido, papai, entretanto, observou minha tristeza e a ausência daquela amiga ali em casa. Um dia, na saída do futebol, papai me levou para tomar um lanche e perguntou o que realmente tinha acontecido, e eu, meio encabulada, respondi. Confesso que morria de medo de decepcioná-lo. Ele nem deu bola para o fato de minha paixão de adolescência ser uma menina, queria me ver feliz, e fez questão de me dizer isso, que estaria ao meu lado para o que viesse. No outro dia, ele me mostrou como o mundo seria, o quão cruel um ser humano pode ser quando está acuado, e ele estava certo. Aquela menina, além do desprezo que teve por mim nos dias seguintes à viagem, depois de um tempo, resolveu revelar para a escola o que havíamos feito na Disney, e essas informações já haviam chegado aos seus ouvidos, em forma de fofoca e discriminação. Interessante que ela jogou toda a carga de "culpa" nas minhas costas, como se eu a tivesse coagido ou obrigado a fazer isso ou aquilo. Papai ficou muito bravo com tudo aquilo e pediu uma reunião a portas fechadas com a família da menina e com a direção da escola. Não sei o que falaram, mas no outro dia a garota me pediu desculpas, diante de metade da escola, no horário do recreio. Mamãe dizia que era coisa da idade, pouco me viu como adolescente, continuava envolta em seu casulo, como se tivesse sido abandonada, traída, sei lá. E, por incrível que pareça, ela segue nesse casulo ainda hoje, nunca mais teve uma relação séria, um namorado, o que for. Quando fala de papai, não existe mais o tom de mágoa, mas é possível observar uma saudade evidente, como se um dia ele fosse voltar para ela. Sinto muito por ela, e por tudo isso. Ela merece ser feliz, mas só ela pode escolher a felicidade.

 Mariana ergueu-se e acendeu as luzes da vela no veleiro. A noite negra na lagoa ficava menos fantasmagórica com as luzes acesas.

 Isabela continuou seu relato:

– Três anos mais tarde, eu passei no vestibular para Medicina, queria seguir os passos de papai. Mamãe ficou horrorizada com minha decisão, queria que eu tivesse seguido o caminho das artes, não me perdoava por ter largado o ballet. Ela ainda questionava os motivos pelos quais não quis seguir aquela linda profissão. De tanto ela me pressionar, papai, que havia comprado um apartamento para ele, apartamento esse que é onde moramos, me convidou para morarmos juntos, e eu aceitei prontamente. Mamãe, totalmente revoltada, mudou-se para São Paulo, para o apartamento que temos lá. Naquele mesmo ano, papai mudou-se para Santa Maria, onde virou coordenador do curso de Medicina e lá se casou novamente, tendo seu segundo filho, meu meio-irmão.

Enquanto Isabela bebia mais um gole de vinho, Mariana comentou:

– Sim, você falou nele, que esteve na praia com ele, mas você fala muito pouco dele.

Isabela largou a taça na mão de Mariana e respondeu:

– Sim, eu e Pimpão (apelido carinhoso que dei ao meu irmão quando ele nasceu e que uso até hoje, inclusive nas redes sociais) não somos próximos, não tem como sermos, temos uma diferença de quase vinte anos, mas nós nos amamos tanto! Ele é um menino bom, geólogo, não quis seguir nosso caminho médico. É muito inteligente, passou em um concurso público importante, está morando há quase quatro anos em Vitória. Tem a vida dele estabilizada, acho que não volta mais para o sul. Sua última vez foi naquele verão de 2001, quando passamos o carnaval juntos na praia, no dia que te vi na casa da sua amiga, que voltei para te ver, mas você tinha ido embora.

– Qual foi a causa da morte de seu pai? – perguntou Mariana, aproveitando a oportunidade, pois Isabela nunca falava de suas dores.

– Aos 54 anos de idade, aquele médico, que sempre se cuidava, estava em dia com seus exames, pedalava, teve um infarto fulminante, tomando um chimarrão em um parque.

Mariana não conteve o comentário:

– Nossa!

– Na autópsia constataram que ele teve o que chamamos de infarto hereditário, meu avô também teve, o problema é que não há como prevenir – disse Isabela.

– Esse é o motivo pelo qual você tenta tirar a cardiologia da minha cabeça? – perguntou Mariana.

– Não. Eu encaro a Medicina como vida, não como morte. Na cardiologia, em uma mesa de cirurgia, algumas pessoas simplesmente vão parar, a jornada delas neste plano vai acabar, e vai acabar em suas mãos. Você consegue se imaginar com alguém morrendo nas suas mãos, sem que haja nada que possa fazer?

Mariana engoliu em seco as palavras de Isabela. Mais uma vez ela tinha razão, mas desta vez Mariana tinha argumentos.

– Sim, perder uma vida nas mãos não é o plano de nenhum médico, mas e quantos vão viver? Quantos vão chegar certos de que o caminho está no final, e vão sair de lá com uma nova rota? Com um novo olhar para a vida?

Isabela beijou Mariana no rosto e sorrindo falou:

– É essa forma de encarar o mundo que eu amo em você! Você encara os desafios mais sombrios com a cabeça erguida, enxergando o lado bom das coisas.

As meninas permaneceram por mais um tempo ali, na proa da embarcação, contemplando a escuridão da lagoa e o calor delicioso que fazia. O vinho havia terminado, e, ao contrário de grande parte das vezes, fora Isabela que iniciara uma boa noite de prazer, desta vez deixando Mariana um pouco apreensiva, afinal de contas a jovem acabou por ser amarrada nas cordas do veleiro. Sem que pudesse retribuir cada desejo, ficou vulnerável aos caprichos de Isabela, que, por sua vez, deliciou-se com os gritos de Mariana a quebrar o silêncio das águas profundas em que velejavam.

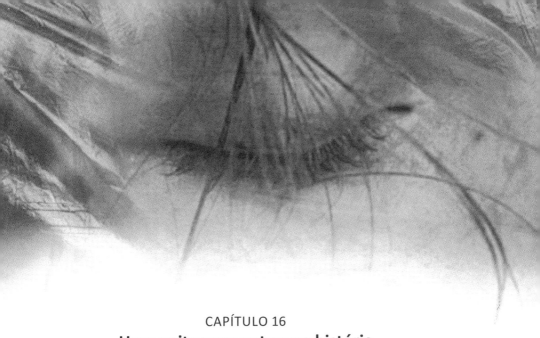

CAPÍTULO 16
Uma noite para entrar na história

O tão esperado dia da formatura de Mariana havia chegado. Nos dois anos que antecederam esse fato, Isabela havia se tornado indispensável na vida de Mariana, que por diversas vezes perdeu os caminhos e foi trazida de volta pela amada. Afinal, as dezenas de noites acordadas, a infinidade de horas de estudo, a cobrança nos plantões, as dúvidas... tudo aquilo fizera e sempre fará parte do legado da universidade. Médicos são forjados na fornalha mais exigente do mercado, seus erros custam vidas.

Aquele 14 de janeiro de 2005, uma sexta-feira de calor escaldante em Porto Alegre, entraria para a memória de todos. Durante o período de internato de Mariana, Isabela havia auxiliado sua namorada em todos os sentidos, fez diversos jantares para que as amigas se encontrassem e engajou-se de corpo e alma no cerimonial de formatura, desde os preparativos para a recepção aos amigos envolvidos até o baile, do qual fazia questão que a companheira participasse, mesmo que seu número de convidados fosse restrito. Naquela manhã, após acordarem, Isabela havia preparado um belo café da manhã para sua amada, com flores e todas as guloseimas que Mariana sempre adorou. A garota sentou-se à mesa, serviu o café de Isabela e, quando pegou sua xícara para servir o seu, observou que dentro havia uma chave. Pegou-a e olhou atentamente, sem reconhecer de onde seria. Isabela apenas sorria para a namorada. Tomou-a pela mão, ainda de pijamas as duas, desceram pelo elevador e foram em direção à garagem do edifício, onde esperava o presente de formatura de Mariana: seu primeiro carro.

A alegria da garota a fez cair em lágrimas. Sem saber como agradecer à companheira, que nada falava, apenas contemplava a felicidade no seu olhar, Mariana correu para abrir a porta, entrar, ligar o motor e ouvir o ronco quase silencioso de seu automóvel. Isabela havia pensado em tudo, espaço, conforto, local para carregar a prancha, o violão e o que mais a garota quisesse. Mariana puxou a namorada para o banco traseiro do carro, e lá mesmo fizeram amor para inaugurar o presente. O calor escaldante que fazia em Porto Alegre deixou as garotas completamente encharcadas de suor. Isabela marotamente fez questão de repetir a cena do filme *Titanic* e colocou sua mão no vidro embaçado. Porto Alegre já registrava 32 graus, e pouco havia passado das nove horas da manhã.

— Nunca esqueça o quanto eu amo você! — disse Isabela, já regozijada, no colo de Mariana.

— Eu não mereço tanto, nem consegui ser a melhor namorada nos últimos tempos, não lhe dei a atenção devida. Sinto muito pela minha ausência, eu sinto sua falta a cada minuto que fico longe de você! — respondeu Mariana, olhando no fundo dos olhos da companheira.

Isabela tomou o rosto de Mariana entre as mãos e disse-lhe:

— Você foi e sempre é a melhor! Você faz a minha vida melhor. É esforçada, estudiosa, carinhosa, preocupada, bagunceira organizada — comentou rindo —, consegue transformar minutos em momentos únicos, como este que vivemos agora. Sua espontaneidade aflora os sentimentos mais puros, consegue trazer alegria em meio ao caos, você é luz, onde quer que esteja. Você é luz que ilumina a minha vida! Te amo.

— Te amo, desde a primeira vez que te vi! — respondeu Mariana.

As garotas continuaram por mais algum tempo dentro do carro, abraçadas, curtindo uma música que Mariana colocara no rádio, até que um dos vizinhos desceu até a garagem e as viu, seminuas, dentro do automóvel. Disfarçou e entrou em seu veículo, como se não tivesse visto nada. Esse fora o sinal que as meninas receberam de que deveriam voltar ao desjejum e continuar aquele dia, que já havia iniciado de forma majestosa para Mariana.

Por volta das 13h, a garota pegou seu carro pela primeira vez, abriu a porta do passageiro para sua companheira, e foram, ela e Isabela, até o salão, onde arrumariam seus cabelos, fariam suas unhas e maquiagem. Sua colação de grau estava programada para as 20h. Retornaram por volta das 17h do salão. Mariana tratou de fazer um lanche leve e arrumar as últimas coisas que faltavam, coube a Isabela levar a formanda até o Salão de Atos, onde seria a cerimônia. Vestido dentro da embalagem, sapatos dentro da caixa. A formanda chegou com um sorriso malicioso, fazendo a energia do lugar se modificar. A alegria e a felicidade sempre foram sua marca registrada ao longo dos anos na faculdade, e como sempre sua presença fora notada por todos, que pareciam não acreditar que a menina, a mais jovem da turma, era aquela linda e refinada mulher.

Alguns minutos antes da cerimônia iniciar, já vestida na tradicional beca, Mariana sentiu-se profundamente triste. Em silêncio, sentada em um cantinho discreto no camarim usado pelos formandos, lembrou-se de sua família. Por mais insignificante que ela fosse para eles, seu profundo desejo era de comemorar e mostrar que havia conseguido, que vencera aquela batalha, mas esse era um sonho absolutamente utópico. Havia enviado convite, ligado para o telefone de casa, para o celular da mãe, deixado recado na secretária eletrônica, sem sucesso algum. Seguia sendo desprezada pelos seus, para eles Mariana simplesmente não pertencia mais àquela família. Anteriormente havia espiado a plateia e seus colegas, que se acumulavam em uma fila gigante para fazer fotos. Alguns com pais, mães, avós médicos, esses inclusive receberiam seu canudo das mãos deles. Dezenas de familiares tirando fotos, um burburinho infinito que Mariana lutava para silenciar dentro de sua mente.

Iniciada a colação, ela tentava abstrair todos aqueles sentimentos que lhe percorriam a alma. Seus convidados limitavam-se a sua companheira, sua sogra (que veio dos Estados Unidos para a ocasião), Veridiana e Leonardo, Sandra e Helena, Fábio, Fernanda e Manuela, a nova namorada da amiga. Quando chamaram seu nome, a menina ergueu os braços em comemoração aos céus.

– Mariana Torres Nogueira!

A música que escolhera com tanto zelo e cuidado começou a tocar:
"Ando devagar, porque já tive pressa, e levo esse sorriso, porque já chorei demais..."

Essa música remetia à memória o amor das meninas, o início de sua relação com Isabela, afinal essa música estava tocando no carro quando as garotas saíram juntas pela primeira vez, logo após um seminário naquele mesmo local. Mariana levantou-se, caminhou vagarosamente até a mesa, em sua memória passava um filme muito veloz de sua trajetória para chegar ali, alcançou seu barrete e ouviu as sonhadas palavras:

– Confiro-lhe o grau de médico!

Aquelas palavras, vindas de uma das pessoas mais influentes no mundo acadêmico, fizeram, por fim, o pranto de Mariana aparecer. Fechou rapidamente os olhos e, com um sorriso no rosto, abraçou a reitora, que a esperava de braços abertos. Ouvia os aplausos dos poucos amigos que ali estavam, sentia-se amada, como sempre fora por aqueles que estiveram todo o tempo ao seu lado.

A voz grave do mestre de cerimônia anunciou:

– Convido a Doutora Isabela Albertoni para entregar o diploma à formanda.

Naquele instante, o canhão de luz virou-se rapidamente para a plateia, assim como fizera com todos os formandos que receberam seus canudos de seus familiares, focando na bela mulher que se levantou, em um vestido absolutamente espetacular, em tom de azul-escuro, bordado em fios de prata, deixando as costas da médica à vista. O caimento perfeito, com uma sobressaia em renda, pouco mais solta, trouxe leveza, delicadeza e requinte ao traje.

Mariana, em pé, já havia cumprimentado a mesa de professores e homenageados e aguardava ansiosa a chegada de Isabela ao centro do palco, em seu rosto uma lágrima estava prestes a cair. A doutora, elegantemente, foi até a mesa principal e fez questão de cumprimentar cada um dos que ali estavam, pegou o canudo, que representa o diploma naquela noite, e caminhou com um largo sorriso no rosto, em direção a Mariana. A formanda controlava para que as lágrimas não rolassem. Olhar meigo e carinhoso em direção a Isabela, as mãos trêmulas, via sua amada flutuando no palco rumo ao momento tão aguardado.

Estendendo a mão com o canudo, Isabela virou-se de costas para a plateia e, olhando fixamente nos olhos da formanda, disse:

– É seu, ninguém é mais merecedora que você. Te amo!

As palavras, pronunciadas em tom de voz quase inaudível, tinham por objetivo não serem escutadas pela plateia nem captadas pelas câmeras, mas foram escutadas pelos colegas formandos, que, em pé, aplaudiram o longo e caloroso abraço trocado pelas garotas. Logo após o abraço, os fotógrafos já se posicionavam para fazer as fotos oficiais. Isabela beijou delicadamente o rosto de Mariana e retirou-se do placo, na mesma elegância e leveza com que subiu.

Após a cerimônia, os convidados foram recepcionados no Pub DS, considerado um dos mais intimistas e requintados restaurantes do Brasil, que fora fechado para receber os convidados da formanda. Mariana chegou ao local do jantar em um vestido longo clássico, em tom de vermelho-escuro, totalmente plissado, com decote favorecendo os poucos seios que tinha. Os sutis detalhes na alça do vestido mostravam que o bordado que ele continha era exatamente igual ao bordado do vestido de Isabela.

A gastronomia refinada do chef Dadá Sauza trouxe aos convidados uma infinita sensação de prazer a cada garfada. Junto com Isabela, escolheu cada prato com singularidade. Para a entrada, serviu cogumelos recheados com figos e queijo gorgonzola; no prato principal, apresentou uma sequência de frutos do mar, inclusive servindo camarões flambados e salmão ao molho de maracujá; e de sobremesa, a preferida da formanda: profiteroles com sorvete e calda de chocolate. Isabela, que recebera as instruções de Veridiana para a cerimônia, fora feliz em sua escolha e orientação a Mariana, que realmente não tinha opinião formada de onde receber seus poucos amigos.

Após o magnífico jantar servido, todos se prepararam para o baile, exceto Fábio, que ao se despedir de Mariana trocou breves palavras:

– Mais uma vez, parabéns! Estou orgulhoso de você. Conseguiu!

– Obrigada, por tudo! Por estar aqui, por ter vindo! Por existir. Nada disso aqui teria acontecido se você não acreditasse em mim, no meu potencial.

– Você não precisa agradecer. Eu sempre vi você no ponto mais alto da montanha, e você ainda tem muito que percorrer. E fico feliz, enciumado, mas feliz, por saber que você não está só! Que você tem alguém que te ama, que está ao seu lado, que tem sido seu porto seguro. Isabela é uma mulher incrível, que soube e sabe tratá-la com maestria, que a orienta, uma mulher no mais amplo sentido da palavra, a companheira que qualquer pessoa deseja ter – disse Fábio.

– Sim, Isabela é tudo isso. E você também, é diferenciado. Enxerga a beleza, transforma os sonhos em realidade. Tens o dom de trazer alegria a quem tem o prazer de conviver contigo.

Um abraço longo e fraterno foi trocado entre os dois amigos, seguido de um beijo demorado na bochecha. Isabela apenas observava com o canto dos olhos, quando Veridiana tocou-lhe a mão de forma afável e lhe disse discretamente:

– Somente bons amigos!

– Eu sei. Mas ainda tenho medo que um dia ela me deixe – confessou Isabela.

– Mariana é leal, íntegra, e te ama como jamais a vi amar alguém. E creio que nunca haverá outra Isabela, você é insubstituível, somente a morte pode afastar vocês duas – asseverou Veridiana sem pestanejar.

Isabela aproveitou que Veridiana segurava sua mão, desviou o olhar de Mariana e Fábio, pegou a taça que estava à sua frente e convidou todos para brindar aquele momento, pois logo após todos seriam encaminhados ao baile de formatura. Mariana correu em sua direção e brindou com a amada. Os demais convidados ergueram suas taças e fizeram seus desejos de felicidade e sucesso à jovem médica. Após o brinde, Fábio despediu-se e foi embora. Os outros rumaram para o baile, que durou até o amanhecer, uma festa inesquecível, que terminou com um café da manhã na casa da formanda e com ela ganhando um lindo anel de formatura de Isabela.

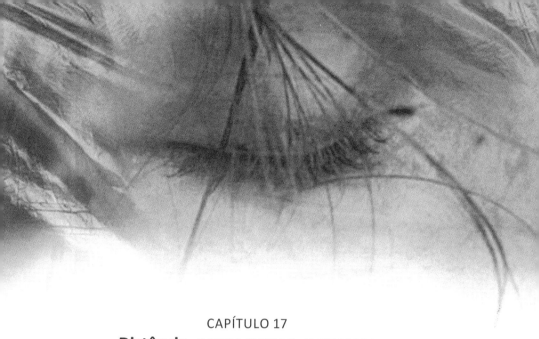

CAPÍTULO 17
Distância, novos rumos, surpresas

Aqueles primeiros dias do início de 2005, após a formatura de Mariana, foram de preparação para assumir a residência médica em que havia sido aprovada. A jovem, recém-formada, havia passado em quase todas as provas que prestou, entre elas a do hospital mais requisitado do país. Este, porém, ficava na cidade de São Paulo e, para bem da garota iniciar seu período de residência, ela teria de se mudar para a selva de pedra.

Isabela, que transbordava de orgulho da companheira, não conseguia esconder a frustração pela partida próxima da namorada. Por mais que ela tivesse excelentes argumentos para sua permanência, a médica sabia que o melhor para a garota era estar na cidade grande, no centro das novidades. Tentava disfarçar, com presentes, companhia, amor, mas a decisão de Mariana estava tomada: mudaria para São Paulo em meados de abril, pois sua residência já iniciaria em setembro.

Isabela fez questão de dar a chave do apartamento de São Paulo para Mariana. Mesmo o imóvel não ficando muito perto do hospital, a garota não necessitaria pagar aluguel e seu deslocamento seria relativamente fácil. A residência ficava na Avenida Paulista, local muito valorizado e badalado da cidade. A ideia era ficar só no apartamento, contrariando a hipótese que Isabela havia sugerido de Dona Lina acompanhar a garota. E também, quando precisasse, tinha Leonardo para ampará-la. O bom companheiro e namorado de Veridiana, além de ser uma ótima companhia, era alguém que conhecia aquela cidade como a palma de sua mão e poderia orientar a menina para que ela se virasse da melhor forma possível.

Em Porto alegre, suas amigas apoiavam a decisão da jovem. Veridiana, inclusive, era mais incisiva em seus pontos de vista, pois não gostava da ideia de Isabela estar "no comando", dando ordens e estipulando as diretrizes da vida da amiga. Ficava feliz em ver Mariana caminhando com as próprias pernas, traçando seu futuro, sabia da importância de se ter um porto seguro, mas ela, mais que qualquer uma das meninas, sabia a necessidade de se estipular limites e de construir o futuro com o seu trabalho.

A produtora de Veridiana estava em quase todos os grandes eventos da cidade. A publicitária tinha conseguido atingir um grau de excelência, comprometimento e precisão em seu trabalho, tornando seus acontecimentos inesquecíveis. Poucas semanas antes da partida de Mariana, havia realizado o casamento de uma celebridade na cidade do Rio de Janeiro, festa para quase mil convidados, recepção, jantar impecável. Esse evento fez Veridiana quase surtar, mas, por fim, terminou perfeito, e com alguns novos e excelentes contatos.

Helena enfrentava uma nova batalha. Naquele pequeno período de tempo, descobriu-se um câncer em sua mãe, e o tratamento já havia iniciado, com quimioterapia e, na sequência, cirurgia. Sandra perdera uma boa quantidade de peso naqueles meses, a batalha fora quase desleal, ficou debilitada, muitas vezes não pôde receber as medicações, pois estava fraca demais. O grupo de amigas manteve mãe e filha acarinhadas pelo máximo de tempo possível, tentando amenizar a pressão da doença e, por conseguinte, estabilizar os ânimos, que estavam exaltados entre Mariana e Isabela, por causa da residência.

Na véspera da viagem de Mariana, Helena sugeriu um jantar em sua casa, para que sua mãe também pudesse compartilhar aqueles momentos. A anfitriã da noite preparou tudo com muito carinho, inclusive tendo a gentileza de preparar a sobremesa favorita de Mariana, que, por sua vez, curtiu cada instante, acompanhada de sua máquina fotográfica, registrando cada peripécia da noite. Isabela tentava em vão disfarçar sua cara de choro. Já havia sido uma tarde bastante conturbada entre as duas. Ficou um pouco mais isolada do grupo, sentou-se no sofá com sua taça de vinho, pensativa. Mariana, por sua vez, sempre que podia, ia até sua amada para fazer-lhe um chamego, um carinho.

Veridiana, entendendo a situação, sentou-se ao lado de Isabela e conversou:

– Por favor, não fique assim! Não transpareça sua tristeza neste momento, ele é especial para Mariana. Ela a ama, e também não foi fácil para ela essa decisão. Vocês casaram há pouco, e, a conhecendo como eu conheço, deve estar sendo muito difícil para ela ficar longe da sua cama. Mariana é intensa em tudo. Sorria, por favor, faça desta noite um momento único. Vocês merecem isso, o amor de vocês merece isso!

Veridiana deu um beijo no rosto de Isabela, levantou-se e foi até a mesa, onde serviu mais vinho em sua taça. Isabela, por sua vez, largou a taça junto à mesa e foi abraçar Mariana, e lá permaneceu até o momento do jantar. No final da noite, já na hora das despedidas, Sandra, bastante emocionada, abraçou Mariana e disse-lhe:

– Não é minha filha, mas é como se fosse! Te vi crescer, e te tornaste uma linda mulher, inteligente como poucas. Agora, voa! Lembra a história do cavalinho? Sim, ele está passando encilhado! Monta nele e desbrava esse mundão de Deus. Segue o teu coração, corre atrás de mais esse sonho, e corre atrás de quantos outros forem necessários! Nós estaremos aqui sempre, te aplaudindo e te esperando, de braços abertos!

Mariana, que ouvira cada palavra atentamente, abraçou muito forte Sandra, deixou aquela lágrima marota correr lentamente em seu rosto e disse:

– Eu não tenho palavras para descrever o que estou sentindo, o quanto você é e sempre foi muito importante para mim, nem palavras para agradecer tudo que você fez, sempre de coração aberto, sempre com uma palavra de ternura. Eu não estarei aqui, fisicamente, neste período de provação, mas estarei com você em minhas orações todos os dias. Tua vitória não há de tardar!

Ao terminarem o longo e fraterno abraço, observaram que boa parte das convidadas secavam as lágrimas. Helena, que era conhecida como a mais chorona, inclusive, já estava até com o nariz escorrendo. Olhando para os lados, procurando algum guardanapo em cima da mesa para secar o pranto, foi amparada pelo abraço de Veridiana. Isabela, embora não tivesse tamanho apreço por Sandra, entendia naquele abraço a frase: "Amigos são a família que a gente escolhe!".

Entraram no carro, Mariana no volante, Isabela ao seu lado, em silêncio. Chegaram em casa, sem trocar uma única palavra. O voo de Mariana era às nove da manhã. Ao chegar em casa, a garota foi direto ao banheiro da suíte, onde começou a tirar sua roupa, a fim de tomar uma ducha antes de dormir. Isabela entrou igual a um furacão atrás da garota. Pressionando-a contra a pia, levantou seus cabelos e percorreu seu pescoço com os lábios. Mariana, ao contrário, virou-se calmamente e começou a beijar a garota, que a conduziu até o box, abrindo a água em cima das duas, que seguiram firmes no beijo e nas carícias que haviam iniciado. Até aquele momento, Mariana estava somente de camisa, pois já havia retirado o restante de sua roupa, e começou a despir a namorada, com leveza e ambição. Assim que retirou a calça de Isabela, Mariana, tomada de desejo, empurrou a companheira em direção à porta de vidro do box e fez com sua amada um sexo forte, intenso, voraz, inesquecível.

Um bom tempo depois, transcorrido o prazer das duas mulheres, já na cama, Isabela encontrava-se sentada entre as pernas de Mariana, que permanecia lhe dando carinho. Virou-se abruptamente e, olhando fixamente nos olhos de Mariana, falou:

– Não vai! Por favor.

Isabela baixou o olhar, como se fosse cair em prantos, igual à tarde anterior, quando nada falou, apenas chorou. Mariana pegou o rosto da amada entre suas mãos e disse-lhe:

– Olha pra mim! Olha pra mim! Eu amo você, eu sempre vou amar você, mas essa é a chance de uma vida! São Paulo é ali. Não estou indo para o outro lado do planeta, não é um adeus, é só um até breve, posso tentar juntar uns plantões, para vir ficar com você. Pode pegar um avião e ir ficar comigo, sempre que quiser. Nosso amor não será esquecido nem apagado, somos mais fortes que tudo. Só a morte é capaz de nos separar.

Isabela seguia sem conseguir encarar a namorada. Levantou-se da cama e abriu a porta da sacada. O vento frio que soprava do lago Guaíba cortou-lhe a alma. Encostou-se na soleira e disse:

– Você não é capaz de enxergar a linda mulher que você se tornou! Em uma cidade como São Paulo, onde as pessoas são livres, descoladas, você será devorada pelos homens e pelas mulheres. Principalmente lá no hospital, onde tudo e todos estão à flor da pele 24 horas por dia. E olhe para mim! Eu tenho 15 anos a mais que você. Aparecerão garotas da sua idade, e não ache que eu vá acreditar que você não sairá com elas, que não sentirá tesão. E quando essa sua chama incontrolável bater na sua porta, e eu não estiver perto? Alguém com certeza vai ocupar meu lugar, uma, duas, quantas você desejar.

Por mais que Mariana quisesse falar alguma coisa, ela sabia que no fundo Isabela tinha verdade em suas palavras, mas não deixou a companheira sem uma resposta. Levantou-se da cama e foi até a soleira, onde estava a namorada.

– Sim, você pode estar certa. Sim, a chama vai aparecer quando eu menos esperar, mas eu amo você e lhe prometo ser leal, lhe contar tudo, mesmo que isso te machuque. Deixarei com você o poder da escolha, de ficar comigo ou não, sabendo da verdade. Por mais cruel que ela possa ser, a verdade é sempre melhor. E eu amo você. Você entende o poder dessas palavras?

– Eu entendo, mas...

Mariana repousou a mão sobre os lábios de Isabela, não lhe permitindo nenhuma palavra, e disse:

– Então suas dúvidas encerram aqui!

Mariana aproximou-se de Isabela e pôde sentir o pulsar do coração da namorada descompassado. Arrumou-lhe os cabelos, pegou a mão da garota e colocou dentro de suas calças, tocando-lhe levemente o clitóris:

– Este fogo aqui é seu, não deixe que ele se apague!

Isabela sorriu com o canto da boca, um olhar malicioso. Agarrou firme os cabelos de Mariana e a atirou novamente em cima da cama, onde mais uma vez fizeram amor.

O dia já amanhecia, e as duas garotas ainda permaneciam acordadas. Mariana foi a primeira a sair da cama, dirigindo-se até o banheiro, onde tomou um novo banho, enquanto isso Isabela foi até a cozinha preparar o café da amada, tinha dado folga a Dona Lina naquela manhã. Após a ducha, a garota vestiu-se, pegou suas malas e desceu as escadas do apartamento, de onde viu a namorada ainda de pijama, com uma xícara de café nas mãos.

– Você não vai comigo ao aeroporto? – perguntou Mariana.

– Não. Ainda não estou pronta para vê-la partir.

A jovem chamou com um aceno de mão a namorada, que se sentou ao seu lado durante o café. Em paz permaneceram por algum tempo, até que Mariana interrompeu o silêncio.

– Vou chamar o táxi.

– Não precisa, já chamei. Ele já está lhe esperando lá embaixo.

Mariana terminou de arrumar os últimos detalhes e abraçou Isabela de uma forma firme e forte, quase lhe tirando o ar. Sussurrando em seu ouvido, ela disse:

– Eu volto. Me espere!

Isabela, beijando-lhe afavelmente a orelha, respondeu:

– Eu não vou a lugar algum.

Um beijo longo e carinhoso, e até molhado pelas lágrimas, foi dado pelo casal. Não era um adeus, apenas um até breve, mas, para quem fica, o tempo é bem mais cruel em relação a quem vai.

Mariana entrou no elevador e desceu até o térreo. Bem em frente ao prédio, o motorista aguardava paciente pela jovem, que carregava suas três malas com certa dificuldade. Enquanto o chofer ajeitava a bagagem no compartimento do carro, Mariana deu uma última olhada em direção à cobertura, de onde Isabela acompanhava a cena, acenando, fingindo não estar despedaçada com a partida de Mariana.

Pouco antes das 16h, Mariana ligou para Isabela, informando já estar acomodada em seu apartamento, falando do voo tranquilo que tivera, do deslocamento fácil até sua nova residência e que agora iria dar uma volta pelas redondezas para conhecer as delícias da nova cidade.

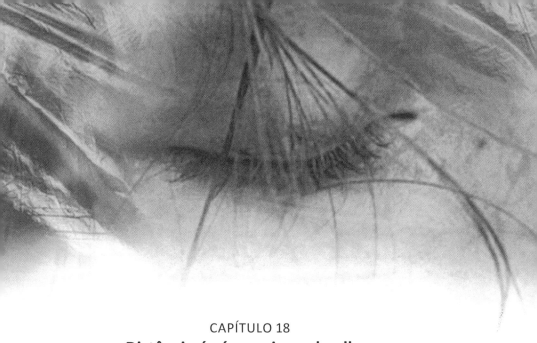

CAPÍTULO 18
Distância é só um piscar de olhos

Assim que a residência médica iniciou, Mariana percebeu as dificuldades que iria enfrentar. Além de estar sozinha novamente, teve de se lembrar como era manter uma casa organizada, roupas em dia, fazer compras, ter vida sem a companheira. Conversara com alguns de seus superiores sobre a necessidade de fazer plantões seguidos e na sequência voar para Porto Alegre. Dessa forma ela conseguiu negociar duas semanas de plantões de 12 horas, por quatro dias de folga. Sendo assim, ficou mais fácil para ela e Isabela se organizarem nas compras de passagens aéreas. A cada 15 dias uma ia e a outra vinha.

Justamente no primeiro Natal, Mariana estava de plantão no hospital, e conseguira somente o dia 02 de janeiro para seus quatro dias de folga. Organizou-se com carinho para aproveitar ao máximo aqueles dias com Isabela e com as amigas. Planejara uma pequena festa de Réveillon atrasado, com o intuito de aproximar todos ao mesmo tempo. Assim, ela conseguiria mais tempo para sua amada. Estava sedenta por sua companheira.

Mal havia chegado em Porto Alegre, e o casal já se encontrava embaixo dos lençóis fazendo amor incansavelmente. A garota inclusive, visando ganhar tempo e otimizar a espera no aeroporto, tomara banho no hospital mesmo e fora direto para o aeroporto. Depois do amor feito, tomaram banho juntas, aproveitando os instantes de romance e parceria que sempre as uniram. Era amor acumulado demais para somente quatro dias, principalmente para Mariana.

Isabela marcara a festa com as amigas para as 21h e antes disso entregou o presente de Natal de Mariana, um violão novo, para que o levasse para São Paulo, assim não ficaria tão só e poderia relaxar a mente, sempre que o pouco tempo lhe permitisse. Mariana trouxe um lindo porta-retratos de cristal, com uma foto sua seminua. Assim que o horário combinado se aproximou, as amigas começaram a chegar. Isabela convidara Fernanda e sua nova namorada para aquela noite de verão, alegria e descontração. Veridiana e Leonardo, sempre pontuais, jamais deixariam de ir. Helena e Sandra venciam a cada dia os desafios da quimioterapia. A festa marcou a primeira data das companheiras separadas, e elas sabiam que essa poderia vir a ser uma realidade na relação, por causa de suas profissões.

Após a festa, quando os convidados se retiraram, o casal ficou enamorado naqueles três dias seguintes. Mariana fez questão de ficar em casa, saindo apenas para ir ao mercado, ou algo muito rápido. Nem à academia a garota foi. Retornou para São Paulo e descobriu que aquele início de ano fora monstruoso em seu ambiente de trabalho, o qual parecia um verdadeiro cenário de guerra. Embora o hospital fosse referência nacional, emergências lotadas são uma realidade no país, em especial nessas épocas de festa, quando principalmente os jovens misturam bebida, direção e outras drogas. Dessa maneira, Mariana nem chegou a ver as primeiras semanas de janeiro de 2006, o que deixou Isabela bastante triste, pois as namoradas haviam combinado de velejar.

– Oi, amor, isto aqui está uma verdadeira loucura. Precisei transferir a passagem do dia 22. O que acha de vir? – perguntou Mariana.

– Puxa, mas eu já tinha feito planos! – respondeu.

– Sim, eu entendo, e vou compensar você. Mas esse final de semana, impossível. Temos alguns residentes de folga, que cobriram os que saíram nas festas de Natal e Ano-Novo, assim o quadro não fica completo, e parece que todo mundo resolveu ficar doente ao mesmo tempo. Você entende, né?

– Entender, eu entendo. Mas não acho justo eu ser sempre a sacrificada. Parece que você dá mais importância ao hospital que à nossa relação!

– Não, amor, não é assim! Você também é médica, sabe como funciona. Sabe que somos movidas por esse amor desenfreado pelo ser humano! Mas meu amor por você supera absolutamente tudo! Não fique brava, por favor...

As doces palavras de Mariana até acalentavam o coração de Isabela, que entendia as razões da ausência da namorada, mas isso não a impedia de se sentir por vezes abandonada ou negligenciada.

Em uma espécie de retaliação, Isabela não comprou passagem para ir a São Paulo. Por esse motivo, o casal ficou trinta dias sem se ver, mas logo a birra passou e as garotas se encontraram, passando um final de semana ótimo em Curitiba. Mariana compensou a namorada, assim como havia prometido.

No carnaval, Mariana, por azar, pegou escala na emergência do hospital, não podendo desfrutar da companhia de sua amada. Entretanto, sabendo deste fato antecipadamente, a garota, junto a sua companheira, programou com antecedência seu retiro romântico, e passaram dez dias juntas, completamente sozinhas, em uma espécie de miniférias. Para aproveitar o máximo de tempo com Isabela, Mariana chegou a fazer 26 plantões consecutivos, assim conseguiria sete dias de folga.

O casal pensou em absolutamente tudo. Assim que Isabela chegou a São Paulo, tratou de locar um carro (afinal, Mariana havia comprado uma moto, e Isabela não curtia muito aventuras sobre duas rodas), e partiram em direção a Parati, Rio de Janeiro.

Foram dias de descanso, muito amor, sexo e tranquilidade, absolutamente tudo que o casal necessitava após 11 meses de residência de Mariana. Embora Isabela tivesse prometido a si mesma que não tocaria em assuntos delicados com Mariana, não suportou o ciúme e perguntou:

– Como você se virou nesses dias longe de mim?

Mariana, deitada ao lado de Isabela em uma praia quase deserta, respondeu calmamente enquanto afagava os cabelos da companheira:

– Sozinha. Quando eu não aguentava, eu ligava. Nunca imaginei que conseguiria fazer sexo pelo telefone, mas com você eu consigo.

Mariana ignorou que estavam em um local público e jogou seu corpo em cima do de Isabela, beijando-a suavemente.

– E você? – perguntou Mariana.

– Eu só fiz pensar em você! Todos os momentos que você ligava, meu corpo se inflamava como uma chama! Você é meu combustível!

Mariana olhou para os lados, observou que estavam sozinhas na praia, permaneceu com o corpo em cima de Isabela e levou sua mão entre as pernas da companheira, que as abriu sutilmente. Caso alguém as espionasse, não conseguiria ver grande coisa, mas era possível ouvir seus gemidos a certa distância.

Praia por praia de Parati, o casal desbravou. Jantaram romanticamente em diversos restaurantes, locaram uma pequena lancha, passearam a sós, transaram. Literalmente o casal conseguiu vencer a saudade que uma sentira da outra. Mas aqueles dias passaram rápido demais, e, muito antes que as garotas desejassem, já era necessário retornar à vida real e à rotina, que esperava cada uma em seu hospital.

Naquela semana de seu retorno a Porto Alegre, Isabela foi informada de que Sandra seria submetida à cirurgia para a retirada do tumor. A médica, embora não tivesse tanta intimidade com Helena, fizera o papel de melhor amiga, substituindo Mariana. Veridiana também correu para ficar com a garota. Foram muitas horas de angústia e dúvidas. Isabela aproveitou que conhecia um dos colegas que fizeram o procedimento em Sandra para conseguir "informações privilegiadas". Para a alegria de todos, Sandra estava bem, as margens estavam livres de neoplasia. Ela ainda deveria seguir com medicações e cuidados redobrados, mas, dentro do quadro, a notícia não poderia ser melhor.

Somente após todos os procedimentos Isabela contou a Mariana. Não queria que a menina ficasse aflita sozinha em São Paulo, nem que sua atenção fosse desviada. Assim, Isabela passou as informações apenas dois dias depois da cirurgia, quando todo o quadro já havia se estabelecido, após já ter reunido o máximo de informações para passar para a companheira, que, assim como ela, médica, não deixaria uma única pergunta escapar.

— Oi, amor. Está liberada? Tem um tempo para conversarmos? — perguntou Isabela.

O tom de voz formal da companheira assustou Mariana.

— Oi, amada. Sim, o que houve? Por que essa voz séria?

— Sandra fez a cirurgia para a retirada do câncer, deu tudo certo. Retiraram o tumor, ela...

Mariana interrompeu nervosa:

— Mastectomia?

— Sim, simples — respondeu Isabela.

Mariana silenciou por alguns segundos em seu apartamento. Fechou os olhos, e lágrimas de alívio escorreram.

— E você, como está? Estou com saudades! Quero mais do que fizemos no final de semana — disse Mariana com uma voz em tom ordinário.

— Estou bem — respondeu Isabela um pouco distante.

— Está tudo bem? — perguntou Mariana novamente.

— Sim, preciso te contar que não poderei ir a São Paulo na sua próxima folga, irei visitar meu irmão, que estará em Santa Maria, visitando sua mãe.

Mariana não gostou da notícia e engoliu em seco as palavras de Isabela. Será que a companheira não conseguiria outra data? Por qual razão ela não ia a Vitória, onde atualmente seu irmão morava? Foram várias perguntas na cabeça de Mariana, todas sem respostas.

Depois de um bom tempo, Isabela chamou Mariana para a conversa novamente.

— Amor, você está aí? Não se zangue, eu entendo. Também estou com saudades! Mas é preciso, ele é meu irmão!

— Eu entendo. Não me zanguei, apenas fiquei frustrada, mas tudo bem. Vou aproveitar esses dias para passear em São Paulo, faz tempo que desejo ir à Pinacoteca, ao Museu da Língua Portuguesa, ao MASP, ao Parque Ibirapuera. Terei bastante tempo para aproveitar.

O casal terminou a ligação de forma meio fria, não como de costume. Mariana, que sempre falava algumas "baixarias", nada falou dessa vez. Apenas depois de dois dias as meninas voltaram a se falar, rapidamente inclusive, porque Mariana estava indo jantar com as colegas de residência, fato esse que deixou Isabela completamente transtornada de ciúmes. Após o jantar, as novas amigas foram para uma balada divertidíssima. Mariana chegou em casa quase ao amanhecer e, embora tenha sido bastante tentada na festa por uma jovem absurdamente linda, manteve-se firme em seu relacionamento.

Naquela semana, Veridiana informou à amiga que passaria uns dias em São Paulo, mas não com Leonardo, pois ele teria de viajar a trabalho para Lisboa. Para a alegria de Mariana, algumas dessas datas coincidiriam com seus dias de folga. Desta forma, as amigas aproveitaram para colocar todos os assuntos em dia, sem a presença de seus respectivos parceiros. Veridiana trazia consigo novidades, ela e Leonardo haviam comprado uma casa, em um condomínio fechado, em Porto Alegre. Um lugar discreto, mas lindo, pelas fotos que a amiga mostrava.

Mariana não segurou sua curiosidade e perguntou:

– Então vocês casaram?

– Não, apenas compramos uma casa – respondeu Veridiana.

– Mas compraram uma casa para quê? Se não casaram? – questionou Mariana.

– Nossa, amiga, casamento é tão importante assim para você? – respondeu Veridiana com outra pergunta.

– Eu acho um ritual importante, é uma passagem, uma etapa. Entende? Creio que os conceitos se modificam, as inseguranças são menores.

– Entendo, mas isso me parece um pouco antiquado. Enfim, compramos uma casa, oficialmente moramos juntos, em Porto Alegre.

– Como assim "em Porto Alegre"? – perguntou Mariana.

– Aqui, somos independentes, por isso estou aqui com você. Queria conhecer o bairro da Liberdade, saborear comidas diferentes, fazer compras. Aqui, sou "solteira".

– Meu Deus, isso é muito evoluído para mim. Isso quer dizer que aqui ele também é solteiro? – indagou Mariana.

– Não! Leonardo nunca é solteiro – respondeu Veridiana, rindo.

– Não estou entendendo nada, mas enfim, se estão felizes, é o que importa.

— E você e a Isabela? Como estão driblando a distância? – perguntou Veridiana.

— Então, estamos tentando. Mais uma vez nossos planos tiveram de ser modificados, desta vez a explicação de Isabela foi superficial demais. Sabe quando parece que alguém está escondendo alguma coisa? Talvez eu esteja ficando neurótica com a distância, e possa ser somente o que ela disse mesmo. Enfim, no contexto geral, estamos conseguindo manter forte nossa relação.

— E sexo? Como você está conseguindo? – indagou Veridiana bastante interessada.

— Você e Leonardo não fazem sexo quando não estão juntos? – questionou Mariana.

— Não – respondeu Veridiana.

— Nós fazemos! – disse Mariana, se gabando.

Veridiana, que tomava um espumante na companhia da amiga, ficou curiosa e perguntou:

— Fazem? Como?

Mariana riu, ficou encabulada, mas não tinha muitos segredos com aquela amiga, e respondeu:

— Para isso, o telefone foi criado. Para isso, existem os sex shops e todos os tipos de brinquedos. Para isso, Deus me deu dez dedos – disse rindo, deixando agora Veridiana encabulada.

— Que loucura. Sabe que eu pensei que casais homossexuais como vocês fizessem menos sexo? – comentou Veridiana totalmente sem jeito.

— De onde você tirou essa ideia? – perguntou Mariana, descrente das palavras que ouvira.

— Ah, sempre ouvi aquele monte de bobagens que falam. Que mulher que gosta de mulher não gosta de sexo. Que precisa sempre de brinquedos, que faz falta isso ou aquilo. Mas nunca me pareceu verdade com vocês, nem que jamais estavam em falta, pois, pelo que me lembro de seus relatos, você não deixava a Isabela em paz um só dia! Nem ela deixava você! Mas eu achava que isso era só da boca para fora! – falou Veridiana, divertindo-se com a situação esdrúxula em que ela mesma se colocara.

Mariana ria da circunstância. Estava se divertindo com as perguntas da amiga, sentia-se como naqueles jogos de verdade ou mentira, mas disse a Veridiana:

– Bom, Veri, a verdade é essa. Pelo menos a minha. Eu adoro sexo, amo a forma como Isabela me toca e me deseja. Sinto falta de seus carinhos, do seu cheiro, dos seus gemidos. Não consigo imaginar outra mulher em minha cama, não consigo me imaginar com outra nos braços, eu amo a Isabela com todas as forças do meu ser e, por mais que eu seja desejada por outras, e sou, eu desejo apenas a Isabela.

As amigas saíram do café em que estavam e encaminharam-se até o apartamento de Mariana. Buscaram a moto da garota, pois Veridiana adorava andar de moto. Fizeram um tour pela cidade e, após o passeio noturno, foram a um restaurante delicioso que havia no bairro da Liberdade, especializado em comida asiática. Após o jantar, Mariana sugeriu de Veridiana passar aqueles dias em seu apartamento. A amiga adorou a ideia e dali mesmo foi até o hotel em que tinha se hospedado, fez o check-out, chamou um táxi e seguiu a garota na moto até seu apartamento.

As amigas confidentes passaram quatro dias incríveis, passeando pela cidade, divertindo-se. Leonardo confessou gostar da ideia de as amigas ficarem juntas no apartamento de Mariana, assim Veridiana não correria a tentação de sair sozinha na noite de São Paulo. Não que isso evitasse qualquer forma de assédio, nem que a jovem médica não a levasse a algum lugar superbadalado, mas com certeza a garota não permitiria muitos homens assediando sua melhor amiga.

Na noite em que Veridiana retornou a Porto Alegre, Mariana, tomada de paixão e saudade de Isabela, ligou para a companheira às três da madrugada levemente alcoolizada e fez, por telefone, o sexo que desejara ter feito presencialmente, mas não pôde.

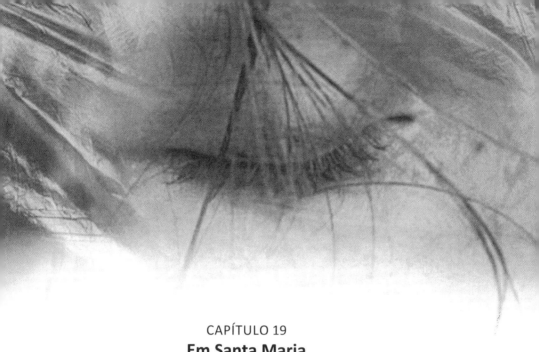

CAPÍTULO 19
Em Santa Maria

A viagem de Isabela para Santa Maria foi um completo sucesso. Assim que chegou à cidade, foi diretamente à casa de sua madrasta, que já a esperava com um bolo de aipim delicioso e um café quente. Trocaram um abraço apertado e fraterno, de pessoas que não se veem há pelo menos uns cinco anos. Isabela havia feito uma reserva em um hotel da cidade, entretanto Tânia fez questão de que a garota ficasse em sua casa. Seu irmão havia ido até o ginásio jogar futsal com os amigos e matar a saudade, voltaria à noite.

Pouco antes das 21h, Pimpão chegou, com pizza e cerveja nos braços. O jeito descontraído e leve do garoto encantava Isabela. Largou tudo em cima da mesa, quase virando a pizza, e correu para abraçar a irmã mais velha.

– Que bom que você veio! Que saudade que eu estava! – disse Pimpão, abraçando forte a garota e esquecendo que estava completamente encharcado de suor do futebol.

Isabela nem deu bola para as condições de higiene do irmão e deu-lhe pelo menos uma dúzia de beijos, segurava o rosto do rapaz firme entre suas mãos e dizia sem parar:

– Que saudade! Você está cada dia mais lindo! Meu Deus, a cara do papai!

Era uma conversa que iria durar bem mais de um dia e uma noite. Pimpão lembrou que estava naquele estado quase nojento de suor e pediu desculpas à irmã. Saiu correndo para o banho e retornou, quase meia hora depois, limpo e cheiroso. Entretanto, pela casa, havia ficado o tênis na sala, a camiseta suada em cima da borda da cadeira. Tânia, sempre cheia de paciência, ia recolhendo a bagunça do jovem. Balançou a cabeça rindo e disse para Isabela:

– Homens! Embora seu pai tenha sido o ser humano mais organizado que conheci na vida, quase todos são assim, e a culpa é nossa, das mães, que vão juntando, colocando as roupas na máquina de lavar, levando os tênis para a área de serviço. Aí, quando casam, querem que as mulheres façam as mesmas coisas, e não funciona assim. Acho que entre mulheres é mais tranquilo, né?!

Isabela pensou e respondeu:

– Sim, às vezes temos que cuidar para não ficarmos neuróticas. Mariana é superorganizada, desde solteira, quando morava sozinha. Chega ao ponto de separar as roupas por cor, os sapatos pela altura do salto, os livros em ordem alfabética. Para que não tenhamos atritos, cada uma tem seu espaço no escritório, assim cada uma faz seu mapa mental e vive dentro de sua organização, sem invadir o espaço da outra.

Pimpão saiu do banho todo sorridente, abdômen sarado, com os músculos à mostra para a irmã.

– Sigo bonitão? – perguntou Pimpão, brincando com Isabela.

– Agora eu até casava! – respondeu Isabela rindo, abraçando-o novamente.

Embora tivessem uma diferença enorme de idade, Isabela tinha muito apreço pelo irmão, e ele por ela. Sentaram-se à mesa para jantar. Tânia sempre tratou Isabela como filha. Incentivou a menina a viver seus sonhos, a correr atrás. Nunca se colocou no meio da relação de pai e filha, fora uma companheira leal e uma ótima educadora, visto que Pimpão era um bom garoto. Isabela valorizava muito isso. Afinal de contas, ele também correra atrás de seus sonhos. Hoje vivia em outro estado, tinha um ótimo padrão de vida, apartamento de frente para o mar, corria o mundo com uma mochila nas costas durante as férias, conhecia grande parte do planeta.

Isabela contou de sua vida, de sua companheira, de como as coisas andavam em Porto Alegre e em São Paulo. Comentou que estava preparando-se para ir a Boston, para apresentar sua tese de doutorado na universidade de lá, assim aproveitaria a oportunidade e passaria alguns dias passeando pela cidade. Não sabia se teria a companhia de sua mãe, que agora trabalhava com uma cantora famosa na elaboração de palcos, figurinos e outros objetos de arte que ela transportava pelo mundo. Excentricidades das estrelas, como Maria Helena mesma sempre dissera. Mas era um trabalho que, financeiramente, lhe trazia um retorno sem igual. Isabela sugeriu de Pimpão ir com ela e com Mariana para os Estados Unidos. Entretanto, o garoto disse não ser possível, pois já havia planejado para o período próximo ao desejado por Isabela uma viagem para a Índia.

Depois da pizza com cerveja, os irmãos ficaram jogados no sofá da sala conversando sobre os mais aleatórios assuntos. Espantava Pimpão sua irmã estar conseguindo manter a relação com Mariana com tanta distância. Afinal, embora sempre muito confiante, a mana era bastante ciumenta, ela até tentava disfarçar, mas sua família conhecia bem seu gênio forte. Isabela salientava o quão estava sendo bom para ela e para seu relacionamento estar fazendo acompanhamento com uma profissional de Psicologia. Justo ela, que sempre questionava a importância dos psicólogos na vida das pessoas, havia finalmente baixado a guarda e permitido se olhar com carinho e amor, de forma menos dura. A garota acostumou-se a se cobrar em demasia, a ela só servia o primeiro lugar, nada menos que ser a melhor. Foram as centenas de horas de análise que a fizeram levar a vida com mais leveza e, claro, o relacionamento com Mariana. Por namorar uma mulher mais nova, sempre lhe atribuía esse crédito. "A leveza dos jovens", como ela citava.

Antes de dormir, Isabela fez questão de ligar para Mariana. A jovem, embora em horário já bastante adiantado, estava na academia do prédio, treinando musculação. Comentara que tivera um dia difícil, plantão complicado, perdas. Treinava àquela hora com o intuito de descansar o cérebro, de criar uma espécie de cápsula e para não pensar em tudo que ocorrera em suas mãos. Naquela noite, tudo que Mariana desejava era uma boa noite nos braços de sua amada, mas aquilo estava fora de questão. Despediu-se, subiu para seu apartamento, tomou banho, pegou sua moto e foi dar uma volta pela cidade. Por vezes, a falta que sentia de Isabela sufocava Mariana, e ela sentia vontade de encontrar outras mulheres, beijar outras bocas. Mas ela nunca fazia nada semelhante, afinal o amor que sentia por aquela companheira superava absolutamente tudo. Como ela mesma dizia: "Isabela é meu ar!".

Depois de dois dias inteiros em Santa Maria, Isabela voltou a Porto Alegre, trazendo consigo o irmão, que retornaria a Vitória naquela noite ainda. Passaram o resto do tempo que lhes havia sobrado no aeroporto. Pimpão não quis ir para a casa de Isabela, acreditava que iria perder muito tempo em deslocamento, trânsito. Em suma, ele nunca gostara de Porto Alegre e zona metropolitana. Por isso, quando foi aprovado no concurso nacional, escolheu uma cidade bem distante, que preferencialmente tivesse praia, e foi encaminhado a Vitória – ES, uma cidade aconchegante, linda, de temperatura agradável, com belas praias e lindas garotas.

Pimpão dificilmente falava de seus relacionamentos. Dissera sempre que o amor acontece somente uma vez na vida, e que ele acreditava que já havia amado no passado. Agora, nesse momento de sua vida, ele queria mais era curtir sua liberdade, viver em plenitude, sem rótulos. Não havia absolutamente nada que Isabela dissesse que convenceria o irmão. Por vezes, a irmã até cogitou de o irmão ser homossexual, mas ele não era, ele tinha certeza absoluta disso.

Pouco passava das 21h quando o avião de Pimpão levantou voo do Aeroporto Salgado Filho. Isabela aproveitou a noite e foi curtir um cinema, mas, para sua falta de sorte, acabou por encontrar sua ex, que fez questão de ir até ela para conversar.

– Olá, Isa, minha bela. Sozinha? – perguntou Taís.

– Boa noite, Taís. Sim, por quê? – respondeu Isabela com outra pergunta.

– Não se deixa uma mulher como você sozinha. Jamais! – disse Taís com olhar irônico.

– Sozinha para um cinema. Que problema há nisso?

– Você não estava sozinha nem na praia quando aquela garota deu em cima de você, imagina sozinha no cinema!

– Para você ver como as coisas são. Eu não estava solteira, mas sim sozinha, pois sua companhia e nada eram a mesma coisa. Só você não reparava nisso! – disse Isabela de forma grosseira.

– Sempre estúpida! Aposto que a garota já lhe deu um fora! Afinal, quem aguenta você e suas loucuras? – Taís perguntou instigando.

– Perdeu a aposta. Inclusive, está perdendo seu tempo, ou melhor, eu estou perdendo o meu tempo aqui conversando com você. Minha relação vai muito bem, obrigada, e não lhe devo explicações. Passar bem.

Isabela mal terminou a frase e virou as costas para Taís, que a puxou pelo braço e deu-lhe um beijo na boca. A garota, enfurecida, empurrou a ex, limpou os lábios e saiu, não sem antes ouvir da mulher:

– Agora eu e aquela menina estamos quites. Ela te cantou; eu te beijei.

Isabela saiu enfurecida, nem foi até o guichê comprar seu ingresso. A passos largos cruzou o shopping, entrou no carro e tratou de ligar para Mariana, contando-lhe tudo. A menina apenas ouviu, sem nada falar. Somente pediu que assim que Isabela chegasse em casa lhe ligasse. E assim ela o fez. Sem exaltar o tom de voz, sem esbravejar (tudo que Isabela pensou que Mariana fosse fazer), a jovem iniciou pequenos comandos pelo telefone, levando a namorada em Porto Alegre à loucura. As garotas fizeram sexo pelo telefone por quase três horas sem parar, até que Isabela disse:

– Por favor, amor, um minuto. Preciso descansar, ou meu coração não vai aguentar!

Mariana riu satisfeita e retrucou:

– Pode descansar, eu deixo! Enquanto você se recompõe, me responda uma coisa: sentiu vontade de estar com a Taís?

– Não, jamais. Senti nojo. Me perguntei como consegui ficar com ela. Queria correr para os teus braços, e o mais próximo disso era te ligar, e foi o que eu fiz – respondeu Isabela.

Mariana permanecia em absoluto silêncio, ouvindo a garota, que perguntou:

– De onde saiu esse despautério?

Um breve silencio, e uma resposta clara:

– Eu não estou aí, o corpo precisa de toque, de carinho, de cheiro, de sexo. Se você se relacionou algum dia com ela, alguma dessas coisas ela tinha. Por um momento me perguntei se não havia perdido você. Mas, depois do que fizemos agora, acho que ainda estou em meu posto de esposa – Mariana respondeu de forma ponderada.

A garota em São Paulo estava completamente louca de ciúmes, mas não podia transparecer. Isabela estava aliviada, entendia que situações como aquelas, além de desagradáveis, geram fofocas e mal-entendidos, por todos os lados. Ela, que já se recompunha do sexo feito, ficou mais algum tempo ouvindo a respiração ofegante de Mariana, enquanto lhe dava os comandos que desejava. A garota deixou sua máquina fotográfica digital filmando e mandou, por e-mail, depois, o pequeno vídeo que fizera para a namorada. O casal terminou a noite de forma leve e descontraída, já passava das duas da madrugada quando Mariana se despediu e desligou o telefone, mas ainda não estava saciada o suficiente, foi para o banho e completou sua noite sentindo a água morna correr pelo corpo. Isabela apenas acomodou a cabeça no travesseiro e dormiu tranquilamente.

Na manhã seguinte, Mariana acordou um pouco mais tarde e foi correr no Parque Ibirapuera. Isabela, pela manhã, estaria em seu consultório. Para sua surpresa, uma das clientes agendadas era Veridiana.

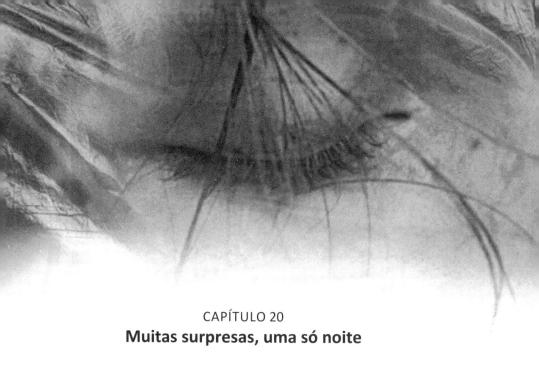

CAPÍTULO 20
Muitas surpresas, uma só noite

À medida que os dias foram passando, as garotas seguiam suas jornadas de descobertas e realizações. O final da residência de Mariana se aproximava, faltava pouco mais de uma semana para sua chegada. Veridiana, nos últimos meses, fizera um acompanhamento em sigilo com Isabela, com o intuito de engravidar, e conseguira, tinha essa grande novidade para contar às amigas.

Dois dias depois da chegada de Mariana, que optara por voltar de moto de São Paulo, as meninas se encontraram no famoso bar da esquina, aquele mesmo em que Mariana havia trabalhado alguns anos atrás. O tempo transcorrera tão rapidamente que os dois anos da residência geral de Mariana haviam passado e elas mal haviam percebido.

Naquele período, o principal ocorrido fora a mudança de casa de Veridiana e Leonardo, que finalmente tinham terminado sua obra, deixando o cantinho do casal com as características deles. Leonardo adaptara um escritório novo em sua casa, para que pudesse passar mais tempo com Veridiana. Seus negócios e investimentos haviam atraído novos clientes, entre eles o casal Isabela e Mariana.

Pouco passava das 21h e as meninas já se encontravam no bar, fazendo o início das comemorações. Embora Veridiana estivesse bastante eufórica para contar a novidade, ela soube aguardar Mariana contar tudo que acontecera nos últimos seis meses em São Paulo e como havia sido a experiência de morar na quinta maior cidade do mundo sozinha. Helena não tinha muitas novidades, apenas observara com o canto dos olhos que o homem na mesa um pouco atrás das meninas ouvia atentamente cada conversa. Finalmente chegara a vez de Veridiana contar a sua novidade. Sutilmente ela segurou a mão de Isabela, deu-lhe um sorriso confiante e anunciou:

– Meninas, eu estou grávida!

As garotas, assombradas, olharam-se sorrindo. Quase derrubando a mesa, pularam para dar um abraço apertado em Veridiana, querendo compartilhar aquela felicidade genuína. Durante o abraço, Veridiana continuou contando os detalhes:

– Isabela é parte desta conquista! Ela me ajudou tanto, me deu tanta força! Foram horas de consultório, exames, ajudou o Leonardo também, indicando profissionais competentes para que juntos conseguíssemos essa vitória.

De repente, uma voz ergue-se na mesa logo atrás:

– Como é que é? Você está grávida de outro homem? – falou Ricardo, que surgiu na mesa de trás como um fantasma.

Era possível ver que ele já havia consumido bebidas em demasia. Com os olhos em brasa, transmitiu sua fúria para Veridiana, que imediatamente sentiu um frio quase congelante passando pelo corpo.

Sem que Veridiana conseguisse dizer uma única palavra, Ricardo pegou em sua cintura o revólver que sempre carregava e colocou Veridiana em sua mira. Mariana instintivamente tentou proteger Isabela e Veridiana, colocando-se à frente de ambas. Ricardo apenas gritava:

– Essa bala não é para você! Saia da frente!

– Por favor, Ricardo, acalme-se – pediu delicadamente Mariana.

– Eu não te conheço. Como sabe quem sou? – perguntou Ricardo pensativo.

– Sim, nós não nos conhecemos, mas, se você puder baixar essa arma, posso ouvir sua história e sua versão do que você quiser me contar – disse Mariana.

A essa altura, metade do bar já havia saído correndo, e poucos enxeridos permaneciam, quase a esperar para ver como terminaria tal episódio.

Ricardo continuava seu discurso de ódio:

– Você nunca será de outro homem, você é minha! Não adiantou mudar de nome, de cidade, eu vigio você há muito tempo. Eu sou o seu homem, e é comigo que você ficará, por bem ou por mal!

Veridiana permanecia em silêncio, como se estivesse completamente paralisada, em estado de choque.

– Você não terá filho algum de outro homem! Na sua vida só há um homem, eu! Sou seu dono, me deve obrigação, e você vem comigo agora para casa! – disse, completamente transtornado, Ricardo.

Com medo das atitudes do ex, Veridiana deu dois passos atrás e disse:

– Ok, eu vou com você!

Ricardo respondeu:

– Pro inferno!

E atirou. O grito de Veridiana e o estampido da bala fizeram Isabela e Mariana jogarem-se no chão, ambas em cima da amiga, e mais um estampido ouviu-se, esse sem grito. O barulho da cena de terror era visualizado pelos que ali haviam contemplado a infeliz cena. Isabela olhou para suas mãos, encharcadas de sangue, que estavam próximas ao ombro de Veridiana. Mariana, que projetou seu corpo mais próximo à região do ventre da amiga, observou que havia sangue em sua camisa também e entre as pernas de Veridiana.

Helena foi a primeira a se recompor e disse:

– Veridiana, Veri, amiga! Fala comigo! Você está bem?

A mão firme de Isabela pressionava a entrada da bala no ombro esquerdo de Veridiana, que chorava copiosamente ao ver o sangue entre suas pernas. As garotas olharam para onde Ricardo estava e viram com seus olhos que ele havia lhe dado um tiro na cabeça. O sangue e o rastro de destruição causado por aquele homem agora eram ainda mais tenebrosos.

Um rapaz que assistia à cena completamente atônito aproximou-se de Isabela e disse:

– Eu estou de carro, vamos levá-la para o hospital!

Sem pestanejar, o homem, forte, de seus 40 anos aproximadamente, pegou Veridiana no colo e a colocou em seu banco do carona. Helena e Isabela entraram para a parte de trás do carro. A médica continuava a pressionar o ferimento, Veridiana dava sinais de estar entrando em choque. Mariana alcançou a bolsa com os documentos de Veridiana para Helena e disse a Isabela:

– Eu vou esperar a polícia, encontro vocês no Moinhos (hospital em que Isabela trabalhava e onde Veridiana estava fazendo seu acompanhamento). Amor, cuida dela, ela já cuidou muito de mim! – as palavras de Mariana saíram embargadas.

O carro do homem arrancou em alta velocidade do centro da Cidade Baixa. Com o pisca-alerta ligado e a buzina em alto e bom som, o homem atravessou a distância em pouco mais de cinco minutos. Quando chegou ao hospital, entrou correndo pedindo por socorro, pegou uma cadeira de rodas, mas, naquela fração de tempo, Isabela já havia descido do carro, e os atendentes da emergência já haviam a reconhecido. Em poucos segundos, já estavam prontos, retirando Veridiana de dentro do carro. Enquanto lhe eram prestados os primeiros atendimentos, Isabela já se preparava para assistir à cirurgia no ombro da paciente, e poderia, por fim, ter certeza do que já desconfiara: com o susto, o impacto e o medo, Veridiana acabara por ter um aborto espontâneo.

Helena, sempre prática, já fazia o boletim de atendimento junto ao guichê central. Viu que o homem que as trouxera havia saído, não tinha nem dado tempo de lhe agradecer a gentileza, mas ele retornou, tinha apenas ido estacionar o carro. Ele aguardou paciente até que todas as perguntas fossem respondidas, pelo menos as que Helena sabia. A noite seria longa no hospital. Assim que terminou o boletim, Helena recebeu uma mensagem de Isabela, informando que Veridiana fora encaminhada imediatamente para a sala de cirurgia.

Enquanto isso, na recepção do hospital, finalmente Helena descobriria o nome do herói que estava ajudando a salvar sua amiga.

– Obrigada pelo seu gesto. Se dependêssemos de uma ambulância, não sei quanto tempo levaríamos para o resgate – disse Helena.

– Não precisa agradecer. Não havia como impedir o que aquele homem estava disposto a fazer, confesso ter me surpreendido com a coragem das meninas que se colocaram entre ele e a vítima – comentou o homem.

Helena apenas assentiu com a cabeça. Sim, fora um gesto heroico de Mariana e Isabela, mas que não impediu a tragédia ocorrida.

– A propósito, eu sou Helena, uma das melhores amigas de Veridiana. Ela é uma espécie de irmã mais velha, daquelas amigas que a gente se joga na frente da bala mesmo.

Ao dizer essas palavras, a reação de Helena fora como se exatamente naquele momento ela tivesse compreendido a gravidade de tudo que ocorrera instantes atrás. Levando as mãos no rosto, Helena chorou, como há muito não fazia, e foi amparada com um abraço acalentador do homem, que lhe respondeu:

– Eu sou Gabriel. Não sou um anjo, mas hoje cumpri esse papel! – disse sorrindo. – Venha, vamos tomar um café, a noite vai ser longa.

Gabriel tinha razão. Convidou Helena para ir até seu carro, queria trocar de camisa, e na sequência foram até a cantina 24 horas do hospital e pediram um expresso duplo.

Enquanto isso, no bar, a polícia e a perícia já faziam seu trabalho e encheram Mariana de perguntas. A jovem contou um pouco da história que sabia, inclusive que nunca aquele homem deveria ter se aproximado de Veridiana. Pegou o telefone e ligou para Leonardo, que ainda não havia sido informado do ocorrido. Era quase meia-noite.

– Oi, Leonardo. Tudo bem? – perguntou Mariana com voz disfarçada.

– Oi, Mari, sim. Está tudo bem, e com você? Precisa de alguma coisa?

Pelo adiantado da hora, o namorado da amiga já presumira que alguma coisa muito séria deveria estar acontecendo com ela ou com sua garota.

– Então, hoje foi nosso reencontro, a comemoração da minha volta a Porto Alegre, mas houve um pequeno contratempo, e...

Antes que Mariana terminasse a frase, Leonardo perguntou:

– Onde está a Veridiana? O que aconteceu?

– Ela está no Moinhos, com a Isabela e com a Helena, estou...
Leonardo não deixava Mariana terminar as frases.

– E por que você não está lá com elas?

– Amigo, calma. Por favor, me escute. A Veri vai precisar muito de você. Hoje à noite, enquanto aproveitávamos para nos reencontrar, Veridiana foi atacada pelo Ricardo e acabou sendo baleada. Ele se suicidou na nossa frente. Veridiana foi levada imediatamente para o hospital, onde está recebendo todo o suporte necessário. A Isabela está lá com ela e a Helena também. Terminei os trâmites aqui com a polícia e com a perícia, estou indo em casa trocar de roupa e já me encaminho para o hospital. Prometo mantê-lo informado de absolutamente tudo. Sei que você está do outro lado do país, mas, se conseguir, tente um voo de emergência.

– A Veridiana vai morrer? E meu filho? – perguntou Leonardo.

– Eu realmente espero que não, ela saiu daqui acordada e há poucos minutos falei com a Isa, ela estava indo para o bloco cirúrgico. Quanto ao bebê, não tenho como responder, havia muito sangue e um episódio desses é capaz de gerar qualquer tipo de reação no corpo. O que sei é que ela vai precisar muito de ti, muito mais que precisou até hoje. A Veri está devastada, no corpo e na alma. Talvez tenha tido o seu sonho da maternidade ceifado; a ela foi imposto mais um trauma. Por favor, venha logo! Fique ao lado dela, ela precisa de você! – disse Mariana.

Mariana despediu-se do amigo, entrou no carro e foi para casa tomar banho e trocar de roupa. Leonardo iniciou sua busca desesperada pelo primeiro voo para o Rio ou São Paulo, para que pudesse fazer sua conexão em uma dessas cidades.

Já em casa, Mariana recebeu uma mensagem de Leonardo, informando que estaria no primeiro voo da manhã com destino a São Paulo e na sequência estaria na conexão Porto Alegre, devendo estar em solo gaúcho logo após o meio-dia. A garota tomou seu banho como quem lava a alma, mas suplicando em suas orações que Deus protegesse sua leal e valorosa amiga. Chegando no hospital de volta, fora apresentada a Gabriel, que gentilmente continuava ao lado de Helena, aguardando notícias de Veridiana. O homem voltou novamente à cantina, pegou outros dois cafés, uma água e levou até onde as garotas estavam, entregou-lhes e disse:

— Eu agora vou deixar você, Helena, com sua amiga. Você tem meu telefone, pode me ligar na hora que precisar. Eu moro perto daqui, ficarei de sobreaviso caso necessite de alguma coisa. Amanhã será um longo dia, e, por favor, me mande notícias suas e de sua amiga. Vou colocá-la em minhas orações hoje à noite.

Gabriel deu um beijo e um abraço em Helena. Fazendo-lhe um afago no cabelo, sussurrou baixinho:

— Tudo vai dar certo! Já deu, na verdade! Eu te ligo!

Apertou a mão de Mariana e saiu, a essas alturas o relógio já marcava quase três da madrugada. As horas de espera são sempre angustiantes. Assim que o dia clareou, ambas as garotas pegaram seus telefones e começaram a desmarcar suas agendas pessoais. Foi somente por volta das nove da manhã que Isabela finalmente deu novas notícias de Veridiana.

— A Veri está bem, fora de perigo. Por sorte, ou por Deus, a bala apenas atravessou seu ombro, não lesionando nada mais perigoso, mas infelizmente ela acabou tendo um aborto espontâneo. Ainda não acordou, está na recuperação. Irá para o quarto, se o quadro se mantiver, no período da tarde. Alguma de vocês entrou em contato com o Leonardo?

— Sim, eu entrei – respondeu Mariana.

— É importante contar a ele sobre o aborto antes de contar a ela, para que ele possa confortá-la e permanecer firme ao seu lado. Afinal, o que ela precisa agora é de carinho.

— Ok. Ele já está retornando para Porto Alegre, vai chegar logo após o meio-dia. Vou aguardá-lo e conversar com ele. Podemos entrar para vê-la? – perguntou Mariana.

— Isso não é padrão em nosso hospital, mas vou deixá-la entrar, Dra. Mariana Torres.

Isabela tinha usado aquele tom formal justamente para avisar a segurança do que estava fazendo, sem causar reboliços com os demais pacientes e familiares. Helena aproveitou a oportunidade e entrou junto. A visita não durou mais de dois minutos, era somente para se ter aquela sensação de "terminou tudo bem", mesmo que ainda não tivesse terminado.

Pouco depois do meio-dia, Leonardo finalmente chegou ao hospital. Mariana e Helena foram automaticamente conversar com o amigo, que não segurou a pressão e deixou-se tomar pelo pranto. As meninas, como sempre, ampararam e protegeram aquele fiel parceiro, que precisava se restabelecer para poder conversar com Veridiana quando ela fosse levada para o quarto. Despediram-se e foram para suas casas, prometendo voltar às 19h, no horário de visita, para ver a amiga.

Helena, assim que chegou em casa, teve de dar um relato preciso para Sandra, que por todo o tempo permanecera com seu terço na mão rezando pela garota. Antes de encaminhar-se para o chuveiro, mandou uma mensagem para Gabriel:

– Obrigada por você ter ficado ao meu lado hoje. Nossa amiga está fora de perigo, graças aos seus braços fortes. Agora vou descansar para voltar no final da tarde e conversar com ela.

Gabriel respondeu:

– Como sabe que são fortes, se só a tive por um momento em meus braços? Foi uma excelente notícia, passei a manhã preocupado com você e com ela. Posso lhe ligar no final de semana?

– Helena sorriu. Já havia aberto o chuveiro para entrar em seu banho, mas, antes de fazê-lo, respondeu:

– Claro, eu vou adorar poder conversar com você. Afinal, ficamos mais escondidos em um silêncio ensurdecedor que propriamente nos conhecendo.

Entrou no chuveiro, tomou um banho demorado e muito quente, encaminhou-se para a cama, deitou, programou o despertador para as 18h e antes mesmo que pudesse pensar em qualquer coisa já havia adormecido.

Mariana chegou em casa, tirou a roupa e foi direto para a banheira de hidromassagem. Encostou a cabeça em uma das proteções, fechou os olhos e sentiu o corpo de Isabela em cima do seu, beijando carinhosamente seu pescoço. Situações de stress extremo, como a que tinham vivenciado, deixavam o casal sempre muito excitado, e no sexo era onde mais se reconheciam. Inclusive essa sempre foi a química mais forte das garotas, na cama elas sempre se entendiam. Terminaram e foram juntas dormir um pouco. Isabela estaria no plantão que iniciava às 19h e Mariana queria ir ver a amiga naquela noite.

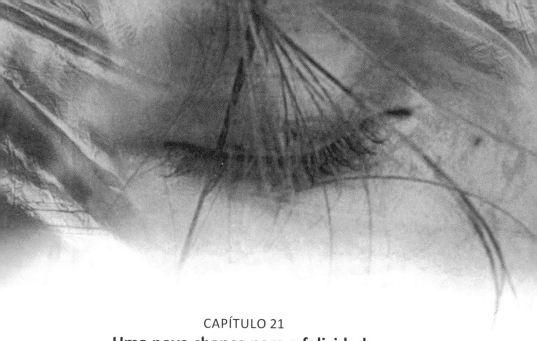

CAPÍTULO 21
Uma nova chance para a felicidade

Veridiana necessitou de alguns dias hospitalizada para poder retornar a sua casa. O momento vivido naquela noite havia sido traumático demais, e sua memória não conseguia se esquivar do barulho ensurdecedor dos tiros disparados por Ricardo. No hospital mesmo, ela iniciou a terapia, visto que agora necessitaria recomeçar suas consultas com sua psicóloga, e também recebeu acompanhamento de um psiquiatra. Mesmo que ela achasse desnecessário, Leonardo acreditava que naquele momento toda ajuda seria bem-vinda.

Depois daqueles plantões consecutivos, Isabela retornou a sua casa absolutamente exausta, não fora somente o caso de Veridiana que havia sido desafiador. Tudo que a obstetra desejava nesse momento era o carinho da companheira, que a esperara com flores e um bom vinho para relaxar.

Naquele período, que compreenderia pouco mais de duas semanas, Mariana ficaria clinicando no consultório de Isabela, como clínica geral, e após aqueles dias assumiria em sua Residência II, para a especialidade de cirurgiã cardiovascular, em que seriam mais três anos de estudo e provações.

Sábado, por volta das 18h, o telefone de Helena vibrou, apontando que recebera uma mensagem. Sem muita expectativa, a garota foi olhar. Sim, era Gabriel.

– Olá, gata. Tudo bem? Como passou a semana?

Helena, que era conhecida por ter se tornado a mulher de gelo depois de todos os percalços que a vida lhe propusera, deu um sorriso maroto ao receber aquela mensagem. Sem deixar Gabriel esperando, tratou de responder:

– Olá, Gabriel. Tudo bem, sim, e com você? A semana foi tumultuada, mas longe dos perigos enfrentados naquela noite. E a sua?

– A minha foi de muito trabalho, números, números por todos os lados. Mas essa não deixa de ser a minha rotina. Gostaria de jantar comigo esta noite?

– Eu adoraria.

– Passo 20h30 para pegar você. Pode ser? Me mande seu endereço.

Helena respondeu a mensagem, rindo sozinha na sala. Sandra apenas observava a atitude da filha; afinal, desde a adolescência ela não via a garota tão empolgada com um encontro. Assim que as mensagens pararam, Helena subiu correndo para seu quarto, para escolher uma roupa. Tirou metade do armário para fora e não conseguiu escolher, então optou por fazer uma videochamada, pelo Skype, com Isabela, que estava sempre atualizadíssima das novidades da moda (Helena com frequência dizia que Isabela era sempre a mais bem-vestida, a mais chique e usava as melhores combinações).

Naquela noite, pontualmente às 20h30, Gabriel encostou o carro na frente do endereço dado por Helena. Enquanto aguardava a jovem, tratou de jogar as roupas que estavam no banco de trás no porta-malas, colocou um leve perfume de essência no carro e ficou, junto ao portão, aguardando a menina.

Helena saiu trajando um vestido vermelho de comprimento até o joelho, com decote canoa, mostrando os ombros e sua corrente de ouro, com um pingente japonês simbolizando o amor. Quando a viu, Gabriel não escondeu a surpresa por ver a garota tão bela. Embora Helena fosse muito bonita, na noite em que eles se conheceram, nenhuma impressão poderia ser gravada, pois absolutamente nada apagaria o fato da violência presenciada.

Gabriel, sorrindo, lhe deu um abraço e um beijo no rosto e disse:

— Se eu soubesse que sairia com uma princesa, teria posto um terno.

Helena apenas sorriu e agradeceu. Ficou ruborizada com o comentário do homem, que sabia exatamente como agradar a uma garota. Gabriel usava uma bela camisa preta, um jeans, e, para a alegria de Helena, calçava sapatos (a garota tinha horror aos homens que saem com garotas de tênis).

Assim que entraram no carro, Gabriel disse:

— Pensei em levá-la para comer comida japonesa. Você gosta?

— É uma das minhas favoritas — respondeu Helena.

Gabriel arrancou o carro despretensiosamente, bem diferente do homem que dirigiu em alta velocidade socorrendo Veridiana. Chegaram a um restaurante discreto, sentaram e finalmente iniciaram uma conversa.

— Que bom que aceitou meu convite. Achei que, pelo fato de eu não ter me manifestado ao longo da semana, você poderia ter ficado zangada — disse Gabriel.

— Eu não costumo criar expectativas, e confesso ter ficado alegre com sua mensagem. Realmente achei que você não entraria em contato — comentou Helena.

— Sim, foi uma semana bastante tumultuada, muito trabalho. Como está sua amiga? — perguntou Gabriel.

— Bem, se recuperando, em casa, com o marido — respondeu Helena.

— Que loucura tudo aquilo, parecia cena de novela. Eu só acreditei que não era quando o cara atirou e suas amigas se jogaram por cima da vítima. Achei que tinha alguma câmera escondida, sei lá, mas então o cara, olhando para Veridiana, puxa o gatilho e estoura os miolos. Nossa, foi assustador — disse Gabriel.

— Eu prefiro nem lembrar. Passei algumas noites acordando com o estopim do revólver. Acho que a cena nunca sairá da minha cabeça. Parece que só coleciono essas cenas trágicas — comentou Helena.

Gabriel, que era fascinado em filmes de terror, até pensou em questionar quais outras cenas a garota colecionava, mas acertou em não realizar tal pergunta, principalmente no primeiro encontro. O homem, gentilmente, indagou se poderia fazer o pedido para o jantar. Helena concordou. Alguns minutos mais tarde, já lhes era servida uma deliciosa salada sunomono, algumas peças de sashimi de salmão, peixe-branco e atum, alguns uramakis de sabores diversos e gunkan. Helena tentou conter-se para não devorar os pratos todos. Gabriel comentou:

– Você sabia que em alguns países da Ásia convidar alguém para dividir uma refeição é algo muito importante? Bem como servir uma pessoa é um ato de demonstrar carinho, visto que lá, em muitos países, os casais não demonstram nenhum tipo de intimidade em público.

– Você já esteve lá? – perguntou Helena curiosa.

– Sim, estive duas vezes na China, fazendo alguns cursos – respondeu Gabriel.

– Então você fala chinês? – indagou Helena ainda mais curiosa.

– Sim, um pouco, não é um idioma fácil – disse Gabriel.

– Com o que você trabalha? – perguntou Helena, que estava cada vez mais curiosa e fascinada pelo homem.

– Eu sou contador. Na verdade, fiz Administração de Empresas e faz pouco mais de um ano que me formei como contador. Hoje, administro uma empresa que presta serviços de contabilidade a uma grande instituição. E você? – perguntou Gabriel.

– Eu também sou contadora – respondeu Helena sorrindo. E continuou: – Tenho um escritório, também sou uma prestadora de serviços, tenho uma carta de quase dois mil clientes para Imposto de Renda. Hoje, possuo funcionários, porque nunca, sozinha, seria capaz de dar conta. Você sabe bem como é.

O casal continuou a conversa de forma leve. Em nenhum momento a ideia era falar de trabalho. Helena convidou Gabriel para irem a um bar, próximo ao bairro Petrópolis, que se parecia com o convés de um navio. Lá tinha música ao vivo, e puderam aproveitar a companhia de um e de outro até altas horas. Por volta das quatro da madrugada, Helena sugeriu ir para casa, e Gabriel educadamente a conduziu até sua residência, prometendo ligar ao longo da semana. Helena espantou-se com a cordialidade e educação do homem, ele explicou que não a convidaria para sair no domingo, pois já havia marcado futebol com os amigos, e isso era praticamente sagrado.

Na quarta-feira, Gabriel ligou convidando Helena para assistir a um filme no cinema, e depois da sessão o casal foi aproveitar a noite. Helena chegara em casa maravilhada, há muito tempo não se sentia assim, desejada, cortejada. Gabriel tivera a certeza de ter encontrado alguém especial para se relacionar, já vislumbrava uma possível relação com Helena.

Assim o tempo foi passando e, quando menos se podia esperar, o Natal já se aproximava. Veridiana sugeriu fazerem uma ceia em sua casa, seria seu primeiro Natal na moradia nova. Isabela e Mariana não se importaram, Sandra e Helena concordaram e Gabriel seria o mais novo integrante daquele grupo de amigos. Foi a oficialização do namoro entre os novos pombinhos, que pareciam em lua de mel. O rapaz, por vezes, tinha piadas completamente esdrúxulas e perguntas aleatórias, que deixavam todos sem saber o que responder, mas eles entendiam que aquela era a forma de ele se integrar nos assuntos. Leonardo, sempre mais sério, jamais cometeria aquelas gafes de Gabriel, mas em nada isso diminuiria o sentimento de Helena por aquele homem, e ele fora plenamente aceito pelo grupo. Finalmente a garota havia se apaixonado e, pelo que todos podiam ver, o sentimento era recíproco.

Veridiana estava bem, apesar de tudo que passara. Ficara algumas semanas afastada do trabalho. Leonardo a havia levado para viajar, passaram duas semanas na Itália, passeando por Roma, Módena e Toscana. A garota conseguiu, com a ajuda de todos, vencer mais aquele momento difícil que vivera.

Mariana já estava quase completando seu primeiro ano de R2 e alternava plantões no hospital e pacientes na clínica. A Medicina lhe era realmente um dom, pois não tardou a construir uma boa clientela como clínica geral. Isabela havia viajado para ver sua mãe em Buenos Aires e transferira para 2009 sua viagem para Boston.

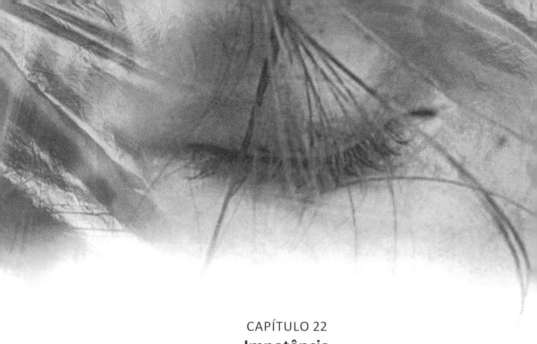

CAPÍTULO 22
Impotência

Os anos de 2008 e 2009 passaram em uma velocidade inexplicável para o grupo de amigos. Os dois anos, desde o ocorrido no bar, foram de absoluta paz. Veridiana conseguiu, por fim, dar seguimento em sua vida, voltou a trabalhar, continuou viajando com seu amado. Mariana e Isabela finalmente viviam seu real casamento, as meninas podiam finalmente desfrutar uma da companhia da outra, ter momentos de lazer, viajar, fazer compras, enfim, viver uma vida de casal. Helena e Gabriel faziam planos de ir morar juntos.

Isabela programara sua viagem a Boston para a primeira semana de dezembro. Mariana ficaria na cidade terminando sua residência e acompanharia Helena e Gabriel no cartório, onde juntos fariam sua união estável. Embora Mariana tivesse pedido a Isabela que postergasse sua visita aos Estados Unidos, esta não pôde atender o pedido da amada, visto que havia recebido uma proposta para ministrar uma palestra na própria BU (Boston University), uma grande honraria para uma médica brasileira. As meninas combinaram então que Mariana iria até o Rio de Janeiro, no final de semana compreendido entre 18 e 20 de dezembro, buscar sua amada e que passariam as festas de Natal e Réveillon na Cidade

Maravilhosa. Para isso, ela reservou o hotel preferido de Isabela, com uma suíte de frente para o mar, em andar alto, para que o casal pudesse assistir ao famoso show da virada de forma reservada e discreta, vendo os fogos e compartilhando uma da companhia da outra. Mariana pagou uma pequena fortuna para dispor desses privilégios, uma vez que aluguéis de imóveis e quartos de hotel são artigos de luxo nesse período.

Helena e Gabriel fizeram sua união estável no dia 17 de dezembro, um dia antes da viagem de Mariana, em uma reunião discreta, com poucos amigos. Como Helena não tinha certeza se desejava casar, o ritual para ela era indiferente. Mesmo assim, os dois se uniram de forma apaixonada, trocando alianças e fazendo juras de amor. Importante salientar que, por mais que o casal quisesse se unir, isso era inviável na parte religiosa (católica), pois Gabriel já havia sido casado na igreja e não mais poderia repetir esse ritual com sua nova companheira. Depois da cerimônia, realizada por um juiz de paz, o casal recebeu os convidados em uma bela cantina da cidade, para um jantar discreto, sem muitas pompas. Veridiana e Leonardo foram convidados para serem testemunhas do enlace e como presente deram ao casal um final de semana romântico em um hotel da serra.

Mariana pegou o voo próximo ao meio-dia de sexta-feira, dia 18 de dezembro de 2009, e foi direto para o hotel. À tarde, curtiu uma praia, tomou um chopp no calçadão de Copacabana e retornou ao hotel por volta das 20h. Aquela seria a noite da apresentação de Isabela. As garotas haviam se falado rapidamente durante o dia, tinham mais trocado mensagens que conversado de fato. Era possível ver uma certa ansiedade nas palavras de Isabela, que não escondia a alegria daquele momento. Mariana sentia-se culpada por não estar acompanhando a companheira, mas não faltariam oportunidades para as duas viverem aqueles momentos juntas.

Próximo à meia-noite, Mariana recolheu-se. Isabela ainda não havia ligado, contando como fora sua palestra. O pouco fuso horário entre as duas cidades (uma hora) levara Mariana à suspeita de que após a palestra a médica teria ido jantar, ou com sua mãe, ou com algum dos colegas médicos da BU.

Pouco antes das quatro da madrugada, o telefone de Mariana rasgou a madrugada tocando. A garota olhou para o display, mas não reconheceu o número como o da amada.

– Alô? – a voz assustada de Mariana pressentiu algo ruim.

Em inglês, a voz respondeu:

– Olá, boa noite. Esse é o telefone da Senhora Mariana Torres?

– Sim – respondeu a garota.

– Um momento, vou transferir a ligação – disse a voz grave do outro lado da linha.

Mariana suspirou aliviada, mas essa sensação não durou mais que um segundo.

– Alô? Mariana? – perguntou a voz, que Mariana havia reconhecido como de Maria Helena, mãe de Isabela.

– Sim, Maria Helena? O que houve com Isabela? – Mariana sabia que algo não estava certo.

O choro do outro lado da linha atordoava Mariana, que estava completamente sozinha no quarto. De repente, uma outra voz, também feminina, pegou o telefone e disse em inglês:

– Mariana, sou a Senhorita Thompson, da equipe de Maria Helena. É com pesar que informo o falecimento da filha de nossa colega, a Doutora Isabela Albertoni, ocorrido nesta madrugada, aqui na cidade de Boston.

Mariana deu um grito que acordou o hotel:

– Não!!!!!!!!!

A garota caiu de joelhos, tentando ouvir mais alguma informação, mas nada fazia sentido para Mariana. Maria Helena recuperou-se e tornou a conversar com ela.

– Mari, fale comigo. Sou eu, de novo – respirou fundo e continuou: – Sim, minha querida, eu jamais imaginei lhe dar uma notícia assim. Me ajude! A Isabela teve um infarto fulminante no quarto do hotel, ela até conseguiu chamar por ajuda, mas não conseguiram reanimá-la. Ela veio a óbito aqui mesmo. Eu havia recém-chegado de Havana com a equipe, nem consegui ver minha filha com vida!

Mariana ouvia tudo como quem não estivesse acreditando. Não poderia ser verdade, como assim? A mulher que ela amava, seu chão, sua vida, morta?

– Você me ouve? – perguntou Maria Helena.
– Sim – respondeu Mariana com a voz transtornada.
– Estamos encaminhando Isabela para o IML daqui. Creio que em aproximadamente 24 horas seu corpo esteja liberado.
– Traga-a para casa! Traga-a para mim! – disse Mariana aos gritos.
– Sim. Vou para casa, fazer contato com o consulado, providenciar toda a documentação necessária. Acredito que chegaremos ao Brasil no dia 22 de dezembro, mas eu mantenho você informada. Por favor, cuide-se.

Maria Helena desligou o telefone. Mariana atirou tudo que conseguiu para o chão, rasgou roupas, abriu a porta do quarto e desceu correndo as escadas de emergência. Passando pela recepção, nem observou que os atendentes já atendiam algumas ligações de hóspedes reclamando do barulho na suíte. Cruzou a recepção completamente fora de si e foi observada por um dos porteiros, que viu o estado que a garota saiu correndo, inclusive de pijama. Mariana não olhou para os lados ao atravessar a rua, entrou na maior velocidade que conseguiu praia adentro, mergulhando nas águas agitadas do mar de Copacabana. O porteiro identificou imediatamente como uma tentativa de suicídio e foi atrás, lançando-se ao mar e resgatando a menina, que se debatia gritando:

– Por quê? Eu quero morrer! De novo, não!

O rapaz conseguiu imobilizá-la e retirá-la da água, levando-a para a areia, onde alguns curiosos já filmavam a cena. Abraçada no jovem, a garota seguiu com sua dor:

– Por que sempre comigo? Que mal eu fiz à humanidade? Deus me odeia! Por que ele sempre tira tudo de mim?

Em um pequeno intervalo de tempo, já havia um carro da polícia, bombeiros e uma senhora, que se identificou para a polícia como sendo médica, e auxiliaria a jovem nesse primeiro momento.

O porteiro que resgatou Mariana ajudou a menina a se levantar e seguiu conduzindo-a, de modo a protegê-la em seus braços, levando-a à recepção do hotel. A médica que lhe havia prestado socorro ajoelhou-se na frente da garota e iniciou uma conversa:

– Eu sou Doroteia Brandão, socorrista e médica. Como posso ajudá-la?

Mariana levou a mão à cabeça, dando-se conta da loucura que acabara de fazer. Alcançaram-lhe um copo de água. Ela agradeceu e, olhando para seu salvador, disse:

– Obrigada – baixou a cabeça e voltou a chorar.

O rapaz lhe afagava os cabelos. Com um sorriso gentil, respondeu:

– Não sei o que aconteceu, mas eu estou aqui, mesmo que seja para tirar você do mar!

Mariana tomou um pouco da água que lhe fora dada, se recompôs e respondeu à médica:

– O grande amor da minha vida morreu! Sozinha, em um quarto de hotel, em Boston. E eu não estava lá! Justo eu, que estou terminando a residência em cardiologia – e voltou a chorar.

A médica lhe fez um afago no joelho. Aquela senhora, de seus 65 anos já, disse-lhe:

– Não posso imaginar o que você está sentindo! Mas, como você mesma sabe, as razões de Deus, mesmo para nós da Medicina, são sempre um mistério. O que posso fazer por você, criança?

Os primeiros sinais de amanhecer já apareciam no céu do Rio de Janeiro. Mariana respondeu:

– Pode ficar comigo até que alguém chegue para me fazer companhia?

– Claro, você quer ligar para sua família? – perguntou a senhora.

Mariana baixou a cabeça e respondeu:

– Isabela era tudo que eu tinha. Família, companheira, amor!

– Não se preocupe, minha jovem, ficarei ao seu lado, até que você tenha alguém ou possa retomar as rédeas de sua vida.

As duas subiram para o quarto, onde imediatamente Mariana ligou para Veridiana, que acordou assustada com a ligação antes das seis da manhã.

— Oi, Veri, o Leonardo está aí com você? Ou está em São Paulo?

Veridiana, meio perdida, respondeu, já iniciando outra pergunta:

— Não, Leonardo está em São Paulo. O que houve?

— A Isabela morreu nesta madrugada – respondeu Mariana.

— Como assim? – Veridiana saltou na cama, não acreditando nas palavras da amiga.

— Eu não sei bem ao certo ainda, mas ela teve um infarto fulminante, lá em Boston. Maria Helena está providenciando os trâmites para trazê-la para casa. Eu não quero ficar sozinha aqui. Quando recebi a notícia, enlouqueci e quase me afoguei no mar. Por sorte, fui resgatada por um porteiro. Não quero ficar sozinha. Tem uma senhora me ajudando, mas, sabe como é, preciso de alguém aqui perto. Não quero ficar sozinha!

A repetição das frases de Mariana trazia a certeza de que a garota tinha medo de ficar sozinha, medo de tentar algo semelhante novamente.

— Amiga, estou ligando neste momento para o Leonardo, não faça nenhuma bobagem. Vou pedir para ele ir imediatamente te encontrar. Você está no mesmo hotel de sempre? – perguntou Veridiana.

— Sim – respondeu Mariana.

— Certo, fique aí. Você está sozinha?

— Não, há uma senhora me ajudando.

— Deixe-me falar com ela – pediu Veridiana.

A senhora pegou o telefone.

— Bom dia. Sou Veridiana, uma espécie de irmã mais velha de Mariana. Meu esposo está a caminho do Rio de Janeiro, mas chegará em aproximadamente cinco horas. É possível a senhora permanecer com ela por esse tempo? Eu pago o seu dia de trabalho!

— Não precisa, querida. Eu fico, sim. A menina realmente não pode ficar sozinha. Vou pedir para os rapazes do hotel providenciarem uma medicação leve, para fazê-la dormir um pouco. Assim, quando seu esposo chegar, ela já estará mais descansada. Sou Doroteia Brandão, médica. Sua amiga estará segura. Não se preocupe, não arredarei o pé até seu esposo chegar.

— Obrigada.

Veridiana desligou o telefone e ligou imediatamente para Leonardo, que não pestanejou: arrumou uma pequena mala de roupas e foi ao encontro de Mariana.

A garota tomou o medicamento receitado pela senhora, que ficou sentada ao seu lado, em uma poltrona, até que o telefone tocou, pouco antes das onze da manhã, informando a chegada de Leonardo. Assim que ele chegou, a senhora se despediu do jovem e deixou um bilhete a Mariana:

"Eu não consigo imaginar o tamanho de sua dor, mas eu a vejo, e respeito. Sinto muito pela sua perda, sinto muito por ver alguém tão jovem sofrendo dessa forma, mas eu creio que você ficará bem! Os propósitos de Deus são sempre uma grande interrogação! Espero que sigas teu caminho, que voltes para a luz, que encontres a paz em teu coração, pois o amor, esse é infinito, e por certo o amor que vocês tinham era infinitamente maior que a morte!"

Leonardo sentou-se na poltrona e fez um carinho nos cabelos da amiga, que abriu os olhos lentamente. Quando viu ser Leonardo, Mariana pulou da cama e lhe abraçou, chorando, quase em desespero. Ele, sem pronunciar palavra alguma, apenas ficou ali, como um anjo da guarda. Mais tarde, pediu um almoço, servido na suíte, pois Mariana se recusava a sair do hotel.

Por volta das 18h, Maria Helena ligou novamente para a garota.

– Olá, Mariana. Então, já providenciei quase tudo, falta apenas o corpo ser embalsamado. Iremos em um voo quase direto, com conexão apenas em Guarulhos, São Paulo, chegaremos na manhã de terça. Peço que avise os amigos, faça contato com o irmão dela, prepare tudo para o funeral e cerimônia de despedida. Você precisa de alguma coisa?

– Oi, Maria Helena. Não, não preciso. Leonardo está aqui comigo, já vou com ele para São Paulo e de lá viajo hoje mesmo, se for possível, para Porto Alegre. Já providenciarei tudo para o cerimonial, não se preocupe.

As mulheres desligaram o telefone. Era momento de avisar Pimpão. Mariana, que pouquíssimas vezes tinha falado com o cunhado, deveria ser porta-voz de uma notícia tão desagradável como aquela.

Pegou o telefone e conversou com o garoto por alguns minutos, que estava em completo estado de choque pela notícia. Pimpão avisou sua mãe em Santa Maria, e Tânia tratou de ir para Porto Alegre esperar o filho e a "filha de coração".

Por volta das 20h, Leonardo entrou no carro, na companhia de Mariana, pegou a estrada e retornou a São Paulo. Deixou o carro em seu apartamento, próximo ao Morumbi, pegou um táxi e foi com a garota direto para Congonhas. Já passava das três da madrugada. Seu objetivo era embarcar no primeiro voo para o Rio Grande do Sul, em qualquer companhia. E assim o fizeram.

Enquanto isso, no Rio Grande do Sul, Veridiana optara por não contar nada para Helena e Gabriel, que estavam em sua lua de mel e retornariam na noite de domingo. Não havia nada que os dois pudessem fazer diante da situação, e não era justo estragar aquele momento. Algumas horas a mais ou a menos para receber a notícia não fariam diferença alguma.

Leonardo e Mariana aterrissaram no Salgado Filho pouco antes das dez da manhã. Assim que viu a amiga, Veridiana praticamente invadiu a área de desembarque. Mariana abandonou a mala e correu para os braços da amiga. Caindo de joelhos aos seus pés, a menina apenas repetia:

– Diz que não é verdade! Diz que não é verdade!

Veridiana permaneceu em silêncio. Ajoelhou-se e ficou com a amiga nos braços pelo tempo infinito que esta desejou chorar. Alguns seguranças foram se aproximar, mas Leonardo, com todo o seu trato, conversou com eles, que empaticamente deixaram as meninas ali, visto que elas não estavam obstruindo a passagem dos demais passageiros. Somente quando Mariana se recompôs, Veridiana ajudou-a a levantar e foi conduzindo-a até o carro. Havia esquecido de dar olá a Leonardo, foi até ele e o abraçou dizendo:

– Obrigada por você ter ficado com ela. Te amo!

– Ela é nossa caçula! Te amo!

Todos entraram no carro e foram direto para a casa do casal. De lá, Veridiana pessoalmente tomou a frente da situação: fez a reserva da capela para o velório, avisou o CREMERS, colocou uma nota no jornal principal da cidade, providenciou a cremação. Mariana pediu para ir para o quarto de hóspedes. Após algumas horas, Veridiana foi vê-la. A menina seguia sentada em um canto do quarto, no chão, abraçada em suas pernas, chorando baixinho.

A anfitriã apenas perguntou:

– Posso ficar aqui com você?

Mariana não pronunciou um único som, apenas assentiu com a cabeça. A garota não dormiu a noite inteira. Quando amanheceu, na segunda-feira, Veridiana foi até a cozinha, providenciou um café bem forte e levou para o quarto da amiga, que seguia absolutamente desolada com tudo aquilo. Também coube a Veridiana avisar Helena, que já havia chegado da lua de mel e fez questão de ir para a casa da amiga ficar com Mariana.

O corpo chegou ao aeroporto pouco depois das oito da manhã de terça-feira. O velório fora programado para iniciar às 11h. Mariana pediu para ir em casa tomar um banho. Quando lá chegou, a menina teve outra recaída. Eram as roupas, as fotos, as memórias. A sensação da garota era que Isabela a qualquer momento pudesse abrir a porta, trazendo consigo seu sorriso, sua marca registrada. Helena ficou com ela nesse momento. Mariana vestiu-se, tentou disfarçar as olheiras e saiu, em absoluto silêncio, em direção à cerimônia.

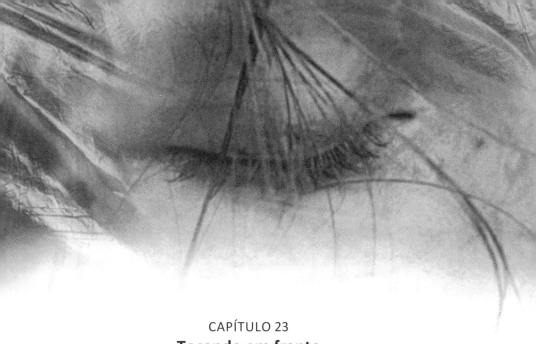

CAPÍTULO 23
Tocando em frente

    Nada do que acontecera nos últimos dias parecia real. Mariana ainda terminava de calçar as botas pretas quando Helena veio até a amiga para buscá-la, afinal Veridiana já havia comunicado a chegada do corpo na capela. Mariana mal caminhava, sentia as pernas trêmulas, mas, mesmo assim, fez questão de ir sozinha para o funeral. Pegou seu carro e encaminhou-se ao local da despedida, antes parando em um posto de conveniência e tomando um expresso duplo. Estacionou o carro e caminhou lentamente pelo cemitério, até chegar à capela. Helena e Gabriel ficaram às suas costas, este bem atento, com a possibilidade de haver um desmaio da garota a qualquer momento.
    A garota parou em frente à porta da capela, respirou fundo e entrou. O caixão fechado não a permitiria ver o corpo de sua amada. Caminhou lentamente, as lágrimas rolando, entretanto Mariana não pronunciava nenhum som. Inclinou seu corpo em cima da urna e conversou baixinho com sua amada morta:
    – Perdão, amor, perdão por eu ter te deixado sozinha na hora de tua partida. Certamente se eu estivesse contigo, hoje estaríamos juntas novamente em outro plano. Você é a minha vida. Como farei agora

sem você? Como chegar em casa, como tomar um chimarrão, como velejar? Por quê? Você é tudo que tenho, tudo que construí, meu corpo é seu, meus pensamentos, meu coração. Como pensar em viver sem você? Como acordar sem ser em teus braços? Como dormir sem teus cabelos, sem teu perfume nos lençóis? Não há vida se você não estiver aqui, não haverá mais sol na minha vida. Tudo perde o sentido sem você! Volta para mim, por favor, não me abandona! A gente combinou de ficar velhinhas juntas, de se aposentar e cruzar os mares em um barco!

Os quatro amigos (Leonardo, Veridiana, Helena e Gabriel) assistiam à cena e sentiam a dor da garota que ali se despedia, deitada em cima do caixão, da companheira amada. Assim que retomou a posição ereta, Mariana foi amparada pelo abraço de Veridiana, que lhe disse ao pé do ouvido:

– Eu estou aqui! Vai ficar tudo bem! Eu vou ajudar você a atravessar essa tempestade!

As lágrimas de Mariana não cessavam. Encostou a cabeça no ombro de Veri e como uma criança se aconchegou, no mais tenebroso silêncio que se poderia esperar. Alguns minutos depois, Maria Helena aproximou-se, tocando-lhe afavelmente o ombro. A garota virou-se e viu sua sogra, firme como uma rocha, vir abraçá-la.

A mãe de Isabela lhe disse:

– Ah, menina! Você foi o grande amor da vida da minha filha, e hoje vejo que ela também foi teu grande amor! A vida e o destino são assim, encontros e desencontros, partidas e chegadas, como diz a música. Mas este ciclo não está certo, não é o certo uma mãe enterrar uma filha.

As duas se abraçaram e choraram. Mariana não conseguia falar absolutamente nada, parecia estar em estado de choque. Maria Helena e a garota ficaram ao lado do caixão pelo menos por uma hora, sem desviar o olhar.

Os amigos médicos, companheiros de clínica, os amigos do clube onde Isabela velejava, a capela talvez fosse pequena para tanto carinho com aquela menina que partira. Helena levantou-se da cadeira em que estava sentada e foi até Mariana perguntar se a garota queria um café, um chá, uma água. A garota confirmou, um café seria bem-vindo.

– Você comeu alguma coisa? – perguntou Helena.

– Estou bem.

Helena saiu e retornou minutos depois com o café da amiga. Assim que o entregou, olhou para a porta de entrada. Seus olhos não acreditavam no que viam, suas pernas bambearam e a menina só não caiu de cabeça no chão desmaiada porque um convidado viu o cambalear de seu corpo e a acudiu a tempo.

– Helena! Helena! Fala comigo! – Gabriel, assustado, chamava pela esposa, que estava completamente pálida.

Ao acordar, Helena ficou olhando para o homem na porta, como se ele fosse um fantasma. Mariana, que havia ido socorrer a amiga, olhou em direção ao homem e o reconheceu automaticamente:

– Pimpão.

O rapaz caminhou até a garota que havia desmaiado, ajudando-a a levantar, e na sequência abraçou Mariana por um longo período de tempo. O que ele falou em seu ouvido era quase inaudível, suas palavras saíam hesitantes, quase sem conseguir formar uma frase com nexo. Ao seu lado, sua mãe, Tânia, o acompanhava.

Naqueles minutos entre o desmaio de Helena e a chegada de Pimpão, Gabriel ajudou a esposa a se recompor e Veridiana lhe trouxe um chá e uma água. Leonardo não estava entendendo absolutamente nada.

Mariana pediu licença ao garoto e voltou para conversar com Helena:

– Você está bem? O que aconteceu? Quer que eu chame o socorro? Vou até o carro pegar o esfigmomanômetro para medir sua pressão!

Helena segurou firme a mão de Mariana e lhe respondeu:

– Não precisa, estou bem.

– O que aconteceu? Quem é o rapaz da porta? – perguntou Veridiana.

– Pimpão, irmão de Isabela – respondeu Mariana.

– Joaquim! – respondeu Helena.

Veridiana e Mariana trocaram olhares quase sem acreditar naquela peça que o destino estava pregando ao mesmo tempo. Mariana estava se despedindo do seu grande amor, e Helena estava reencontrando o amor do passado. Era como se o tempo estivesse se cruzando em direções opostas, levando cada uma das garotas ao mais profundo poço, à maior dor, aquela que não consegue ser transcrita nem com atos nem com palavras. Helena estava completamente transtornada, mas acalentou-se nos braços de Gabriel, que não perguntou absolutamente nada para a garota. Mariana se recompôs e a partir daquele momento, como se fosse possível, entrou para dentro de uma concha, uma espécie de escudo que ela criara em outros momentos, da qual só Isabela sabia como tirá-la, e decidiu que não voltaria a sair de lá, afinal, naquele lugar, nada nem ninguém poderia lhe causar algum tipo de mal.

Após dez horas de cerimônia, os presentes foram encaminhados à capela central para a última despedida, em que caberia a Mariana fazer a sua. Olhando para o caixão, falou:

– Bom, o que falar neste momento? Que Isabela era a melhor obstetra do Brasil? Que ela sabia como ninguém trazer uma vida ao mundo? Que ela foi uma filha maravilhosa? Uma enteada e irmã admirável? Que ela era uma amiga como poucas? Sim, ela foi tudo isso, e sempre será, pois não há como esquecer alguém como Isabela. Mas ela também foi uma mulher muito à frente de seu tempo. Ela foi uma companheira incrível, amorosa, parceira, que soube entender cada período, que soube viver cada instante. Sim, nós vivemos momentos que foram só nossos, e que agora são só meus, pois eu precisarei aprender a viver sem você. O planeta, para mim, se tornou um deserto, um local inóspito, sem cor. Sem tua luz e teu brilho, quem iluminará meu caminho, para que eu não me perca na escuridão? Um dia, meu amor, eu entenderei os desígnios de Deus para tua partida precoce. Você ficará para sempre em mim, assim como você dizia: "És a tatuagem que gravei no coração!". Muito obrigada a todos que vieram se despedir desse ser humano ímpar. Aos colegas, aos amigos, aos familiares.

Para dar continuidade à cerimônia, Mariana escolhera a música que ela sempre dizia que era a canção do casal, uma letra indescritivelmente linda, composta por Renato Teixeira, que marcou momentos singulares da vida do casal:

Ando devagar
Porque já tive pressa
E levo esse sorriso
Porque já chorei demais
Hoje me sinto mais forte
Mais feliz, quem sabe
Só levo a certeza
De que muito pouco sei
Ou nada sei
Conhecer as manhas
E as manhãs
O sabor das massas
E das maçãs
É preciso amor
Pra poder pulsar
É preciso paz pra poder sorrir
É preciso a chuva para florir
Penso que cumprir a vida
Seja simplesmente
Compreender a marcha
E ir tocando em frente
Como um velho boiadeiro
Levando a boiada
Eu vou tocando os dias
Pela longa estrada, eu vou
Estrada eu sou

O caixão foi sendo levado vagarosamente em direção àquela pequena parede de nuvens, enquanto a música tocava. Mariana sentou-se de cabeça baixa, como quem não quisesse ver aquela partida. Um silêncio se fez, e pouco a pouco os que ali estavam foram se levantando das cadeiras, indo em direção a Mariana, que não apresentava nenhum sinal de querer sair dali. Em sua prece silenciosa, pensou: "Como voltar para casa sozinha?".

À medida que as despedidas foram se concluindo, os presentes foram saindo da capela, restando apenas Sandra, Tânia e Pimpão, que recebera um cartão de Helena com a frase: "Me ligue antes de voltar para Vitória! É importante!". Ele reconhecera a garota, mas não compreendia o que poderia ser tão importante. De toda forma, decidiu ligar na sexta e convidou Helena para almoçar.

Mariana voltou para casa. Já havia desmarcado a agenda de atendimentos daquela semana, pois a intenção era aproveitar as festas com Isabela no Rio de Janeiro. Chegou em casa e, no silêncio que se fez, bebeu uma garrafa inteira de bourbon (bebida favorita de Isabela), adormecendo no sofá. Foi encontrada por Dona Lina, naquele 23 de dezembro, praticamente inconsciente na manhã seguinte. A senhora, embora de bastante idade, pegou a jovem pelo braço e a levou para o chuveiro, dando-lhe um banho quente, depois a conduziu para a cama, onde Mariana seguiu embriagada.

Na quinta-feira, a cena encontrada pela governanta era ainda pior. Encontrou Mariana deitada ao relento, na cobertura, com uma garrafa e meia de whisky vazia e pouca roupa. Era uma cena deplorável para um 24 de dezembro. A garota dava sinais de ter pegado um resfriado bravo, pois espirrava sem parar. Desta vez a senhora não conseguiu colocar a garota no chuveiro, levou-a direto para a cama e a aqueceu nas cobertas. Dona Lina lhe fez um caldo quente, mas a garota recusou-se a comer. Passou o dia na cama, levantou apenas para ir ao banheiro.

Assim que Dona Lina saiu, por volta das 15h da véspera de Natal, Mariana voltou ao bar e bebeu novamente, agora, tudo que encontrou pela frente. Abraçada ao porta-retratos da amada, acabou desmaiando, pois estava alcoolizada demais, e bateu fortemente a cabeça no chão, abrindo um corte generoso na testa. Veridiana e Helena tentaram diversas vezes contato com a menina ao longo daquele final de tarde e noite, mas entenderam que ela provavelmente gostaria de ficar sozinha.

Sexta-feira de manhã, dia de Natal, Dona Lina, que estivera acompanhando a evolução da dor da garota, resolveu passar logo cedo na casa da menina, antes de ir para a missa. A cena foi ainda mais apavorante para a velha senhora, que encontrou a imagem bizarra da garota ensanguentada na sala de casa. A governanta pegou o telefone e ligou desesperada para Veridiana, que, juntamente com Leonardo, foi direto ao apartamento da amiga. Dona Lina tentava em vão acordar Mariana. Tinha lhe posto um pano com gelo na cabeça, o sangramento já havia parado, mas a menina não dava sinais de acordar e foi levada nos braços para o hospital.

Veridiana, muito aflita com a situação, conversou com o médico, que disse que o quadro de inconsciência de Mariana era devido à embriaguez e que seu corte, embora generoso, havia sido superficial, sem causar nenhum dano cerebral. Veri avisou a Dona Lina que ficaria com a garota no hospital aquela noite, tranquilizando a senhora e lhe dando o descanso merecido, pois havia cuidado de Mariana toda a semana (a garota recusou-se a atender o telefone, não respondeu WhatsApp nem mensagens, não entrou em nenhuma rede social).

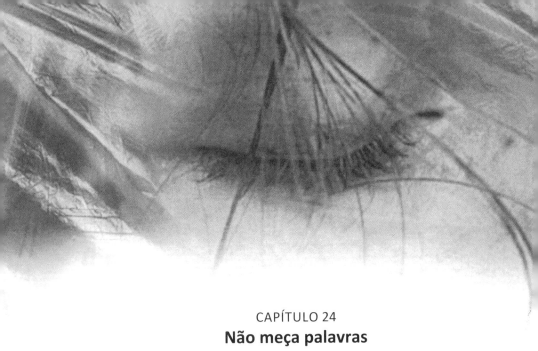

CAPÍTULO 24
Não meça palavras

Pouco depois do meio-dia, Helena e Pimpão se encontraram em um restaurante bastante discreto, no centro de Porto Alegre. A garota certificou-se de ficar bem longe de seu escritório, assim não correria o risco de ser vista pelo marido almoçando com o irmão de Isabela.

– Você se lembra de mim? – perguntou Helena.

– Sim, eu me lembro de você. É a garota da praia – respondeu Joaquim.

– Eu preciso lhe contar uma coisa.

O rapaz ajeitou o cavanhaque, como sempre fazia desde que se conheceram, deu um gole na água que tomava e aguardou paciente pelas palavras de Helena.

– Então, o verão em que ficamos juntos foi muito importante na minha vida. Na verdade, ele me marcou, como o antes e o depois.

– Isso por você ter perdido a virgindade? – questionou Joaquim.

– Não! Isso porque naquele verão eu engravidei de você!

Joaquim olhou espantado, mas com um sorriso no rosto, e disse:

– Eu tenho um filho!

Helena baixou os olhos, como se estivesse envergonhada, e respondeu:

— Não. Eu não consegui mais te encontrar. E meu pai me obrigou a tirar a criança!

— Como assim? Como você teve coragem? – perguntou Joaquim em tom acusador.

— Coragem? Eu não tive escolha. Primeiro porque era uma gravidez de risco, depois por eu ser apenas uma menina e finalmente porque simplesmente não consegui mais contato com você. Eles não queriam que eu tivesse um filho sem pai!

— Isso é crime! Você matou o meu filho! – disse Joaquim quase aos gritos.

Helena respirou fundo e lhe disse:

— Não. Você sabia que tínhamos transado sem preservativo, você assumiu o risco! E eu também. Cinquenta por cento da culpa é sua!

— Negativo. Você deveria tomar comprimidos, você foi completamente irresponsável, você é cruel! Sacrificou uma vida inocente pela sua inconsequência.

— Engraçado, como é a sua cabeça. Eu fui inconsequente por não tomar anticoncepcional, eu fui a errada por não usar camisinha, eu sou assassina por não ter o filho. Mas e você? Onde você esteve todos esses anos?

— Eu estava vivendo a minha vida! Não preciso ficar correndo atrás de fedelha que não soube se cuidar!

— Você tem razão. Inclusive foi um grande erro meu ter lhe contado da gravidez. Eu assumo a minha parte da culpa por tudo como foi, e deixo você com a sua parte. Faça com ela o que você quiser, eu não a carrego mais! Nunca mais. A culpa que eu e minha família carregamos foi tão grande que meu pai não suportou a vergonha e se suicidou. Mas tudo foi como foi, e não pode ser mudado. Eu vejo o peso das minhas escolhas, inclusive de ter escolhido você naquele verão. Pelo preço alto que paguei, agora, eu definitivamente abandono essa carga!

Helena largou o guardanapo junto à mesa, levantou, pegou sua bolsa e saiu a passos firmes, deixando o rapaz na mesa, com o peso de suas palavras, com o julgamento errado que fizera da garota, com a conta do almoço. Agora cabia a ele fazer melhores escolhas e carregar o fardo de sua inconsequência juvenil, que acabara por destruir um lar e a vida de um homem. Afinal, Helena havia conseguido vencer e finalmente havia encontrado um amor verdadeiro, maduro e seguro ao lado de Gabriel.

A garota entrou no carro e foi direto para casa. De lá, ligou para o marido pedindo que se dirigisse imediatamente para o recinto. Sem negar nenhuma parte de seus erros, Helena contou detalhadamente todo o ocorrido para Gabriel, que afavelmente lhe acarinhava os cabelos e, por vezes, beijava-lhe a mão. Somente depois que a menina terminou seu relato, Gabriel se pronunciou:

– Obrigada por compartilhar esse segredo comigo, esse fardo, esse peso. Eu não consigo imaginar o que você passou, o que você sentiu.

Helena permaneceu segurando as mãos de Gabriel e, interrompendo seu pensamento, disse:

– Obrigada!

Gabriel continuou:

– Não consigo nem achar palavras para esse canalha, que te disse essas palavras hoje. Ah, quanta diferença para sua irmã, uma das pessoas mais corretas que tive a oportunidade de conhecer.

– Sim, água e azeite! – comentou Helena.

– Meu amor, fique tranquila, eu estarei sempre ao teu lado. Não sou bom com palavras, por vezes me atrapalho até em formar frases mais complexas, mas meu amor por ti é infinitamente superior. Nada que possas me contar me fará te amar menos.

O rapaz abraçou firme a esposa, aconchegando-a.

Enquanto isso, no hospital, Mariana finalmente acordava de sua bebedeira. A cabeça latejando por causa do consumo de álcool, a dor onde havia levado os pontos, o enjoo e ânsia de vômito traduziam o que a garota sentia. Veridiana fez questão de deixar a luz acesa no rosto da amiga, sentada em uma cadeira, pernas cruzadas, encarando-a de forma pessoal, com ares de poucos amigos. A mulher ali sentada precisava adotar uma postura mais rígida com a menina, pois sabia que, se a garota desse sequência a esses atos inconsequentes, logo acabaria com sua carreira e sua vida, igual a seu irmão.

– Onde estou? – perguntou Mariana.

Veridiana aproximou a poltrona da cama da garota e lhe respondeu:

– No hospital.

– O que aconteceu? Por que minha cabeça dói tanto? – indagou Mariana, levando a mão ao curativo.

– Tire a mão daí! – disse Veridiana de forma áspera.

Mariana tentou se levantar, mas sentiu uma vertigem forte e retornou a sentar-se na cama. A amiga fez sinal de acudi-la, mas voltou a sua poltrona e de lá ordenou:

– Senta agora! Nós vamos conversar.

– Ai! Amiga, acho que eu não tenho condições!

– Nós vamos conversar, sim! – disse Veridiana, que pegou um espelho em sua bolsa e apontou para a garota.

Mariana assustou-se ao ver sua face refletida. Seus olhos estavam cheios de olheiras, sua cabeça com um curativo grande, despenteada, dentes mal escovados, com a roupa do hospital. Na última lembrança da garota, ela estava em sua casa, estava tudo sob controle. Como havia ido parar no hospital?

– Que dia é hoje? – perguntou Mariana meio sem noção de tempo.

– Sexta-feira, 21 horas e 54 minutos. Dona Lina encontrou você desmaiada no chão da sala, embriagada, com a cabeça aberta. Você tem noção do que está fazendo? Tem noção do que fez com essa senhora? Ela também perdeu alguém que amava! Ela também está de luto!

Mariana não conseguia nem responder, e Veridiana continuou:

– Você bebe há três dias sem parar, não tomou um banho desde a morte de Isabela. Podia ter se matado, com o acidente que sofreu. Qual é a sua ideia, afinal? Se é se matar, eu não vou permitir, nem que eu tenha que internar você em uma clínica psiquiátrica! Chega! Eu consigo imaginar o que você está sentindo, eu vejo a sua dor, eu estou com você... Droga, Mariana, eu também te amo, e você despreza tudo que faço para ti com essas atitudes. Você não é uma criança, é uma médica conceituada, tem um futuro. É forte, mais que qualquer uma de nós! Não posso e não vou deixar você desistir!

Finalmente Veridiana respirou e deu a oportunidade de Mariana falar.

– Não, você não entende! Como acha que é para mim voltar para casa, acordar sem a Isabela? Como é dormir na mesma cama? Como é não ter sua presença ali? Ela não vai mais voltar, nunca mais!

Mariana caiu aos prantos e foi amparada pelo abraço confortável da amiga, que lhe fez carinho nos cabelos, já oleosos pelos dias sem banho.

– Eu realmente não sei e não posso mensurar o tamanho de sua dor. Mas, amiga, eu preciso que você siga em frente! O luto, a dor, a tristeza, a saudade, tudo isso é real. Mas como a Isabela estaria te vendo desse jeito? – disse Veridiana já em tom ameno, como sempre conversava com a parceira.

– Eu preciso reaprender a viver. De novo. Sozinha – declarou Mariana.

– Você não está sozinha, e nunca estará. Eu não vou deixar.

As palavras de Veridiana pareciam ter inundado a sala de uma profunda paz. Mariana sabia que precisava de ajuda para vencer aquele momento, e sua fiel escudeira seria de vital importância a cada dia.

– Eu preciso de um tempo, preciso digerir. Não sei de quanto tempo estou falando, reclusão.

– Faltam duas semanas para o término de tua residência. Erga-se! Pelo menos por duas semanas, depois você decide se viaja, se deita e dorme. Vá até o final agora! Teus amigos estão contigo, você viu na cerimônia quantos deles foram te amparar. Você é muito querida por todos, não precisa esconder a tua dor, apenas a deixar em silêncio nos próximos dias. Logo tudo findará, e vai poder escolher por onde vai curar cada uma das feridas abertas em teu peito – falou Veridiana.

Tudo fazia muito sentido, embora a grande vontade de Mariana fosse desistir de seus sonhos.

– Eu quero ir para casa! – disse a garota enfaticamente.

Veridiana apenas riu e respondeu:

– Sim, você vai. Amanhã, domingo, ou segunda, ou terça. Quando o médico tiver certeza de que sua cabeça está realmente bem e você não está pensando em nada para se machucar. Daqui você só sai depois da avaliação do psiquiatra.

– Eu não preciso de um psiquiatra. Eu preciso da Isabela! – Mariana disse essas palavras e retornou ao choro compulsivo que teve na noite anterior, antes de desmaiar.

A enfermeira entrou no quarto, para fazer a verificação dos sinais e comunicar na sequência o médico de que a garota havia acordado.

Pouco tempo depois, o doutor foi visitá-la no quarto, fazendo-lhe as tradicionais perguntas, examinando suas pupilas e reflexos. A menina não apresentava nenhum sinal de sequela pelo acidente. Veridiana pediu licença, despediu-se e foi para casa, prometendo retornar no sábado, com roupas limpas, um livro e o celular da amiga.

A psiquiatra foi examinar Mariana na segunda-feira à tarde, a pedido de Veridiana, e para sua surpresa encontrou uma Mariana tranquila, ainda envolta em seu luto e dor, mas segura de não tentar se machucar. A psiquiatra iniciou a conversa:

– Olá, tudo bem? Sou Luciana Alves, psiquiatra. Podemos conversar um pouco, Mariana?

A garota ainda estava relutante, mas resolveu aceitar a ajuda da colega de profissão, acenando positivamente com a cabeça.

– O que aconteceu com você? Como veio parar aqui?

Mariana contou a história que sabia segundo o relato de Veridiana e também tudo que havia ocorrido anteriormente com ela. A médica ouviu atentamente cada palavra, observando os sinais da garota.

– O que é a morte para você? – perguntou Luciana.

– Algo inevitável – respondeu Mariana.

– Você gostaria de conversar sobre a morte de sua companheira?

– Não. Eu preciso digerir o que aconteceu. Sei que falar pode aliviar minhas dores, mas não agora. Eu não consigo!

– Eu entendo. Mas, para que eu tenha certeza de que você ficará pelo menos em segurança, precisamos traçar alguns planos e metas. Creio que você conseguirá cumprir todos eles, mas se tiver dificuldade, por favor, me ligue. Não mergulhe nesse abismo sozinha.

Mariana apenas acenava com a cabeça, concordando com a doutora.

– Eu vou lhe prescrever um medicamento para ajudá-la a vencer essa etapa e outro para ajudá-la a dormir.

– Certo, mas não sei se irei tomá-los. Eu acredito que o luto pode e deve ser vivido, ser externado. Dessa forma vejo ser mais rápida a recuperação, mas prometo que, se eu não conseguir, tomo todos eles direitinho. Você sabe mais sobre tudo isso que eu, não é minha especialidade.

A médica deu um sorriso singelo, agradecendo o reconhecimento da colega.

– Sim, permita-se ser cuidada por uma profissional. O tempo cura as feridas; o amor fica para sempre. Você logo estará cem por cento novamente. Conte comigo – falou Luciana, apertando a mão de Mariana e saindo do quarto no hospital.

Antes de sair, a psiquiatra e a garota fizeram um acordo. Se Mariana pensasse em se machucar, ela deveria ligar para Veridiana ou para a médica, e, se ela o fizesse, a profissional não iria mais lhe dar votos de confiança, visto que a garota estaria descumprindo o combinado entre elas e seria internada imediatamente. Mariana reconhecia uma grande esperança da médica em sua pessoa.

Somente na terça Mariana ganhou alta do hospital e já na quarta apresentou-se ao seu supervisor de residência, que a recebeu de braços abertos. Nas duas semanas que faltavam, os preceptores "aliviaram" o lado de Mariana, mas mesmo assim ela trabalhou duramente. Para a garota, quanto mais tempo na rua, com a cabeça ocupada, menos tempo de sentir falta e saudade de Isabela. Para não ficar só, dormiu algumas noites na casa de Veridiana, outras na casa de Helena, mesmo que esta ainda estivesse em "lua de mel". Esse revezamento auxiliou demais Mariana a vencer mais aquela fase.

Assim que sua residência terminou, a jovem optou por tirar alguns dias de reclusão. Pela primeira vez se aventuraria a sair de veleiro sozinha. Prometeu a Veridiana que não iria se afastar muito da cidade, sua ideia era ancorar em algum lugar tranquilo, poder viver seu luto, chorar. O processo era diferente para cada pessoa, as amigas compreendiam isso, mesmo assim Veridiana instalou um GPS extra no veleiro, que se conectava ao seu celular. Caso alguma coisa acontecesse, saberia por onde iniciar as buscas. Mariana jurou à amiga que não faria nada errado.

Partiu, em uma tarde de sol, em direção à Lagoa dos Patos. Lá ancorou seu veleiro em um deck de passagem e permaneceu em silêncio. A garota não saiu da embarcação para nada. Pescou, tocou violão, leu. E, sentada na proa do veleiro que Isabela tanto amava, chorou sozinha, sem forças para recomeçar.

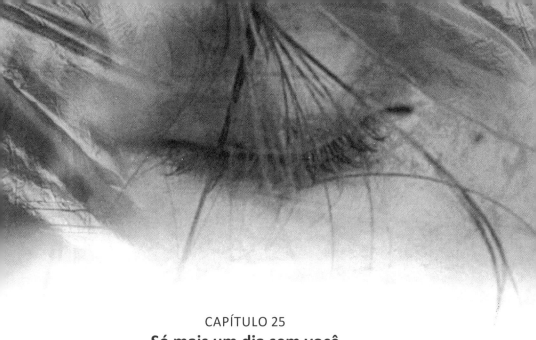

CAPÍTULO 25
Só mais um dia sem você

Algumas semanas depois de seu retorno a Porto Alegre, Mariana prestou concurso para um hospital, sendo aprovada, como sempre. Suas amigas pensavam que já era demais a clínica e o hospital particular, agora mais o público, as meninas ficaram receosas com a saúde física e mental da garota. Mas essa fora a forma que encontrou de superar sua dor, afundou-se no trabalho. Estava trabalhando quase dezesseis horas em média por dia. No consultório, só atendia pacientes antigos.

Os encontros entre os amigos ficaram distantes. A garota mal dava conta do trabalho. Respondia sempre com bastante atraso as mensagens das amigas, mas entendia a preocupação delas, afinal suas tarefas precisavam de excelência, e descanso também faz parte, bem como o lazer. Nesse ritmo frenético, Mariana aguentou dois longos anos de solidão. No hospital, ou quando marcava algum encontro pelo chat ou algo do tipo, era no máximo para fazer sexo com alguém, sem envolvimento, sem o dia depois. Inclusive, a garota não respondia nenhum tipo de mensagem das garotas com quem ela saía, recusava-se totalmente se envolver afetivamente com alguém.

Logo no início de 2013, assim que voltou das férias em Londres, Mariana decidiu se desligar do hospital particular onde trabalhava, permanecendo apenas na clínica e nos plantões. Esse fora o primeiro sinal de que a menina estava saindo de seu luto, restabelecendo uma vida social, com quem quer que fosse. Para comemorar, chamou os amigos para um churrasco em sua casa, primeiro encontro lá desde a partida de Isabela. Todos compareceram, felizes pelo convite.

Os amigos encontraram uma menina ainda mais magra, mas tranquila. Mariana falava com felicidade de estar largando um dos hospitais, contava como havia sido pesado esse período, mas como ele lhe fora essencial nesse recomeço. Não era uma questão financeira, longe do que passara no passado. Pelo contrário. O seguro de vida de Isabela fora muito generoso e o testamento deixado pela médica havia a contemplado em absolutamente tudo. Mariana, com 30 anos, tinha apartamento em Porto Alegre, em São Paulo, em Gramado, um veleiro, ações das principais empresas no Brasil e no mundo (recebia a ajuda de Leonardo para aquela administração, o que ele já fazia com Isabela). Tinha vendido seu carro e vendeu também o de sua amada, comprando um novo. Como ela mesma dizia: "Sem história, sem lembranças!". E continuava a voar de moto. Agora já havia trocado também, por uma mais potente.

O encontro com os amigos fora leve. A garota aproveitou para se inteirar das últimas novidades e prometeu voltar ao círculo de festas, o que aconteceu algumas semanas depois, quando ela e Veridiana foram a um encontro de formandos de Administração no bar Opinião, em Porto Alegre.

Para a surpresa de Mariana, ela foi bastante cortejada, por meninos e meninas (estas sempre mais discretas), mas não se interessou por nenhum deles. As amigas cansaram da balada por volta das duas da madrugada e foram até um tradicional bar na Cidade Baixa comer alguma coisa. Veridiana achava importante levar Mariana a esses lugares, afinal era muito provável que, se voltasse a se relacionar com alguém, seria com uma mulher, não com um homem. Logo, um bar heterossexual não fazia muito sentido. Mas a menina pouco dava sinais de flertar com outras pessoas, apenas estava ali para ser uma boa companhia e receber um pouco de amor, mesmo que fosse somente em uma cantada barata, às vezes até demais.

No final de 2013, Mariana foi com amigos a um grande encontro de faculdade, também na Cidade Baixa. Uma daquelas festas "dos cem dias" (são exatamente cem dias antes da formatura). A responsável pela comissão de formatura era Jaqueline, uma formanda no curso de Psicologia e cliente de Veridiana. A beleza da garota foi algo que impressionou instantaneamente Mariana. A garota, magra, de sorriso largo e lábios carnudos, vestia um terninho branco, sem camisa por baixo, deixando na imaginação dos que ali estavam sua lingerie, e tinha um olhar marcante, permitindo o clima de suspense a cada passo seu. Notou ter sido observada por Mariana, entretanto a garota fez questão de apresentar seu namorado, Gustavo, um rapaz gentil e educado.

A balada fora muito divertida, a banda do amigo Salsicha tocou músicas antigas e lançamentos, agitando os que estavam no bar. Mari curtiu o som, olhou com o canto dos olhos algumas meninas, mas não interagiu muito. Sempre muito reservada e discreta, anunciou que estava indo embora pouco depois das três da madrugada. Veridiana e Jaqueline haviam bebido um pouco além do normal, mas nada que se pudesse dizer que as meninas estavam embriagadas em demasia. Ao se despedir, Mariana conversou com Gustavo, que disse que levaria Veridiana para casa em segurança. Jaqueline, muito mais espontânea, abraçou Mariana e brincou com ela:

– Que bom saber que você fala.

Mariana apenas sorriu e piscou os olhos com carinho, uma forma de agradecer os bons olhos com que havia sido vista por aquela mulher. Veridiana beijou a amiga, que voltou para casa em segurança.

Ainda na festa, Jaqueline perguntou:

– Qual o problema da garota?

– Ela ficou viúva há três anos, mas ainda não superou a perda. Agora que ela voltou a sair, ela quase se matou quando a companheira dela morreu. Nossa, foi pesado. Por isso ela conversa pouco, e menos ainda com quem ela não conhece, ela evita conhecer novas pessoas. Relacionamento é uma palavra fora do vocabulário dela. Mas eu espero que ela possa se permitir amar de novo. Sabe, ela é jovem, linda, tem tudo. Só precisa se permitir.

– Então ela é gay? – perguntou Jaqueline.

– Sim. Algum problema? – questionou Veridiana, que detestava rótulos.

– Nenhum. É porque achei até que ela estava flertando com o Gustavo.

– Olha, acho que não! A Mari é super bem resolvida. Ela teve relacionamentos heterossexuais antes da Isabela, mas, depois que conheceu aquela mulher, simplesmente entendeu quem ela era. E isso que elas tiveram um delay entre se conhecer e se reencontrar.

– A companheira dela morreu em um acidente? – perguntou Jaqueline.

– Não! Ela teve um infarto fulminante durante uma viagem a Boston. Tinha pouco mais de 40 anos, era gata demais e uma companheira incrível. Esse é um dos motivos pelos quais eu também acho muito difícil a Mariana se relacionar, ela vai comparar, e daí todo mundo vai perder. A Isabela era absolutamente perfeita para ela.

Gustavo gentilmente enquanto as meninas conversavam foi buscar uma garrafa de vinho para as amigas. O rapaz pouco bebia, mas sempre agradava sua namorada. Veridiana aproveitou a saída do garoto e engrenou em outra conversa:

– Você e o Gustavo?

– O que tem? – respondeu com outra pergunta Jaqueline.

– A próxima festa é o casamento? – perguntou Veridiana rindo.

– Não! O Gustavo é maravilhoso, mas eu não o amo. E o pior, ele passa o tempo todo me dizendo isso, ele me sufoca. É carinhoso, cuida de mim, tem bom sexo, mas eu não consegui me apaixonar por ele, e, por mais que eu tente, às vezes parece que fico ainda mais longe – respondeu Jaqueline.

– Mas há quanto tempo vocês estão juntos?

– Três anos.

Gustavo retornou com a garrafa de vinho e duas garrafas de água com gás. Abraçou a namorada e continuou dançando com ela. Veridiana, sempre muito observadora, pôde notar exatamente o que a garota havia lhe relatado. Não era abusivo, pelo contrário, era muito amor envolvido, mas um amor unilateral. A menina não conseguia demonstrar nem de perto nada semelhante, nada que pudesse compensá-lo.

Quando foram ao banheiro, Jaqueline perguntou a Veridiana:

– Você e a Mariana já tiveram alguma coisa, né? Vocês são muito íntimas, se olham e se entendem. É diferente.

– Não. Eu amo a Mariana e ela a mim, mas é um outro tipo de amor. Se é maior ou menor não sei. Eu nunca a desejei, e, se ela teve algum sentimento por mim, o guardou a sete chaves. Mas eu creio que não. Mariana sempre foi louca por Isabela, desde a primeira vez que a viu. Nunca escondeu esse sentimento. Agora ela se esconde na concha dela e de lá não quer mais sair – explicou Veridiana.

Em seguida, indagou curiosa:

– Mas por que a pergunta?

– O olhar da Mariana fuzila as pessoas. É como se ela fosse tocar o teu íntimo. Como se soubesse o que o outro está pensando – falou Jaqueline.

– Sim. Ela é completamente diferenciada. Interessada?

– Não, eu me relaciono com homens! Só achei que vocês formariam um lindo casal.

– Sim, até Isabela pensava isso. Mas nosso amor é bem diferente. Eu também me relaciono com homens, inclusive me relacionar com uma mulher seria algo inédito, mas não ia ser com minha melhor amiga. É amor demais envolvido.

As meninas saíram do banheiro, e Veridiana observou que Gustavo olhava o relógio, exatamente o que ele fez quando as garotas saíram. Pagaram suas comandas e foram para casa.

Algumas semanas após a festa, depois de um plantão quase macabro, Mariana optou por pegar um café e dar uma caminhada no Parque da Redenção, para relaxar antes de voltar para casa. Havia sido uma noite de terror. Desfrutando de sua própria companhia, a garota comprou alguns ingressos e foi andar de roda gigante, na sequência passou na Igreja Santa Teresinha e, por fim, almoçou. Já passava das 15h quando a garota chegou em casa, estaria de folga naquela noite. Tomou um banho, dormiu um pouco e aproveitou para curtir um show da querida Valéria Barcellos no Venezianos Pub.

Era praticamente impossível Mariana passar despercebida em uma festa. Por mais que normalmente se colocasse em um canto discreto, sempre havia pelo menos duas ou três mulheres dispostas a cortejá-la. Ela gostava de ser desejada, por vezes até saía dos bares com alguma garota, mas sempre de forma discreta. Não costumava ficar trocando carinhos; uma garota recatada, podia-se dizer.

Já bem próximo daquele final de ano, Veridiana convidara o grupo de amigos para um *happy hour* em um boteco bastante badalado no bairro Moinhos de Vento. Por coincidência, Jaqueline também estava no bar, na companhia de um rapaz que não era Gustavo, e o casal foi convidado a se juntar aos amigos. Os três homens da mesa (Leonardo, Gabriel e João – companhia de Jaqueline) levantaram-se e foram buscar uma rodada de drinks para as meninas, que aproveitaram para iniciar a roda de fofocas. Desta vez, quem começou foi Veridiana:

– E então Helena, como vai a vida de casada? Como está sendo esse primeiro ano com Gabriel embaixo do mesmo teto?

– O Gabriel é delicioso. Perfeito. Atencioso. Um excelente marido, uma ótima companhia, bagunceiro como só ele, mas esse é o defeito dele. Já aprendi a não dar mais bola. Afinal, ele é tão bom para mim que não vou me importar com a chuteira suja do futebol, as camisas suadas soltas pelo chão, nem com a coleção de lápis mordido que ele usa para trabalhar – disse Helena.

As meninas se entreolharam e riram. Mariana não pôde perder a oportunidade de zoar a amiga:

– Então você virou uma mulher do lar? Juntando camisa suada pela casa? Guardando tênis espalhado? É isso mesmo?

– Bem capaz! Tá maluca, né?! Se ele colocar a camisa no chão, vai ficar no chão! Ele que junte. Eu ligo a máquina de lavar, coloco o sabão e o amaciante, no máximo. Ah, meninas, eu mal sei fazer arroz e feijão. Chego a ter vergonha. O Gabriel cozinha de tudo, de churrasco a mocotó. Faz até pão – respondeu Helena.

– Olha a propaganda, hein?! – brincou Veridiana.

– Até parece que o Leonardo não faz tudo também – disse Helena.

– Sim, ele faz! Mas é metódico. As camisas dele são sempre impecáveis porque ele passa; as calças, a mesma coisa. Embora tenhamos empregada, ele que faz; se ela faz, ele revisa. Um chato. Mas, no mais, um grande parceiro e amante – explicou Veridiana.

— E você, Jaqueline? De boy novo? – questionou Veridiana.

— Sim. Faz uns dois meses que eu e o Gustavo terminamos. Como o João estava por aí, estou aproveitando um pouco, conhecendo – respondeu a garota.

Helena tratou de correr e perguntar a Mariana:

— E aí, pegando geral?

— Bem a sua cara essa pergunta mesmo! Eu estou solteira; não disponível. Pegando, sim; me relacionando, não – disse Mariana rindo.

— Mas por quê? – perguntou Jaqueline.

— Porque eu acho que ainda amo a Isabela – respondeu Mariana.

— Amiga, faz três anos já – falou Helena.

Mariana baixou a cabeça, pensando em uma resposta que não fosse grosseira, deu uma coçada na testa e calmamente respondeu:

— Sim, parece que foi ontem. Eu ainda sinto a sua falta, eu ainda sinto o seu perfume em noites que estou sozinha – explicou Mariana.

— E como você se relaciona? – perguntou Jaqueline, tentando entender como a menina levava a vida.

— Ora, como todo mundo. Eu saio. Se alguém quiser me conhecer e eu achar interessante, eu converso, mas eu não procuro. Exceto para sexo, que não há mal nenhum em fazer isso – respondeu Mariana.

— Mas, e se a menina curtir ficar com você? – indagou Jaqueline, e essa também era uma curiosidade das amigas.

— É uma noite, apenas. Não é romance. Nestes três anos, apenas uma vez eu olhei para uma mulher com desejo real (não somente sexo), mas não sei se ela teria tido o dia seguinte também. Ainda dói demais a ausência da Isa, eu sinto como se eu a estivesse traindo se eu pensar em outra garota. Eu chorei por três dias quando vendi o carro dela e o meu para comprar outro. Vocês entendem? Era muito amor envolvido! – disse Mariana.

— Você ainda está na concha – comentou Veridiana.

— Sim, eu tenho tentado sair, viver, curtir, porque eu tenho vocês quatro, que foram alicerces para mim. As centenas de horas de terapia me fizeram enxergar muitas coisas, mas não conseguiram me abrir para um novo sentimento, pelo menos por enquanto.

A noite foi tranquila, com comida boa e excelentes companhias. Mariana fugiu da festa por volta das duas da madrugada, e Jaqueline a viu saindo discretamente com uma linda mulher, um pouco mais velha provavelmente. A garota gentilmente abriu a porta de seu carro para a bela companhia e, antes de arrancar, Jaqueline ainda pôde notar que a médica estava beijando a mulher.

Na manhã seguinte, Mariana recebeu um WhatsApp de Jaqueline perguntando:

🕾 Rendeu?

🕾 Como assim?

🕾 Eu vi você saindo com a mulher do vestido de couro!

🕾 Está me cuidando?

🕾 Não, nada a ver! Apenas me sensibilizei com sua história, eu vejo a sua dor. E achei bacana sua discrição. Eu vi que a mulher a observava há algum tempo e vi também quando ela a seguiu no banheiro. Depois você se despediu de nós, e ela saiu de onde estava e foi até o caixa, seguindo você, mas tudo de forma sutil.

🕾 Mas o que você quer saber, afinal? Me parece que você viu todos os passos.

🕾 Nada. Desculpa, me expressei mal.

A conversa encerrou assim, sem despedida nem nada. Mariana lembrou a sessão de beijos e amassos de Jaqueline e João, quase constrangedora. Também pensou quais as intenções de Jaqueline com aquelas perguntas. Gostou dos elogios que recebeu e seguiu tomando seu café da manhã.

Jaqueline, que passara a noite com João, havia chegado em casa por volta das 6h. As palavras de Mariana não lhe saíam da cabeça, principalmente "solteira, sim; disponível, não!". No domingo, a garota recusou-se a sair com João e o esfriou ao longo de toda a semana, até que por fim o garoto pareceu perder o interesse. Ela também, por sua vez, não lhe mandava mensagem, não ligava. Em completa falta de eletrólitos pelo rapaz.

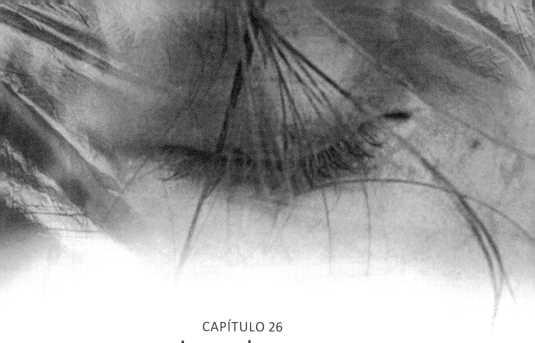

CAPÍTULO 26
Incapaz de amar

Alguns meses se passaram, o grupo permaneceu forte e muitas vezes se encontrou nesse período. Chamavam atenção os pequenos resultados apresentados por Mariana. Era notório que a garota estava em um bom momento, mesmo que só. Jaqueline havia entrado em definitivo para o grupo de amigos. Ela era uma daquelas que vivia pressionada pelo horário. Sua agenda, sempre muito apertada, por vezes não permitia que estivesse com os amigos, mas sempre fazia um esforço e, mesmo com a falta de tempo, encontrava uma brecha para um novo *crush*. Sandra, mãe de Helena, também havia encontrado um novo companheiro e com ele havia se mudado para Florianópolis.

Certa noite, na casa de Veridiana, combinaram um vinho e um jantar. Mariana chegou antes para conversar com a amiga, que não pôde conter o comentário:

— Mari, a Jaque anda passando da conta! Agora os rapazes estão sendo trocados por semana. O que será que está acontecendo?

— Eu já havia reparado, mas você sabe que não julgo, cada um faz o que bem entender da vida. Talvez ela possa estar em um momento difícil e isso seja somente uma fuga. Mas não tenho intimidade para perguntar. Inclusive, ela andou me mandando umas mensagens bem estranhas, como se estivesse me cuidando – disse Mariana.

– Na última festa, eu tive a impressão de que ela estava olhando para você. E não foi uma nem duas vezes, mas, como você estava em Nárnia, como sempre, nem deu bola – comentou Veridiana.

– Realmente não percebi – concordou Mariana. – Mas ela não estava com o tal do Thiago, o rapaz do triátlon? Achei que ia rolar romance, até porque ele é um queridão, gentil, simpático. É difícil mensurar, porque tudo com a Jaqueline é muito intenso. São paixões avassaladoras, de uma noite.

Poucos minutos depois, Helena e Gabriel chegaram e, por último, Jaqueline. Enquanto esperavam, Mariana e Veridiana prepararam um jantar delicioso, deixando os convidados estarrecidos com os dotes culinários das garotas. Jaqueline não desgrudava o olhar de Veri e Mari, como se estivesse a buscar provas de suas suspeitas. Embora cúmplices, as meninas sabiam exatamente qual a profundidade do amor entre elas.

– Então, Jaque, e o Thiago? Por que não veio? – perguntou Veridiana de forma indiscreta.

– É uma noite entre amigos, não é? Ele não é do grupo. Só está tentando ser, e está bem longe de conseguir – respondeu Jaqueline.

– Tadinho – comentou Helena.

– Eu o achei gente boa – disse Gabriel enquanto abria o vinho.

– Mas o que é isso? Uma torcida organizada? – questionou Jaqueline brincando.

E continuou:

– Pelo menos você, Mariana, não perguntou. Não está curiosa? Minha vida não lhe interessa?

Mariana deu um de seus sorrisos debochados e respondeu:

– Se eu fosse me ater a cada uma das suas paixões de uma noite, ou de uma semana, estaria vivendo uma novela mexicana.

– Grossa, você. Nem é assim. Eu só estou solteira – disse Jaqueline.

– E está tudo certo, você deve mesmo aproveitar, curtir. Se algum dia estiver disponível, o amor chegará até você, pois ele encontra o caminho. Ele acha, como dizia a Isabela.

O tempo transcorreu rápido e o grupo continuava cada vez mais sólido. Helena começava a pensar em filhos. Veridiana seguia com seu trabalho. Cada vez mais buscando inovações, ela entrou no ramo dos shows e agora era sócia de uma grande produtora de eventos. Leonardo seguia com seu trabalho de consultoria, viajando o mundo. Gabriel promoveu uma fusão entre os dois escritórios, transformando-os no maior do Rio Grande do Sul no ramo contábil. Mariana assumiu em definitivo o cargo de cirurgiã cardíaca de um importante hospital no Rio Grande do Sul, novamente aumentando sua carga de trabalho. Seguia solteira. Jaqueline, no final de 2016, conheceu Alessandro, um homem muito bonito, de seus 40 e poucos anos, com o cabelo grisalho, um cavanhaque grande, olhos negros. O homem, de estatura mediana, parecia um tanto ciumento, era empresário e não caiu muito nas graças do grupo, já no primeiro encontro.

Na noite em que foi apresentado à confraria, Alessandro fez comentários homofóbicos, racistas e machistas, causando um desconforto geral no grupo. Mariana tentou fingir não ter ouvido, mas, pelo que entendeu, a ideia do homem era promover um confronto. Durante a balada naquela noite, uma jovem de pouco mais de 20 anos interessou-se por Mariana, momento esse recíproco. O homem, ao se dar conta do flerte entre as meninas, foi extremamente deselegante, pegou sua garota pelos braços e a beijou de forma quase violenta. Ao término, disse para Mariana:

– O lado ruim de ser sapatão é não poder fazer isso em público!

Mariana balançou a cabeça de forma negativa e não respondeu a agressão ao homem. A garota que flertava com ela, da qual ela nem sabia o nome, ouviu as palavras do homem, largou sua cerveja na mesa ao lado, caminhou até Mariana e, segurando-lhe o pescoço de forma delicada, a beijou. O grupo, que havia presenciado a cena, bateu palmas e comemorou a atitude da garota, que, embora jovem, era bem decidida. Somente depois de um longo e demorado beijo, as meninas se conheceram.

– Eu sou Rafaela. E você? – perguntou.

– Eu sou Mariana.

Mariana abraçou forte a menina pela cintura e a beijou, agora ainda com mais vontade. Alessandro ficou tão irritado com aquilo que disse:

— Este não é o tipo de lugar para isso!

— Não? Ah, desculpa, só estava copiando você! Mas é que o meu beijo foi melhor que o seu! – retrucou Mariana.

Os amigos estavam adorando. Nunca tinham visto Mariana tomar tais atitudes. Durante toda aquela noite, pela primeira vez desde a morte de Isabela, o grupo via a amiga se relacionar com alguém abertamente. Rafaela era uma garota muito delicada, sensível. Ao término da noite, as meninas foram para o motel e tiveram uma noite muito agradável. Rafaela, quando foi deixada em casa, disse que gostaria de ver Mariana naquela semana. Então trocaram telefone, e pela primeira vez a médica retornou a ligação.

As meninas começaram a sair de forma despretensiosa. Mariana falou a verdade sobre sua dificuldade de se relacionar novamente; Rafaela ainda estava muito envolta na faculdade. Desta forma, as garotas optaram por se encontrar, sair, transar. Um relacionamento aberto, sem compromisso, sem cobrança, leve, como ambas desejavam.

Em alguns encontros do grupo, Rafaela se fez presente e, quando ela não podia comparecer, sua ausência já era sentida. O mesmo não acontecia com Alessandro, ele por vezes impunha sua presença, e nenhum dos homens do grupo havia realmente se afeiçoado a sua pessoa. Até mesmo quando o encontro era somente das meninas, ele fazia questão de impor seu comparecimento, ignorando a amizade e o encontro que sempre ocorreu.

Mesmo adorando a situação, passados alguns meses, Mariana foi percebendo que ela e Rafaela estavam começando a se distanciar mais que o normal. Ela foi até a menina para que elas pudessem dialogar, e tiveram uma conversa bastante esclarecedora. Encontraram-se no Venezianos, para uma bela noite. Subiram direto ao segundo andar, para jantar. Mariana fez questão de pedir panquecas com vinho. Rafaela parecia apreensiva, como se estivesse medindo as palavras, mas precisava iniciar aquela conversa o quanto antes.

— Como foi sua semana? Pensei em você! – disse a garota.

— Semana tumultuada, muitas emergências, mas que bom que encontrei um tempo para estar com você.

— Sim, que bom. Mas, em nossa última conversa no telefone, eu lhe disse algo que você parece ter feito questão de não ouvir, ou de não responder. Mariana, eu amo você, eu me apaixonei por você, e não quero mais dividi-la com ninguém — Rafaela segurou a mão de Mariana, que estava sobre a mesa.

Mariana permaneceu em silêncio, tentando formular alguma resposta. Retirou sua mão debaixo da mão da garota, pegou o cálice de vinho e quase o secou. Rafaela recolheu a mão que estava sobre a mesa, limpou os lábios com o guardanapo e bebeu o vinho que estava em sua taça, encarando a mulher a sua frente.

— Rafa, eu adoro ficar com você! Adoro sua companhia! Mas eu não sei o que eu sinto por você!

— Talvez porque você não sinta. Não precisa retribuir nada. Você brincou com os meus sentimentos. Me usou. Eu fui fraca e me apaixonei. Você é leviana, pois é incapaz de amar alguém. Se vacilar, nunca nem amou a sua Isabela, ficou com ela somente por comodidade.

Mariana respirou fundo e, mantendo a calma, disse:
— É o suficiente.
— Não, não é! Agora você vai me ouvir. Eu te dei muito mais que eu tinha, inclusive na cama! Eu só recebi migalhas. Quando você falava em amor, era só Isabela. Quando estava comigo, às vezes, estava em outro planeta, ou com outra mulher, ou com sua morta! — esbravejava Rafaela.

A médica seguia em seu tom de voz calmo:
— Me desculpa se eu fiz você se sentir assim. Talvez o que eu tenha lhe dado não tenha sido o suficiente, ou o que você precisava. Eu dei o que eu tinha, e acredite, você recebeu muito mais que qualquer outra antes de você. Mas eu não posso mentir, não posso dizer que amo você se eu não amo! Sim, existem lacunas na minha vida, existem amores vividos e aqueles que foram guardados no canto mais escuro da minha concha. Eu lamento profundamente não ter me apaixonado por você!

— Mentirosa. Você teve várias mulheres nesses meses! — Rafaela já estava quase aos gritos no andar superior.

Mariana continuava falando baixo, de forma discreta:

– Sim, é verdade. Mas o que nós temos? Qual é a nossa relação? Nós não somos namoradas, até porque você também teve outras pessoas.

– Não é isso que está em questão!

– Me deixe concluir. Você é alguém bacana, que me fez e faz bem, uma excelente companhia, mas não posso dizer que te amo.

A garota ouviu aquelas palavras como quem está prestes a fugir do planeta.

– Desculpa. Não posso mentir dessa forma para você. Eu tenho muitos defeitos, mas ser mentirosa não é um deles. Eu espero que você fique bem, que entenda a dimensão das minhas palavras, que encontre alguém que supra as suas necessidades e que possa ter seus sentimentos retribuídos. Mas eu não sou essa pessoa. Sinto muito.

Mariana levantou da cadeira, pegou seu blazer que estava no encosto, o celular, a carteira e a chave do carro, que estavam em cima da mesa, deu um beijo na testa de Rafaela, que chorava baixinho, e se preparou para descer as escadas, quando a garota a segurou pelo braço e lhe disse, agora mais calma:

– Desejo que você reencontre os caminhos do amor. Me perdoa pelo que te disse. Estava de cabeça quente. Mas você tem razão, eu mereço mais!

A garota levantou da cadeira. Era pouco mais baixa que Mariana, que segurou seu rosto carinhosamente, deu-lhe um beijo na ponta do nariz e tocou-lhe de leve os lábios com um sutil beijo.

– Você me ensinou a amar. Obrigada! – disse Rafaela.

Mariana secou as lágrimas da menina com a mão e soltou a sua, que a garota ainda segurava, virou as costas e desceu as escadas sem olhar para trás. Foi direto ao caixa, pagou a comanda do jantar e foi para casa, sentindo-se derrotada por não ter aprendido a amar aquela jovem.

Duas semanas depois, o grupo de amigos marcou o encontro para comemorar o aniversário de Jaqueline, que era em uma segunda-feira, mas que a menina só iria comemorar na outra sexta-feira. No dia do aniversário da garota, Mariana gentilmente mandou para seu consultório uma cesta de café da manhã e um buquê de lírios. A jovem agradeceu e combinou de se encontrarem na sexta-feira, no bar novo da cidade, por volta das 19h.

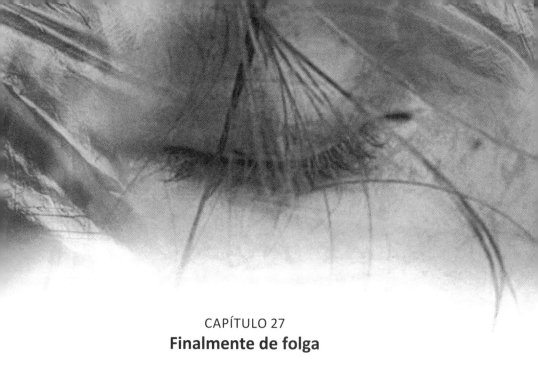

CAPÍTULO 27
Finalmente de folga

O final de semana se aproximava. O *happy hour* marcado em comemoração ao aniversário de Jaqueline aconteceria em um novo pub da cidade, que havia recém contratado o chef favorito de Isabela. Leonardo e Veridiana, como sempre, foram os primeiros a chegar, dizia ele que pontualidade era sua melhor qualidade. Em ocasiões normais, provavelmente a última a chegar seria Mariana; entretanto, naquele final de tarde de calor e ainda com bastante claridade de sol, ela fora a segunda a se reunir com os amigos.

Ao chegar ao local, trazendo um jeito descontraído e leve, Mariana brincou com Leonardo, que normalmente estava faminto:

– Leo, você ainda não comeu? Veridiana, ingrata, deixando esse pobre garoto sem comida?

– Para você ver! – respondeu Leonardo.

– Ainda bem que eu cheguei pra te salvar! – disse Mariana com uma cara de santa e deu um abraço apertado no amigo.

– Está com muita fome? – perguntou Leonardo.

Antes mesmo que Veridiana respondesse, Mariana respondeu:

– Sim!

O casal se olhou e riu da atitude espontânea da amiga, que normalmente era mais delicada em suas intervenções.

– Bom, visto que todos estamos com fome, que tal um filé? – perguntou Leonardo.

Veridiana sinalizou que sim com a cabeça e Mariana concordou. Leonardo chamou o garçom e fez o pedido, que Mariana complementou:

– Por favor, é possível trazer molho de queijo? Também é possível trazer molho de mostarda e mel com figos?

O garçom olhou surpreso para o pedido da garota, afinal aquele molho não existia no cardápio, e lhe respondeu:

– Sinto muito, senhora, esse molho não temos.

Mariana perguntou:

– Na sua cozinha, o chef é Dadá Sauza?

– Sim – respondeu o rapaz.

– Se não te importares, peça a ele o molho, ele saberá quem o pediu. Podes trazer para mim também um bourbon, sem gelo, e uma água sem gás, essa com gelo – explicou Mariana.

Leonardo completou o pedido:

– Uma garrafa de Fantini Sangiovese e duas águas com gás, por favor.

– Claro. Vou à cozinha ver o que consigo para a senhora com relação ao molho solicitado e já lhe trago seu pedido, com licença – disse o garçom, retirando-se educadamente.

Leonardo olhava para Mariana com um certo olhar de nojo para o molho que a garota havia solicitado. Poucos minutos depois, veio da cozinha o chef, braços abertos e sorriso largo.

– Mariana, querida! Quanto tempo?

Mariana levantou rapidamente da mesa e abraçou o chef, lhe respondendo:

– Sim, pelo menos uns quatro anos. Lamento ter ficado tanto tempo longe de seus pratos.

– Sim, pela forma como está magra, deve até estar passando fome – brincou o chef rindo.

– Quase! Até porque, se depender da minha vontade de cozinhar, eu comeria ovo, no micro-ondas, todos os dias – respondeu Mariana também rindo.

– Que bom tê-la aqui! Deixarei você com seus amigos e vou retornar ao trabalho, mando a você seu molho especial! – disse o chef, retirando-se da mesa.

Aquele molho pedido por Mariana era um dos sabores preferidos de Isabela. O chef Dadá era também um dos escolhidos da amada. A garota sempre se lembrava com muito carinho de tudo que vivera com a companheira. Alguns minutos depois, o garçom trouxe as bebidas solicitadas.

Helena e Gabriel chegaram praticamente juntos com Jaqueline e Alessandro, que por sinal estavam com uma cara péssima, embora aquele fosse o *happy* de aniversário de Jaque. Alessandro puxava a namorada pela mão, quase a arrastando. Cumprimentou a todos na mesa, com uma espécie de "oi geral". Jaqueline fez questão de abraçar as amigas que chegaram antes da aniversariante.

Mariana, quando chegou, sentou-se ao lado de Veridiana, que, por conseguinte, também estava ao lado de Leonardo. O quarteto que recém havia chegado sentou-se defronte aos três amigos, ficando Alessandro bem na frente de Mariana e Jaqueline ao lado dele, quase na ponta da mesa. A conversa seguiu descontraída. Os quatro amigos que chegaram logo após fizeram seus pedidos e prontamente o jantar iniciou.

Leonardo explicava as novidades e dava boas dicas para Mariana sobre o mercado financeiro, inclusive já fazia algum tempo que ele era o responsável por essa parte dos investimentos da amiga. Gabriel aproveitou o gancho e fez várias perguntas, pois, como contador, muitas vezes lhe pediam informações similares. Alessandro e Jaqueline pouco falavam.

A essas alturas, Mariana já estava na segunda dose de bourbon, Gabriel havia pedido um espumante para beber com Helena, Alessandro tomava sua terceira garrafa de cerveja, Jaqueline deliciava-se com seu *Aperol Spritz* e Leonardo e Veridiana, com seu belo vinho. O jantar transcorreu tranquilo, como deveria ser, embora pouco se tenha passado das 19h. A ideia do grupo seria esticar a noite, por isso cearam tão cedo.

Ao término do assunto mercado financeiro, o papo tornou-se mais leve, as conversas mais banais e as perguntas mais esdrúxulas de Gabriel viriam à tona. O membro da turma sempre saía com alguma dessas questões. Dessa vez mirou em Mariana, que estava sentada à sua direita, sem se ater a um determinado contexto, mas vagando entre as conversas.

– E você Mariana, gostou da vida de solteira? Achei que ia engrenar o relacionamento com a Rafaela.

Antes que Mariana pudesse responder, Alessandro respondeu:

– Não, agora ela está se especializando em dar em cima das mulheres que namoram e são suas melhores amigas! É hábito para as meninas homossexuais querer as amigas?

Fez a pergunta olhando nos olhos de Mariana, visto que a garota estava sentada na sua frente. Um silêncio avassalador e constrangedor tomou conta da mesa. Helena segurou firme a mão de Gabriel, com olhar interrogador, pensando: "Que você foi fazer?". Jaqueline olhou com maus olhos para Alessandro. Veridiana e Leonardo, que estavam ao lado de Mariana, apenas se entreolharam.

Mariana respirou fundo, deu mais um gole no bourbon que tomava, largou o copo com calma e, sem fazer escândalo, disse:

– Respondendo à sua pergunta, Gabriel, então, a Rafa é sensacional, um ser humano incrível, mas infelizmente meu trabalho e minha agenda não conseguiam fazer com que nos encontrássemos na frequência desejada por ambas. Dessa forma, achamos por bem sermos somente amigas.

Mariana levantou-se da mesa, calmamente pegou seu celular e suas coisas e disse:

– Agradeço a todos de coração pela noite muito agradável que tivemos até aqui, mas vou me retirar, pois ainda preciso resolver algumas coisas para meus dias de folga. Boa noite, bom descanso.

Nesse momento, Jaqueline levantou quase simultaneamente com a amiga e disse:

– Espera, eu vou com você!

Ao dizer essas palavras, Alessandro segurou fortemente a mão de Jaqueline contra a mesa e disse:

– Você não vai com ela!

Mariana olhou com tamanho ódio nos olhos para aquele homem que achou que fosse agredi-lo, mas reparou que todos olhavam para Alessandro e reprovavam sua atitude. Foi quando Jaqueline respondeu calmamente a ele:

– Sim, eu vou com ela, e não tente me impedir.

– Você é minha mulher! – disse Alessandro em tom de voz alto o suficiente para que outras mesas também ouvissem sua declaração.

Mariana continuava olhando sem acreditar no que via nem no que ouvia.

– Eu não sou sua mulher, eu sou sua namorada. Por favor, solte minha mão – disse Jaqueline em tom de voz baixo.

Jaqueline tirou a mão de baixo da forte mão de Alessandro que a segurava.

– Jaque, está tudo bem! Tem certeza que deseja me acompanhar? – perguntou Mariana em tom apaziguador.

– Sim! Eu sinto muito! – respondeu Jaqueline envergonhada pela atitude do namorado.

Quando Jaqueline pegou a bolsa, que estava pendurada na cadeira, Alessandro levantou abruptamente, mas foi contido pela mão grande de Gabriel em seu ombro, que lhe disse:

– Senta, parceiro. Calma, deixa ela. Já foi o suficiente por uma noite.

– Não se meta. Isso é coisa de casal, e você nem imagina do que essa Mariana é capaz!

Sem dizer uma palavra a Alessandro, Mariana seguiu a passos firmes em direção ao caixa do restaurante a fim de pagar a conta. Gabriel tentava acalmar os ânimos, mas o homem ficava cada vez mais descontrolado e foi em direção ao caixa também para pagar sua comanda.

– Jaque, não joga fora nossa relação por ela, o que você está fazendo? Eu te amo! Para com isso, vem comigo...

E tentou novamente segurar a mão de Jaqueline, que, sem dar nenhum tipo de escândalo, disse:

– Chega, Alessandro, eu vou para casa! Amanhã conversamos!

A essas alturas Mariana já havia pago sua comanda e aguardava Jaqueline para lhe dar carona, afinal de contas ela havia ido com o namorado para o restaurante e seu carro estava em casa. Jaqueline pagou sua conta, Alessandro também, e ele continuou sua perseguição implacável atrás da namorada, ou ex, pelo corredor do bar. Mariana seguia na frente, tentando não interferir na discussão, mas alerta em caso de alguma atitude agressiva do homem.

Jaqueline virou-se, já com certo ar de raiva da atitude de Alessandro, e disse, olhando-o nos olhos:

– Por favor, Alessandro, me deixe respirar, eu preciso pensar, digerir o que aconteceu aqui.

– Ok, Jaque, mas deixa eu te levar. Não vai com ela, ela não é de confiança, ela te quer! – expôs Alessandro.

– Você está errado. Ela é de confiança. É minha amiga há muitos anos. Nunca, eu disse NUNCA, deu em cima de mim. Me ajudou em muitas relações, no início e no final, jamais ergueu a voz pra mim, jamais levantou sua mão, jamais me julgou. Sim, ela é de confiança e eu vou pra casa com ela – disse Jaqueline.

Mariana estava parada junto à porta do passageiro de seu carro, que chamou a atenção de Jaqueline por não ser o que ela conhecia. Abriu-a para a amiga e ela entrou. Ao fechar a porta, Alessandro deu-lhe um empurrão no peito, fazendo-a desequilibrar. Instintivamente, a garota chaveou o carro, impedindo Jaqueline de sair do veículo.

– Fala para ela, fala a verdade. Diz que você a quer! – disse Alessandro aos gritos no estacionamento.

Mariana, tentando manter a serenidade diante das seguidas agressões do ex-namorado da amiga, deu um passo para trás, saindo da distância possível de uma agressão física ainda maior, e tentou argumentar:

– Alessandro, alguma coisa não saiu como foi o previsto por vocês. Por favor, deixe-a pensar. Já foi o suficiente para uma noite.

Após dizer isso calmamente, Mariana passou por ele, que agarrou seu braço firme.

– Você acha que pode fazer alguma coisa contra mim? Quem é você? Se faz de coitada para arrasar corações! Uma usurpadora. Você manipula tudo e todos com essas falsas boas maneiras!

Mariana apenas encarava o homem, que parecia ter fogo nos olhos.

— Ela é minha mulher, e você não vai tirá-la de mim! – disse Alessandro mais uma vez.

Mariana sentia o sangue correr por suas veias. Anos de artes marciais vieram à cabeça e a vontade de esmurrar aquele troglodita na sua frente era quase tão inerente quanto a vontade de rir do desespero dele. Ignorando todo e qualquer respeito por aquele homem, Mariana disse:

— Eu não precisei fazer absolutamente nada para tirá-la de você, você a perdeu sozinho.

Mariana entrou no carro e deu ré calmamente, mas sentia o sangue nos olhos e a raiva, que tanto trabalhava para conter, estampada no rosto.

— Você está bem? – perguntou Jaqueline.

As mãos crispadas no volante diziam não, mas mesmo assim Mariana respondeu:

— Sim.

A médica observou que Alessandro estava no carro logo atrás, pronto para persegui-las ao sair do estacionamento. Ao arrancar o carro, ele fez o mesmo, de forma violenta, e saiu, tentando por vezes fechar a frente do carro de Mariana, que não permitia. A garota dirigiu calmamente até a casa de Jaqueline. Ao entrar na rua, o carro de Alessandro estava parado em frente ao edifício.

— Amiga, ele tá aqui. O que deseja fazer? – perguntou Mariana.

— O que acha que devo fazer? – perguntou de volta Jaqueline.

— Acho que, independentemente de qualquer coisa, hoje não é a noite da conversa. Você está magoada e ele está completamente descontrolado, ambos beberam, e eu realmente não quero deixar você sozinha com ele esta noite. Mas, se essa for a tua vontade, eu respeitarei, mas ficarei de prontidão até que diga que está tudo bem.

— Me leve pra qualquer lugar! – disse Jaqueline com os olhos marejados.

— Qualquer lugar? Como assim? – perguntou Mariana.

— Era para ser um *happy hour*, para comemorar meu aniversário, era para ser divertido, entre amigos íntimos. Mal chegamos às 20h e nem sei para onde quero ir agora, só me tire daqui. Eu não quero ver o Alessandro hoje, nem pintado de ouro – respondeu Jaqueline.

– Eu estou de folga até terça-feira. Me dá o final de semana inteiro? É possível? – perguntou Mariana.

– Como? Não entendi sua pergunta – disse Jaqueline.

– Está disposta a só pensar em voltar a encontrar o Alessandro na próxima semana? Posso "te roubar"? – questionou Mariana.

– Pode! – respondeu confiante Jaqueline.

Mariana mudou a rota imediatamente e dirigiu-se para o aeroporto. O telefone de Jaqueline tocava incessantemente, eram mensagens, áudios e ligações de Alessandro. O telefone de Mariana também tocou, era Helena, querendo saber se estavam bem, pois o rapaz já havia ligado mais de dez vezes para Gabriel em busca de notícias da namorada. Mariana respondeu por mensagem que sim, que tudo estava certo, que, se fosse possível, Gabriel deveria pedir para Alessandro parar de ligar, coisa que Gabriel já havia feito, mas o namorado de Jaqueline se negava veementemente, alegando os mais estapafúrdios motivos.

– Aonde vamos, amiga? – perguntou Jaqueline ansiosa.

– Passear, limpar a mente e o espírito – respondeu Mariana.

Deixaram o carro no estacionamento do aeroporto e entraram no saguão principal.

– Preciso de seu documento para providenciar as passagens – disse Mariana.

– Aonde vamos? – perguntou Jaqueline novamente.

– Logo saberemos – respondeu Mariana.

Jaqueline lhe alcançou sua carteira do Conselho e Mariana se encaminhou ao guichê da companhia aérea com que normalmente viajava, pois as tarefas de trabalho por vezes a faziam necessitar daquele tipo de voo de emergência e, assim sendo, ela sempre conseguia algum voo de última hora quando necessitava.

– Boa noite, Dra. Mariana – disse Jenifer, a atendente que já conhecia a cliente. – Aonde vamos esta noite?

– Duas passagens para o Rio de Janeiro para agora, voo das 22 horas, e, por favor, não me diga que está lotada a aeronave – respondeu Mariana, fazendo cara de pedinte.

– Um momento, por favor – explicou Jenifer, já iniciando sua busca pelas passagens.

– Se você tiver assentos juntos e se for possível, por favor, coloque eu e minha amiga uma ao lado da outra – solicitou Mariana.

– Os documentos, por favor. Consegui dois assentos juntos, mas no fundo da aeronave. Pode ser? – perguntou Jenifer.

– Perfeito.

A médica alcançou os documentos. Em pouco mais de 15 minutos estava com as duas passagens na mão, check-in pronto, saindo do guichê e se encaminhando para a área de embarque, que abriria em poucos minutos.

– Pronta? – perguntou Mariana.

– Sim, mas para onde vamos? – indagou Jaqueline pela terceira vez.

– Vamos ir ver um cara muito legal – respondeu Mariana.

Passaram pelos detectores de metal e entraram na área de embarque. Chegando lá, um café sempre é bem-vindo.

– Sei que estávamos tomando um drinque, mas que tal um café? – perguntou Mariana.

– Ok – respondeu Jaqueline.

A chamada para o voo não demorou a acontecer, mal tiveram tempo de tomar o expresso.

– Vamos para o Rio? – perguntou Jaqueline.

– Sim – respondeu Mariana.

– Mas você me disse que íamos ver um cara – comentou Jaqueline receosa.

– Sim, o Cristo. Hoje somente pela janelinha, amanhã vamos lá visitá-lo – disse Mariana.

– Tá de brincadeira, né? – perguntou Jaqueline.

– Algum problema? – perguntou Mariana de volta. – Você disse que tudo bem se eu "te roubasse"!

– Sim, mas pro Rio? Não tenho uma muda de roupa, não tenho nem...

– Sim, calma, eu também não. Mas tá tudo certo. Amanhã de manhã, passamos no shopping e providenciamos, não precisaremos de muita coisa – respondeu Mariana de forma prática.

— Mari, você é louca! Como não precisamos de muita coisa? Estou de salto, roupa de festa, não tenho nem calcinha pra botar depois do banho – falou Jaqueline.

— É, a falta de calcinha pode ser perigosa – comentou Mariana rindo.

O telefone de Jaqueline continuava tocando.

— Mari, estou falando sério!

As palavras de Jaqueline saíram em uma mistura de súplica e alegria, em ar quase de quem está prestes a desistir.

A médica, sempre muito prática, disse:

— Temos pouco mais de dez minutos. Tem uma loja aqui dentro onde podemos providenciar o básico para hoje. Serve? Tipo calcinha, sutiã, chinelo, algumas camisetas e shorts. Pode ser?

— Você é completamente doida! Mas serve. Vamos correr lá! – respondeu Jaqueline.

Entraram naquela loja de departamento do aeroporto, cada uma em uma direção. Os chinelos eram um 37, outro 39; calcinhas M, sutiãs idem; quatro shorts coloridos; quatro camisetas aleatórias; uma mochila básica. Em menos de cinco minutos estavam no caixa.

Mariana foi pegar a carteira para pagar as compras, quando Jaqueline pegou em sua mão e disse:

— Não. Eu pago!

— Ok – respondeu Mariana.

A mensagem de última chamada para o voo estava sendo realizada. Jaqueline corria meio desajeitada de salto pelo saguão do aeroporto. Mariana, que calçava um sapato com salto bem menor, apertou o passo e chegou ao balcão com as sacolas de compras quase esbaforida e apontou para a menina que corria atrás dela. Respirou fundo e entregou os documentos para a conferência. Jaqueline parou ao seu lado, tentando manter a pose.

— Boa viagem – disse a atendente sorrindo.

— Obrigada! – responderam quase simultaneamente as duas amigas.

Entraram na aeronave, cinto posto, afivelado. Telefone em modo avião. Vinte e seis mensagens de Alessandro no telefone de Jaqueline; uma mensagem de Alessandro no telefone de Mariana. Partiram.

Durante o voo, era o tempo que Mariana precisava para preparar outros detalhes. Enquanto Jaqueline olhava a tela a sua frente, Mariana preparava o aluguel de carro, o hotel, e já pensava no roteiro da manhã seguinte. O voo de pouco mais de 1h40min aterrissou no Aeroporto Santos Dumont, em uma noite estrelada, de calor confortável na Cidade Maravilhosa. Já em solo, os telefones foram retirados do modo avião, e as garotas desembarcaram e dirigiram-se direto ao guichê da locadora para pegar o carro, que inacreditavelmente estava disponível naquela hora. Foram até o estacionamento da locadora e pegaram o veículo.

Como sempre, Mariana abriu a porta para que Jaqueline entrasse e disse:

— Bem-vinda ao Rio de Janeiro!

Passavam alguns minutos da meia-noite. Jaqueline olhava sem acreditar no que estava acontecendo.

— Fome? Sede? Cansaço? *City tour* noturno? O que deseja fazer? — perguntou Mariana.

— Ixi, tudo isso! Vamos começar pelo *city tour* noturno? — respondeu Jaqueline devolvendo a pergunta.

— Tá ótimo — disse Mariana.

Saíram do aeroporto em direção à zona central da cidade, passando pela Biblioteca Nacional, Theatro Carlos Gomes, Palácio das Laranjeiras, Museu do Amanhã, Candelária, Marquês de Sapucaí, Feira de São Cristóvão, Botafogo, Aterro do Flamengo, Leme, Copacabana, Ipanema e Leblon.

Com o avançado da hora, os restaurantes mais tradicionais já haviam fechado. Precisavam de uma farmácia, e encontraram quase junto ao hotel. Aquelas compras básicas, escova de dentes, creme dental, desodorante, shampoo e condicionador (Mariana não abria mão de um ótimo shampoo). Pararam em um bar próximo ao hotel, que ficava de frente para o mar, e pediram alguma coisa leve para fechar aquela noite.

— Espumante? — perguntou Mariana.

— O que estamos comemorando? — indagou Jaqueline.

— Sua primeira vez no Rio! Seu aniversário! — respondeu Mariana.

— Ainda parece uma grande loucura! Nem acredito que estou aqui, e com você!

— Pode ser uma loucura, mas é verdade. Mas por que não acredita que está aqui comigo? Não está sendo como você sonhou? – perguntou Mariana.

— Não foi isso que eu disse! Sinto muito, não quis ofender! – disse Jaqueline se redimindo.

— Não ofendeu, está tudo bem! Rio é cidade dos amantes, do amor, dos sonhos, das loucuras, das núpcias. Entendo que talvez o sonho de conhecer o Rio fosse em outra circunstância e com outra pessoa, e...

Jaqueline interrompeu a fala da amiga, colocando seu dedo indicador em seus lábios e fazendo aquele barulhinho de shiiii...

— Tudo está sendo como tem que ser. Estou aqui, porque tenho que estar aqui, e com você. E nada mais importa – disse Jaqueline.

O pedido feito por Mariana incluía um belo espumante e alguns camarões flambados. Beberam o espumante dando boas risadas, esquecendo o que as havia feito largar tudo e ir terminar a noite lá. O nome de Alessandro não foi tocado.

O telefone de Jaqueline apitou pela última vez, sua bateria acabou de tantas ligações que recebera desde que saiu do restaurante em Porto Alegre. Já bastante tarde da noite, atravessaram a rua e foram para o hotel.

O quarto confortável, com banheira e duas camas de casal, de frente para o mar, silencioso e aconchegante, fora o convite para uma noite de sono tranquila. Jaqueline foi a primeira a usar as dependências do hotel, preparou um longo banho de banheira para ela. Mariana foi para a janela olhar o mar.

Fora justamente no Rio que Mariana recebera a notícia da morte de Isabela, sua ex-namorada. As lembranças pesaram na cabeça da jovem. No banheiro, Jaqueline havia ligado seu telefone no YouTube, *Carry You Home* (James Blunt) deixava o ar melancólico. Fazia oito anos que tudo havia acontecido, e as memórias que estavam guardadas afloraram vertiginosamente. Como um turbilhão de emoções, as quais a garota já havia superado, a lembrança da companheira deixou a menina desestabilizada psicologicamente. Afinal, sua vida se resumia ao antes e depois de sua relação.

Mariana ficou por muito tempo na janela petrificada. Jaqueline, ao sair do banho, ficou lá, observando a amiga e suas atitudes por um longo período. Tempo o suficiente para que a amiga se sentisse desconfortável, pois havia notado que estava sendo observada. Mariana, disfarçando, deu um longo bocejo, que foi mais comprido que o normal, e virou-se para Jaqueline, que a essas alturas já estava deitada na cama que havia separado para si, lhe olhando.

– Você está bem? – perguntou Jaqueline.

– Sim. Por quê? – respondeu Mariana.

– Faz quase 20 minutos que saí do banho, e você permaneceu imóvel por todo esse tempo, aí, na janela, olhando o mar. Nunca vi você assim.

– Estava longe. Tempo sem vir ao Rio, acho que fiquei melancólica, ou o espumante bateu na moleira! Banheiro liberado?

– Sim.

A garota entrou no banho, com um sentimento de medo que inundou sua alma, lágrimas rolaram em meio à água quente do chuveiro. Em silêncio, sem música, envolta somente nos pensamentos, aquela longa e revigorante ducha acalmou a alma de Mariana, que saiu do banho enrolada na toalha, de chinelo, deu um beijo na testa de Jaqueline e disse:

– Durma bem, descansa. Amanhã será um ótimo dia.

Mariana se recolheu para sua cama, apagando a luz de cabeceira. Jaqueline havia colocado seu telefone para carregar. Mariana, com o canto dos olhos, viu que a menina lia atentamente cada mensagem de Alessandro. Não reparou se ela respondia, por vezes Jaqueline colocava o telefone junto ao ouvido para ouvir algum áudio. Assim que entrou para baixo do edredom, Mariana se desenrolou da toalha e logo adormeceu, nua como de costume.

Na manhã seguinte, já passava das 8h quando Jaqueline acordou. Como sempre, ela pegou o celular para ver as horas e olhou suas mensagens. Entre elas, havia duas de Helena e seis de Veridiana, ambas queriam saber como ela estava e por onde andava. Ao sentar-se na cama, com a luz da linda manhã entrando no quarto, Jaqueline viu o corpo nu de Mariana, deitada de barriga para baixo na cama ao lado, e apenas o observou por algum tempo. Com a cara meio amassada, descabelada e ainda sonolenta, Mariana se virou rapidamente na cama e viu Jaqueline lhe olhando.

— Meu Deus! Que susto! — puxou rapidamente a coberta Mariana. — O que você faz acordada?

— Faz pouco que acordei, resolvi mexer no celular e perdi o sono. Ia descer pro café da manhã. Quer ir comigo? — perguntou Jaqueline.

— Co-mi-da!!! — disse Mariana.

Deu um pulo da cama e enrolou a toalha no corpo tão rápido que Jaqueline só conseguiu comentar:

— Ainda bem que você é médica e sabe que não se deve levantar da cama nesta velocidade, né, Doutora?

Antes que Mariana pudesse lhe responder, já estava com a ducha ligada entrando para um banho matinal com o intuito de realmente acordar. Mas não deixou Jaqueline sem resposta:

— Tem razão. Não se deve levantar tão rapidamente mesmo. Queria assustar o sono e consegui.

Saiu do banho, quase tão rapidamente quanto entrou. Colocou um top, a camiseta e o short, pegou os chinelos e perguntou:

— Bora tomar café?

Jaqueline atirou o celular em cima da cama, colocou o chinelo novo, abriu a porta da suíte e fez sinal para a amiga passar. Mariana agradeceu brincando e passou.

O café da manhã era um banquete. Sentaram-se em uma mesa junto à janela, de onde era possível ver o mar, e cada uma foi servir-se daquilo que mais gostava. Depois de um excelente café, subiram para o quarto. Jaqueline pegou novamente seu celular, Mariana olhou a previsão do tempo. No Cristo, a previsão era de nuvens durante todo o dia, mas, no resto da cidade, teria sol.

Saíram para um passeio turístico. Pão de Açúcar, Praia Vermelha, Urca. Caminhada pelo Aterro do Flamengo. Café na Confeitaria Colombo. Passeio de bicicleta pela Lagoa Rodrigo de Freitas, caminhada até a orla de Ipanema, visita ao bar que deu origem à música *Garota de Ipanema*, chopinho lá. O dia passou tão rápido que, quando se deram conta, estava quase na hora do pôr do sol. Caminharam até o Arpoador, sentaram na areia, uma ao lado da outra. Durante vários minutos, somente o silêncio. Jaqueline reclinou sua cabeça encostando-a no ombro da amiga, que não pronunciou nenhuma palavra, apenas contemplou o momento. Assim que o sol se pôs e restaram apenas os últimos clarões no céu, levantaram e caminharam em direção ao carro, que havia ficado estacionado próximo à orla.

– Nossa, acho que estou com fome. Também, são quase 20h – comentou Mariana.

– Bem lembrado. Comemos tanto no café da manhã que nem me lembrei de ter fome o resto do dia, exceto pelo incrível chocolate quente da Colombo – ressaltou Jaqueline.

– Que tal uma boa massa agora no jantar? – perguntou Mariana.

– Parece ótimo, só temos um problema.

– Qual? – indagou Mariana.

– Não dá pra ir jantar de short e camiseta!

– Mas temos as roupas de ontem!

– Eu quero esquecer a noite de ontem. Pelo menos a noite em Porto Alegre.

– Bem pensado. Hotel, banho, shopping, massa?

– Não. Hambúrguer na praia, fritas e chopp gelado. O que acha? – perguntou Jaqueline?

– Perfeito – respondeu Mariana. – Com ou sem banho?

– Sem – Jaqueline respondeu convicta.

Pela primeira vez desde que saíram pela manhã, Jaqueline pegou o telefone com o intuito de olhar as notícias. Sua caixa de mensagens parecia infinita, havia mais de 300 recados, pelo menos 200 deles de Alessandro. Mariana também olhou a sua, alguns recados de trabalho, mas nenhuma emergência. Alguns áudios de Gabriel pedindo desculpas pelo ocorrido na noite anterior, umas duas mensagens de Alessandro a ameaçando, umas cinco de Helena querendo notícias e apenas uma, mas não menos importante, e muito mais serena, de Veridiana, com palavras amorosas, carinhosas e singelas, que tentavam entender o que havia acontecido na noite anterior.

Após alguns instantes, em que ambas ficaram focadas no celular, Jaqueline iniciou uma conversa.

– Amiga, o que eu faço? O Alessandro já mandou mais de 200 mensagens, diz que não vive sem mim, que eu tenho que voltar pra ele de qualquer jeito. Estou assustada. Não reconheço essa pessoa. Ele sempre foi carinhoso, prestativo. Se mostrou sempre um cara legal. Me dá uma luz! – disse Jaqueline em estágio de quase desespero.

– Nossa, flor, prefiro só te ouvir, não quero opinar! – respondeu Mariana.

– Mas eu preciso de uma opinião! Me ajuda!

– Por quê? Pra quê? – perguntou Mariana.

– Como "por quê"? – retrucou Jaqueline.

– Você quer que eu valide uma decisão que você ainda nem tomou. Eu não preciso, e nunca precisei, te dizer o que penso sobre o Alessandro. Ele foi a escolha que você fez, e eu sempre respeitei, assim como você sempre respeitou as minhas. E não importa se eu concordar ou não com sua decisão, eu ficarei ao seu lado. A única coisa que peço é que observe os sinais de tudo que aconteceu naquela mesa ontem à noite – disse Mariana.

– Sim, ele passou dos limites.

– Dos meus ou dos teus limites? – indagou Mariana.

– De todos.

– E por qual motivo? – questionou Mariana.

– Ciúmes.

– De quem? – perguntou Mariana.

– Ora, de você! – respondeu Jaqueline.

– Enxerga o perigo e a loucura disso tudo? Independentemente de qualquer coisa, estou na sua vida há um bom tempo, muito mais tempo que ele inclusive. O respeito, o carinho, o amor sempre foram nossas marcas registradas. O que passa pela cabeça do Alessandro, que tem ciúmes da melhor amiga? Lembra que você comentou que em outro momento ele quis ir embora de uma festa, logo no início? O motivo não foi o mesmo? O Alessandro tem dificuldade em aceitar que existem outras pessoas perto de você, e que haverá centenas de pessoas interessadas em ti, homens e mulheres, assim é a vida. Você é linda, inteligente, carismática, mas isso não significa que todas as pessoas do planeta estejam te desejando. Amar é muito mais que isso!

– Tenho medo que ele infernize a minha vida!

– Esse medo pode ser real, ele já mostrou que por vezes tem dificuldade de se controlar, inclusive ontem. Mas se você ficar na relação não estará em situação de medo constante? – perguntou Mariana de forma mais enfática, mas não querendo interferir na decisão da amiga.

– É, você tem razão. Nem sei se amo o Alessandro. Curto estar com ele, o sexo é bom, mas sexo não é tudo! A rotina de ir pra casa dele aos finais de semana, dele se alojar na minha quando não quero ir ficar com ele, de impor sua presença em eventos que eu fui convidada, não ele. Acho que tudo isso já estava me perturbando há bastante tempo, talvez só me faltasse coragem para dizer chega. Até porque sempre rola uma chantagem emocional da parte dele.

– Qual sua profissão? – perguntou ironicamente Mariana.

– Ué... está louca? Como assim? Você sabe que sou psicóloga!

– Entende agora, quando, há muito tempo, te falei de poder?

– Era isso que você queria dizer! Por que não falou de forma clara? – disse Jaqueline.

– O que é uma forma clara? Uma conversa como esta? Ou uma situação que fugiu do controle, como a de ontem? Principalmente do controle dele.

– Eu jamais imaginei que você estava se referindo ao Alessandro.

– Não necessariamente eu estava falando dele. Vi nos teus olhos, minha amiga, que estava completamente envolvida por ele. O que cabia a mim? Absolutamente nada. Permaneci ao teu lado, permiti, mesmo que contra a minha vontade, dividir mesa de bar várias vezes, churrascos, amigos. Observei, vigiei, até que a máscara caiu. E quer saber? Fico feliz que tenha caído comigo, e não com você! E se fosse com um homem, será que não teria terminado em ainda mais violência? O que aconteceu ontem, quando tranquei você no carro, sim, foi um ato de violência. Talvez uma atitude deselegante como a de ontem mostre o que tentei dizer, mas não pude.

— Está me dizendo que acha que eu estava em perigo? – perguntou Jaqueline.

— Sim, eu acho que sim. Não adianta, meu santo não bateu com o dele! Eu incentivei vários namoros teus. Estive ao teu lado ajudando nas mais diversas loucuras e nunca te julguei, porque é isso que um amigo faz. Quando um amigo não concorda, ele não dá o lado, ele jamais deixa o amigo se ferrar, ele se faz presente, a distância, como um lobo, vigiando incessantemente até a presa cansar.

A conversa deu uma trégua de uns cinco minutos. Mariana desviou o olhar de Jaqueline, visto que havia sido acalorada a conversa, deu aquela puxada no cabelo clássica e olhou para a mesa do lado. Uma morena, linda, cabelos compridos, sorriso largo, dentes brancos, observava a conversa. Mariana deu um sorriso, somente com os lábios, e a morena retribuiu o sorriso e ergueu seu copo de chopp, acenando com a mão a cadeira vaga em sua mesa.

Jaqueline observou a atitude de Mariana e seu riso de canto de boca e olhou para o lado, quase fuzilando a morena, que rapidamente desviou o olhar indo em direção à banda que tocava um pagode mais melódico.

— É sério isso, Mariana? – perguntou Jaqueline furiosa.

Fazendo uma cara de total desentendimento, Mariana respondeu, perguntando:

— O quê? Que foi?

— Você estava cuidando a mulher da mesa ao lado? – questionou Jaqueline.

— E qual o problema? Ela flertou comigo, eu flertei com ela. O que tem de errado nisso?

— E eu?

— E você o quê? Desculpa, não entendi – disse Mariana se sentindo confusa.

— Você nunca deu em cima de nenhuma mulher quando saiu comigo. Justo hoje, aqui no Rio, você está dando? – expôs Jaqueline de forma indignada.

— Mas qual o problema? Quantas vezes saímos, fomos pra balada, você encontrou um carinha legal, pegou-se aos beijos na festa e depois foi pra casa com ele? O que eu fiz de tão fora do normal?

– É que foi você que me trouxe pra cá. Se era para ficar caçando mulher, não precisava vir tão longe, deve ter um monte em Porto Alegre.

– Sim, tem, um monte! Mas o que está acontecendo aqui? Por que está fazendo essa tempestade? – perguntou Mariana quase sem entender.

No fundo, Mariana gostou da reação completamente esdrúxula de Jaqueline, que aproximou a cadeira da sua e pegou na sua mão. A mulher da mesa ao lado olhou não acreditando no que via, afinal cinco minutos antes Mariana estava flertando com ela e agora estava de mão com a garota. Mas foi quando a banda tocou um pagode em especial que a situação quase fugiu do controle de Mariana. Quando iniciou o dedilhado da música *Ponto fraco*, um dos pagodes mais adorados por Jaqueline, que era fã de Thiaguinho, compositor da música, a garota pulou da cadeira já levemente alcoolizada, pegou pela mão Mariana e a tirou para bailar. A dança passou rapidamente de um pagode para uma bachata, o bar estava parado olhando a dança das amigas. Jaqueline, quase fora de si, agarrou Mariana contra seu corpo e por duas vezes mordeu seu pescoço e cantarolou a música em seu ouvido:

"oh... você joga sujo, sabe que você é o meu ponto fraco, tenta ser feliz, mas tá fazendo errado, procurando em outro alguém o que está do seu lado!"

Ao término da canção, até a banda aplaudiu o bailado sensual. A morena da mesa ao lado levantou e foi embora, balançando a cabeça com ar de desaprovação. Jaqueline sentou, sorriso malicioso no rosto, pegou sua bebida e a tomou encarando profundamente a amiga nos olhos. Mariana ainda se recuperava do que havia acontecido ali. Totalmente excitada, sentou e retribuiu a encarada com chopp. Alguns copos depois, o clima foi ficando mais tranquilo, menos acalorado. As garotas comeram um saboroso hambúrguer com fritas e tinham por objetivo estender a noite em uma escola de samba. Entretanto, Jaqueline acabou bebendo mais do que estava acostumada, e a noite encerrou antes do previsto.

Subiram para a suíte com a ajuda de um dos recepcionistas do hotel. Mariana ajudou Jaqueline a tomar seu banho, momento esse de muita graça, pois a garota ria muito. A médica colocou a amiga na cama e voltou para o chuveiro. Ao sair do banho, observou que Jaqueline dormia tranquilamente e dirigiu-se ao seu leito. Antes de deitar, Mariana deu aquela espiadela tradicional na janela do hotel. Apagou a luz de cabeceira, que ainda estava ligada, tirou a toalha em que estava enrolada e deitou em decúbito ventral.

Segundos depois, a última frase da noite foi dita por Jaqueline:
– Amiga, você é muito gostosa!
Mariana virou rápido a cabeça, mas Jaqueline dormia tranquila, ou pelo menos fingia.

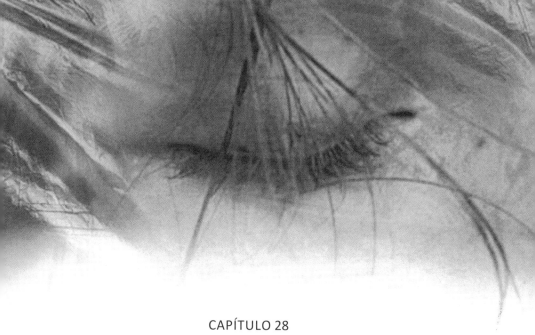

CAPÍTULO 28
Enquanto isso, em Porto Alegre...

Pela décima vez naquele sábado, Alessandro ligava para Gabriel, que, já impaciente, desligava o telefone. Foi Helena que o convenceu a atender.

— Gabi, atende o Alessandro. Por favor! Talvez assim ele pare de ligar!

— Caramba! Não tenho nada pra conversar com o cara. Ele era só o namorado da tua amiga, só isso! Será que ele não entende?

— Tá bom, eu entendo, mas ele, de repente, não! Sei lá, quer se explicar, quer saber de alguma coisa a mais! Quer se desculpar... Atende e acaba com essa ladainha de uma vez por todas — disse Helena já um pouco irritada com a situação.

Gabriel ainda olhou para o celular antes de atendê-lo.

— Oi, Alê. E aí, beleza? — saudou Gabriel.

— Beleza, Gabriel. Tem um tempinho pra gente conversar? — perguntou Alessandro.

— Tenho, pode falar!

— Podemos conversar frente a frente? — questionou Alessandro.

– Pode ser, só não posso demorar porque vou ao cinema mais tarde com a Helena e a sessão é às 21 horas. Temos umas duas horas. Serve?

– Está ótimo! Estou chegando na tua casa, daí a gente desce ali no boteco.

Quatro minutos depois, entra o aviso de Alessandro no telefone de Gabriel:

◎ Cheguei.

Alessandro já esperava Gabriel fora do carro. Com um ar abatido e cansado, olheiras, dava sinais de não estar bem. Iniciaram a caminhada até o boteco, que ficava na esquina da casa de Gabriel.

O boteco era um bar simples, com mesas e cadeiras plásticas, sem nada de luxo. Um daqueles bares em que os homens se reúnem para ver futebol, beber e no máximo jogar uma sinuca.

– E aí, Alê?! Nossa, cara, você está horrível! O que aconteceu? Você inclusive não trocou de roupa!

– Pois é, irmão, nem fui pra casa ainda! Passei a noite na frente do apartamento da Jaqueline, ela não voltou pra casa! Sabe onde ela está? – perguntou Alessandro.

– Onde ela está eu não sei, mas ela mandou mensagem pra Helena dizendo estar bem!

– Mandei mensagem pra ela a noite toda, mandei de manhã, mandei de tarde. Ela visualiza, mas não responde. Estou preocupado.

– Ela deve estar bem. Se não estivesse, já teria acionado uma das meninas – disse Gabriel, já notando que tinha falado bobagem.

– Cadê a Mariana? – perguntou Alessandro.

– Sei lá da Mariana! Ela saiu naquela hora e também não respondeu mais as mensagens. Mas isso é normal, até porque ela disse que estava de folga, então deve ter ido para a serra, ou dar uma volta de moto, ou até mesmo velejar, como sempre faz.

O pensamento de Alessandro saiu pela boca em forma de palavras:

– Tomara que o barco afunde!

– Que é isso? A Mariana é gente boa demais! Tá passando da conta, irmão! – falou Gabriel.

– A Jaque não respondeu nenhuma mensagem de vocês? – indagou Alessandro.

– Não sei. Por que tantas perguntas?

– Cara, preciso te contar uma coisa. Mas acho que a Jaqueline não contou para as meninas e, se for possível, não conta pra Helena, sei lá, ela pode se sentir traída. Uma noite, uns dois meses atrás, eu e Jaqueline passamos na frente de uma casa de swing e, sei lá o que me deu, eu a convidei para entrar, e ela topou. No início, tudo lá dentro é meio chocante, embora seja divertido. Tentei deixar a Jaque bem à vontade, para que ela não fizesse nada que não queria. Estávamos lá só para ela conhecer, só que...

– O quê? – perguntou Gabriel surpreso e curioso.

– Só que ela curtiu a brincadeira, curtiu demais até pro meu gosto, principalmente porque ela se libertou com as outras meninas. Eu nunca tinha visto a Jaque daquele jeito! Embora tenhamos feito um baita sexo depois, eu fiquei meio chocado.

– Esse é um risco que pode acontecer, mas por que você a convidou para ir em uma casa de swing?

– Porque achei mais fácil de convencê-la agora, e já saberia sua resposta para o futuro – respondeu Alessandro.

– Estranho, mas compreensível.

– Mas agora, cara, ela já me pediu para ir diversas vezes. Eu que não tenho a levado, porque quando ela está lá só se relaciona com meninas.

– Isso é bom! Porque se ela estivesse com outros caras poderia ser sinal de que algo está faltando na relação de vocês, mas pelo jeito não é. Pode ser fetiche, fantasia ou até mesmo desejo! – disse Gabriel.

– Mas não te parece estranho a defesa dela em relação a Mariana?

– Estranho por quê? Cara, você viajou pra caramba na Mariana! Ela é de boas, nunca fez absolutamente nada para as meninas; pelo contrário, é uma amiga fiel e leal, sempre generosa, uma espécie de irmã.

– Fez e faz! Não tira ela pra santa, não! Sempre com aquela educação contida, abre porta do carro, faz jantarzinho na folga, *sommelier* de vinhos, e quando pega aquele violão dela, cara, aquilo me incomoda de uma maneira, que nem sei explicar o que acontece comigo! Tenho vontade de partir o instrumento na cabeça dela. Ela toca tudo que as meninas gostam! – Alessandro disse aquelas frases misturadas com rancor, inveja e desdém.

– Cara, é o jeito dela! Nunca achei que ela tocar *Garotos* do Leoni pra Helena quisesse dizer alguma coisa, além da Helena adorar a música. Você precisa entender que, por exemplo, a relação dela com a Helena vem de mais de 20 anos. A convivência dela com a Jaqueline vem há pelo menos quatro anos, foi você que veio depois. E, pelo que sei, a Mariana nunca se meteu nas relações das meninas, e também nunca permitiu que as meninas se metessem nas dela. A Mariana é uma mulher de 36 anos, não é mais uma garotinha, que só quer saber de farra e vida mansa. *Brother*, ela se ferra trabalhando, precisa ver ela no hospital, o carinho, o respeito por cada paciente, dela ou não... o nome disso é amor... A Mariana é um ser capaz de amar o mundo, capaz de amar uma formiga, mas não é capaz de entrar no meio de uma relação para estragá-la, isso não! E talvez ela nunca mais seja capaz de amar, verdadeiramente, outra mulher.

– E se ela soubesse que a Jaque agora também curte ficar com mulher? – perguntou Alessandro.

– A pergunta não é essa! A pergunta é.... e se a Jaque estiver a fim da Mariana? E não o inverso! E realmente acho que essa questão está mais indefinida pra você do que pra própria Jaqueline. Ela está de boa! Foi você que começou isso! Não confunde os sentimentos – disse Gabriel.

– Se elas não estão juntas, por que nenhuma das duas responde minhas mensagens?

– Ninguém sabe se elas estão juntas ou não! A Mari respondeu pra Helena que estava bem, resolvendo umas questões importantes e aproveitando a folga do trabalho. A Jaque pediu um tempo pra pensar e colocar em ordem os sentimentos. Só isso! Outra coisa, por qual razão a Mariana responderia uma mensagem sua? Ela não deve ter absolutamente nada para falar contigo, não depois da tua grosseria de ontem.

– Você conhece bem melhor a Jaque que eu. Ela volta pra mim? – perguntou Alessandro.

– Cara, eu não sei! Sei que ela estava curtindo um monte ficar contigo! Mas você pisou na bola feio, irmão. Ela tem pavor de escândalo. A pegada de mão, cara, você quase quebrou os dedos da garota! Está entendendo? Foi uma porção de coisas, não foi só a frase infeliz contra a Mariana, foi o contexto.

Gabriel levantou para se despedir.

– Faz assim, deixa quieto por enquanto. Manda uma mensagem aleatória, tipo "bom dia", ou "ouvi tal música e lembrei de você". E espera para ver o que vai dar! Vocês ainda vão precisar se encontrar, na quinta é o aniversário da Veridiana, e, tipo, vai de boa, sangue doce. Agora vou indo. Se cuida.

Gabriel apertou firme a mão de Alessandro e saiu do bar a passos largos, louco para contar o que havia descoberto, mas ainda tinha dúvidas se contava ou não para Helena. Tudo que ninguém precisava era mais confusão ainda, mas o casal tinha um acordo: entre eles não haveria segredos.

Chegou em casa e contou todos os detalhes de que se lembrara para a esposa, que ouviu atentamente e questionou:

– Será que as meninas estão juntas?

– Acho que não! A Mari não dá abertura, e a Jaque é meio chave de cadeia. Olha as relações dela, está atrapalhada. Talvez até esteja se descobrindo bissexual, mas, para chegar a uma relação com a Mari, será um longo caminho.

O casal saiu para curtir seu cinema, mas Helena ficou pensativa com o segredo que Gabriel lhe contara.

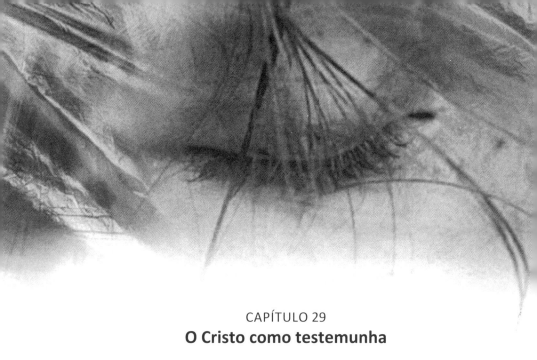

CAPÍTULO 29
O Cristo como testemunha

Passava pouco das seis da manhã quando o telefone de Mariana vibrou embaixo de seu travesseiro. Era o despertador. A garota levantou na ponta dos pés, colocou um top, short, camiseta e desceu descalça, com o intuito de caminhar na beira da praia. Levou consigo somente o celular e o cartão de crédito. Mais ou menos uma hora depois, retornou ao hotel, para tomar banho e café da manhã. Abriu a porta delicadamente, estava bastante suada, pois havia corrido também, deixou os chinelos junto à porta para não espalhar areia no quarto e entrou no banheiro, fazendo o menor barulho possível.

Suas roupas ficaram espalhadas pelo chão do quarto. Jaqueline, que havia acordado e não havia se movido, apenas espiado a amiga, ouviu quando Mariana fechou a porta do banheiro e levantou da cama. Pegou a camiseta suada nas mãos e ficou olhando para ela, quase como se estivesse contemplando um objeto sagrado. Aproximou a camiseta do rosto e a cheirou. Embora bastante suada, o cheiro da pele de Mariana era delicioso, mesmo que estivesse sem usar perfume por dois dias.

Mariana tomou uma deliciosa ducha quente, sem fazer barulho algum. Abriu a porta do banheiro abruptamente, enrolada na toalha, e tomou um susto ao ver a amiga com a camiseta nas mãos.

– Bom dia, Jaque. Está tudo bem? – perguntou desconfiada Mariana.

– Está, sim. Estava só juntando as tuas roupas que ficaram no chão, nem parece aquela leonina organizada. Deixou tudo rolando no chão – falou Jaqueline.

– Bem, por que iria organizar algo que vou colocar dentro de um saco de roupas sujas? – questionou Mariana.

– Para não deixar rolando, para uma ariana como eu não ter um chilique na hora que acordasse – Jaqueline riu.

Riram as duas da pequena conversa no início da manhã.

– Já tomou café? – indagou Jaqueline.

– Ainda não.

– Pronta? Vamos descer? – perguntou Jaqueline.

– Sim – respondeu Mariana, terminando de vestir a camiseta limpa que havia comprado no Pão de Açúcar no dia anterior.

Chegou o elevador. Desceram e a conversa continuou.

– Aonde você foi tão cedo, Mari?

– Dar uma corrida na praia. Por quê?

– Por nada. Acordei e vi que você não estava, mas não quis ligar. Supus que não poderia ter ido longe.

– Não fui muito longe, mas foi uma boa corrida. Desculpa se acordei você quando cheguei, tentei fazer o menor barulho possível, mas você tem um sono muito leve.

– Tudo bem, acordei com a cabeça estourando de dor, nem sei o motivo!

Riram da piada, visto que a amiga tinha tomado muito mais chopes do que deveria e estava em um estado de amnésia alcoólica, ou queria testar o que Mariana ia lhe relatar.

– Inclusive, Mari, quero me desculpar por ontem à noite. Bebi demais e a noite acabou cedo. Não era o objetivo. Sinto muito mesmo! – disse Jaqueline de forma genuína.

– Está tudo bem! Quem nunca, né? – respondeu rindo Mariana.

– Sim, mas acho que acabei atrapalhando a tua paquera.

– Ah, isso sim! Achei que ia fazer uma integração e você, putz, jogou sal no meu chopp.

Envergonhada e cabisbaixa, Jaqueline somente balançou a cabeça e perguntou:

– Como eu fui parar no quarto?

– Você não se lembra de nada? Até que ponto você se lembra da noite anterior? – perguntou Mariana.

Entraram no salão do café da manhã, sentaram-se na mesma mesa do dia anterior, de frente para o mar.

– Me lembro da dança, então fiquei muito tonta. Daquele momento em diante foram flashes.

– Depois da dança, a morena foi embora. Ficamos bebendo e você praticamente não quis jantar. Me pediu para tomar um banho, pois queria ir pro samba de qualquer jeito, entretanto foi trazida nos braços por mim e por um carregador. Teve uma crise de riso no chuveiro, que não sei como não fomos expulsas do hotel! Te tirei do banho, te deitei na cama, para que eu tomasse banho sossegada e depois iria ver o que faríamos. Quando saí, você tinha dado perda total – Mariana riu. – Daí, só me restou ir dormir.

– Nossa, que vergonha! Foi mal, amiga!

– Foi engraçado, está tudo bem! – disse Mariana.

Continuaram o café da manhã. Mariana olhava muito para o mar, estava pensativa, e Jaqueline resolveu quebrar aquele silêncio.

– Desde que chegamos, vejo você olhando o mar. Nesses momentos, sinto uma tristeza profunda em você. O que passa?

– Há oito anos, quando Isabela morreu, eu estava neste mesmo hotel. Tinha escolhido ficar aqui, eu não tinha férias. Me preparei para esperar ela voltar de Boston para curtir uns dias com ela na cidade maravilhosa. Acabei por vir duas vezes quase seguidas ao Rio, uma para trazê-la, outra para buscá-la. O que aconteceu, entretanto, na madrugada de sábado, logo após minha chegada, devastou minha vida, aquela ligação nunca será esquecida. Fiquei por anos me culpando por não estar com ela lá, embora eu soubesse que clinicamente não havia nada que eu pudesse fazer para salvá-la, não queria que ela partisse sozinha em um quarto de hotel.

Uma lágrima escorreu do olho de Mariana, que tratou de secá-la rapidamente.

— Você não teve culpa! Não havia como imaginar algo assim! Você a amava muito, né? – perguntou Jaqueline, fazendo um carinho na mão de Mariana.

— Sim. Mais do que eu imaginava. Levei anos para superar a ausência de Isabela em minha vida!

— E o que fez para superar? – perguntou Jaqueline.

— Me atirei no trabalho, dia e noite, acho que me puni o que pude. Até que cansei, cansei de viver, cansei de sofrer, cansei... Foi a amizade de Helena e Veridiana que me fez suportar a dor... foram os pacientes pedindo para viver que me fizeram não desistir...

— Sim, quando te conheci, você parecia uma pessoa de outro planeta. Não interagia, quando saía era com a galera, não falava com estranhos, parecia um zumbi – comentou Jaqueline.

— Sim, eu vaguei por anos, até que voltei! Foi a força do amor da Veri e da Helena que me fez ver a luz de novo. Que me fez ver que amar é possível, que sempre se tem uma nova chance... basta prestar atenção aos sinais! E assim foi... voltei a dar amor ao mundo, voltei a receber amor. Talvez, nem todos como eu queriam receber, mas era amor de qualquer forma. E assim eu fui me enchendo de paz, harmonia e hoje tenho tudo que preciso; digo, quase tudo – disse Mariana, dando uma risada ordinária.

— E como você fazia para se relacionar? – indagou Jaqueline.

— Olha, eu não pensei em nada realmente sério até hoje. Houve uma mulher que eu pensei em conhecer melhor, mas me acostumei com o que eu tinha, e tudo ficou em *stand by*. Surgiram outras, que foram nada mais que momentos, bons, mas que eu não estava disposta a investir. Pronta para o passeio de hoje? Partiu Cristo?

— Bora lá! Parada estratégica na farmácia! – respondeu Jaqueline.

O recado era claro, precisava de algo para o estômago e para a dor de cabeça, afinal ressaca não se cura com tanta facilidade.

Entraram no carro e se encaminharam para o caminho que levava ao Cristo Redentor. Em um determinado ponto, próximo à igreja São Judas Tadeu, deixaram o carro e entraram no trem que subia para o monumento. Jaqueline estava com as mãos suando, ansiosa, ria sozinha. Sua alegria era visível aos olhos de todos. Subiram a escadaria que leva até os pés do Cristo. Jaqueline olhava encantada, havia poucas pessoas naquele momento, pois tinha recém aberto. Uma lágrima escorreu lindamente de seu rosto, junto a ela, um sorriso. Olhou para o Cristo, que de braços abertos para a Guanabara ouviu:

– Obrigada! Gratidão, meu Pai, por eu estar aqui! Gratidão, amiga, por me proporcionar este momento!

Jaqueline se virou para Mariana e lhe deu um abraço apertado e fraterno, e bastante demorado. Ambas permaneceram em silêncio por alguns segundos, mas foi Jaqueline que quebrou esse silêncio.

– Te amo, amiga! – disse Jaqueline.

Mariana não ouvia um "eu te amo", mesmo que fosse de uma amiga, há tanto tempo que suas pernas chegaram a tremer. Foi como se não houvesse absolutamente mais ninguém próximo a elas. E respondeu:

– Eu também.

Fotos, fotos e mais fotos. Jaqueline tirou retratos por todos os ângulos possíveis. Mariana ficou debruçada em um canto do parapeito contemplando a paisagem. Depois de algum tempo, foram para as lojinhas comprar lembranças de viagem. Mariana nunca comprava nada para ninguém, sempre dizia que ela vivia intensamente cada momento e que doar seu tempo comprando lembranças não traduziria o que se sente em cada lugar, mas mesmo assim entrou na loja mais badalada e comprou uma camiseta do Cristo. Jaqueline, entretanto, comprou ímãs de geladeira, bichinho de pelúcia, camiseta.

– Vamos tomar um café? – sugeriu Mariana.

– Boa ideia!

– Nossa, o pessoal do bar está empolgado hoje! Pouco mais de dez da manhã e o Alexandre Pires já está rolando na televisão! Eu assisti a esse show, e é incrível! – comentou Mariana.

Jaqueline ouviu o comentário da garota, mas estava focada na conversa que decidira ter com a amiga.

– Sabe, Mari, gostaria de conversar sério contigo agora.

– Claro. Aconteceu alguma coisa? – perguntou Mariana preocupada.

Antes de responder, Jaqueline e Mariana fizeram o pedido de um expresso duplo para cada uma e uma água com gás.

— Desde o ocorrido na sexta, algumas coisas não me saem da cabeça. Primeiro, por que você ficou quieta e simplesmente se retirou depois das acusações do Alessandro? Depois, por que vir para o Rio? Se não é verdade o que ele disse, por que sair daquele jeito? Estou confusa — disse Jaqueline.

Mariana respirou fundo, coçou a cabeça e preparou a resposta:

— Então... nos conhecemos há alguns anos. Quando você me viu ser deselegante com alguém? Já me viu dar vexame? Com certeza, não. Nem quando a Isabela morreu, que eu estava sozinha, desabada, destruída por dentro, alguém me viu dar escândalo. Minhas dores foram vistas no máximo por Veridiana e Helena. Eu cresci vendo meus pais dar escândalo, eles se batiam em público, bebiam, fumavam, era um horror. Decidi que jamais faria igual, que eu não era assim. Quando eu revelei ser homossexual, manter a calma e o discernimento perante as agressões passou a ser indispensável. As agressões acontecem, em todos os lugares, infelizmente; as pessoas acham que é normal, direito de expressão. Eu, particularmente, não gosto de ver uma mulher sendo deselegante, grosseira. Através do diálogo, da calma, empatia e da educação é que se pode responder ou não a uma agressão, e o amor e o ódio são uma linha tênue. E, naquele caso específico, o silêncio foi mais avassalador que até mesmo um soco na cara.

Jaqueline sorriu, chegaram os cafés e a água. Olhou para Mariana com ar compreensivo, como quem estava entendendo o posicionamento da amiga.

— Quanto a simplesmente me retirar, o Alessandro foi uma escolha tua, não minha! Eu não tenho afinidade nenhuma com ele. Por qual motivo ficaria sentada em uma mesa ouvindo os despautérios dele? Sair em silêncio é a melhor arma contra um homofóbico, eles ficam sem argumentos e, assim, o fiasco e o vexame é inteiramente deles; na minha opinião, claro — disse Mariana.

Jaqueline observava atentamente, enquanto tomava seu expresso.

— Quanto a vir pro Rio, bom... fazia alguns meses que não vinha. Voltei à Cidade Maravilhosa diversas vezes depois da morte de Isabela, mas sempre a trabalho, tinha quase me esquecido de como amo esta cidade. Algumas semanas atrás você comentou em uma conversa que não conhecia o Rio, uni o útil ao agradável. Resolvi descansar a mente aqui. Eu estou de folga, lembra? Brindamos que eu teria um final de semana só pra mim, que, na verdade, dividi com você. Esclarecido?

– Quase tudo – respondeu Jaqueline.

Enquanto Mariana desfrutava seu café, Jaqueline formulava mais algumas questões.

– E quanto às acusações do Alessandro? Elas procedem?

Mariana, que agora olhava firme para a amiga, pegou sua xícara, deu um gole no café, outro na água, limpou a boca e iniciou sua resposta.

– Jaque, quando eu conheci você, eu estava em um momento muito difícil da minha vida. Tinha perdido alguém que amava muito, estava reaprendendo a ser só. Foi o amparo da Helena e a amizade cuidadosa da Veridiana que me fizeram superar tudo isso, inclusive foi Veridiana quem nos apresentou e assim iniciamos uma amizade. Um carinho, que acredito ser recíproco, iniciou, e nos tornamos boas amigas. Aprendi muito contigo, reagi! Voltei a viver! Voltei a ter gosto pela vida, pelos sentimentos, pelas cores e sabores. Você trouxe vida a minha vida, e, graças a tudo isso, hoje eu estou aqui.

Mariana terminou a resposta, mas ela não fora o bastante para Jaqueline.

– Ok! Mas você não respondeu minha pergunta.

Mariana deu mais um gole no café e respondeu com outra pergunta:

– Afinal, Jaqueline, qual é a sua pergunta? O que você quer saber?

Jaqueline pareceu meio espantada com a pergunta franca e direta da amiga. A conversa ficou meio perdida.

– Como assim? Quero saber se o que o Alessandro disse é verdade!

– Você acha que é verdade? O que você acha? – perguntou de volta Mariana.

– Não sei! Nunca pensei nisso – disse Jaqueline.

– Tá ótimo. Se você nunca pensou no assunto é porque não têm fundamento as alegações dele. É simples. Se você nunca interpretou alguma atitude minha como sendo um ato de cortejo, de estar a fim de você, é porque não é! O nome disso deve ser amizade, não é mesmo?

Jaqueline tentava raciocinar na mesma velocidade que Mariana estava falando, que por sinal era muito rápida. A garota sabia que, quando sua amiga falava rápido, ou ela estava nervosa, ou estava escondendo alguma coisa. Resolveu continuar a conversa.

– Mari, aqui, aos pés do Cristo, diz pra mim: você nunca foi a fim de mim? É só viagem do Alessandro mesmo?

Mariana baixou os olhos, respirou fundo.

– Isso faz alguma diferença na sua vida?

– Não sei. Você sente algo por mim? – Jaqueline devolveu a pergunta.

– Sim, Jaque, eu me apaixonei por você há alguns anos. Nem sei bem ao certo como aconteceu. Um dia me vi completamente apaixonada por ti, mas também vi que você era somente minha amiga e que esse papel já era suficiente, visto que eu jamais ousaria atrapalhar nossa amizade. Assim, eu aprendi a respeitar as suas escolhas, os seus desejos, embora por vezes tenha sido muito difícil. Não foram poucas as noites que saímos para a balada e eu voltei arrasada para minha casa, até que aprendi a deixar pra lá! Eu não podia mais condicionar a minha felicidade a estar com você ou não. Você é heterossexual, e está tudo certo, e desejo profundamente que seja feliz com suas escolhas.

Jaqueline olhava em silêncio para Mariana, sua cara era uma mistura de surpresa, felicidade e tristeza, seus olhos estavam cheios de lágrimas. Mariana não falou nenhuma palavra mais, até que Jaqueline digerisse a resposta, o que levou alguns segundos.

– Então Alessandro estava certo! – disse Jaqueline. – Você mentiu pra mim!

– Jamais! Talvez você não quisesse ouvir essas palavras, talvez não estivesse nem preparada para essa carga. Mas eu não estou te cobrando nada, nem nunca pedi nada. Não me culpe, esse sentimento é puro e verdadeiro, a ponto de ficar guardado em um cantinho do peito, sem precisar ser alimentado. Ele fica lá! Deixe-o lá, você não tem nada para me oferecer, e está tudo bem.

Mariana se levantou para sair e pagar a conta. Dessa vez foi Jaqueline que segurou a mão da médica contra a mesa e pediu baixinho:

– Fica. Por favor.

Mariana sentou novamente, respirou fundo, nem sabia mais o que dizer. Colocou os cotovelos em cima da mesa, as mãos no rosto, enxugou uma lágrima que estava prestes a rolar e disse, olhando nos olhos de Jaqueline:

– Eu te amo! Quando saí das trevas, do luto e da solidão, eram os teus olhos que me iluminavam, foi o teu sorriso que acalentou minha dor, foram os teus abraços que saciaram o pranto e foi a tua companhia que me fez ter coragem de recomeçar, mesmo que só, mais uma vez. Aos pés do Cristo eu vou repetir, e, a menos que retribua, esta será a última vez que vai ouvir estas palavras da minha boca: eu te amo!

Jaqueline olhava no fundo dos olhos de Mariana sem desviar o olhar. Seu pranto era calmo, lágrimas, emocionada pelas palavras da amiga. A garota levantou e saiu da mesa em direção ao sanitário, quase correndo. Mariana colocou as mãos na cabeça com aquele pensamento "que merda que eu fiz!". Jaqueline entrou no banheiro e ficou encarando sua imagem no espelho, perguntando mentalmente por que ela não tinha se dado conta, por que aquilo estava acontecendo e como seria daqui pra frente. Ficou ali durante um tempo, em silêncio, mas com o coração aos pulos. Quando saiu do banheiro, viu que Mariana continuava na mesma posição, desolada. Abraçou Mariana por trás da cadeira e disse baixinho:

– Eu também amo você!

Mariana tentou se desvencilhar dos braços de Jaqueline, mas ela a segurou firme e forte, de uma maneira que não pudesse se virar na cadeira. Jaqueline, ainda sussurrando no ouvido da amiga, continuou:

– Eu não sei como lidar com isso! Eu sinto muito.

Mariana baixou a cabeça e chorou, como jamais Jaqueline havia visto antes. Ao fundo, no café, Alexandre Pires cantava:

Me persegue o castigo
Nada mais faz sentido
Um caminho perdido
Estou desiludido e tão arrependido
Não por falta de aviso
Te tirei do meu mundo e hoje a cada segundo
Penso em você, tento esquecer
Tô com medo de tudo

Segredos

> *Você me dizia cuidado ao mandar*
> *Os recados pro seu coração*
> *Eles podem errar o endereço*
> *Tomar outro rumo, outra direção*
> *Me pego brigando comigo por erros*
> *Que eu sempre quis escutar*
> *Dói tanto, tanto*
> *Só me interessa o seu amor eu tenho pressa*
> *Me perdoa, me perdoa*
> *Tira essa saudade, essa dor que invade a alma*
> *E que magoa, que magoa*
> (Compositor: Betinho Marques / Marcos Mosqueira)

A música e a tristeza estampada no rosto de Mariana deixavam a cena ali vivida ainda mais devastadora. Após alguns instantes, Jaqueline puxou a cadeira, sentou em frente a Mariana, enxugou suas lágrimas, beijou suas mãos e disse:

– Sinto muito, mesmo!

Mariana se recompôs, respirou fundo diversas vezes, olhou pra cima e falou:

– Está tudo bem!

Depois levantou da mesa, olhou para Jaqueline e disse:

– Shakespeare tem um texto ótimo, em que ele diz a seguinte frase: "Depois de algum tempo, você aprende a diferença, a sutil diferença, entre dar a mão e acorrentar uma alma. E você aprende que amar não significa apoiar-se e que companhia nem sempre significa segurança. E começa a aprender que beijos não são contratos e presentes não são promessas. E começa a aceitar suas derrotas com a cabeça erguida e olhos adiante, com a graça de um adulto, e não com a tristeza de uma criança".

Uma voz vinda de uma desconhecida pergunta:

– Vocês ainda vão usar a mesa?

Mariana desvia o olhar, que estava fixo em Jaqueline, olha para a senhora, já de bastante idade, e lhe responde com olhar meigo e voz doce:

– Não, está liberada. Bom café pra senhora!

A velhinha se senta e sorrindo agradece a generosidade de Mariana.

– Podemos ir embora? – perguntou Mariana.

Mariana deu dois passos à frente de Jaqueline, que a segurou pela mão e questionou:

– E agora?

– Agora continuamos o passeio e colocamos uma pedra em cima do que aconteceu aqui – respondeu Mariana.

Mariana soltou sua mão, beijando delicadamente a mão de Jaqueline, que ainda a segurava, foi pagar a conta no balcão e fez um gesto para que a amiga ficasse ao seu lado e a acompanhasse na escadaria.

Saíram do Cristo Redentor, pegaram o carro e foram passear pela cidade. Almoço em Santa Teresa, um passeio na catedral metropolitana, Arcos da Lapa e Lagoa Rodrigo de Freitas, onde Mariana ainda tinha pensado em um último passeio antes de retornar para o hotel e arrumar a mochila.

Estacionou próximo ao Parque Lage e convidou Jaqueline para a última aventura.

– Vamos dar um passeio? Pra ficar completo? – perguntou Mariana.

– Bora lá! Aonde vamos?

Mariana apontou para o helicóptero.

– Está de brincadeira, né?

– Negativo! Faz um tempão que quero ir, mas nunca tenho companhia.

– Mas esse bicho balança! – disse Jaqueline, rindo de nervosa.

– Balança, mas não cai!

– Ah, sei lá, amiga! Tenho medo!

– Bom, eu não vou perder essa oportunidade de novo! Eu estou indo. Vai ficar?

– Ok! Me convenceu! Mas você pode me dar a mão?

Fizeram o passeio, que durou pouco mais de trinta minutos. Quando retornaram eufóricas e falantes, Mariana sugeriu:

– Chopinho de despedida na frente do hotel?

Segredos

— Sim, com toda a certeza! — respondeu Jaqueline.

Depois do ocorrido no Cristo, os assuntos ficaram superficiais e leves, como devem ser. Conversaram sobre o restaurante, sobre os vitrais da catedral, sobre o aqueduto de Santa Teresa, Circo Voador, sobre o passeio inesquecível de helicóptero que tinham acabado de fazer. Na verdade, o assunto continuava tranquilo, assim como ele era antes da conversa lá em cima, aos pés do Cristo.

O voo de volta era às 20h, também no Aeroporto Santos Dumont. A caminho do aeroporto, Mariana fez questão de passar pela marina, ela ficava encantada com a vida tranquila no mar. Chegaram com certa folga em relação ao horário estabelecido no aeroporto, para liberar o carro e embarcar, dessa vez com calma e tranquilidade, sem correria.

Ao entrar no aeroporto, Mariana pegou na mão de Jaqueline e falou:

— Jaque, quero te agradecer pela aventura! Obrigada pelo final de semana, por me dar o benefício da dúvida e viver essas loucuras, por realizar desejos comigo, por se permitir!

— Não tenho palavras para te agradecer, Mariana. Somente alguém assim, iluminada como você, seria capaz de proporcionar momentos tão incríveis como os que você me proporcionou. Nem acredito que tenho que voltar pra realidade agora!

— É, ainda não é permitido viver no paraíso 24 horas por dia – respondeu Mariana com um sorriso.

— E essa semana acho que vou do paraíso ao inferno, em um piscar de olhos.

— Ué? Por quê?

— Porque o Alessandro me espera, e preciso tomar alguma decisão.

— Calma, deixa acontecer. Inevitavelmente vocês terão que conversar, e devem conversar! De coração aberto, ouvir o que ele tem a te dizer e depois tomar as decisões.

— Ele não vai me deixar em paz!

— Se é isso que você deseja, ele vai sim, mas no tempo dele! O tempo pode ser o maior aliado ou o maior inimigo, só depende como você está observando os fatos.

— Depois de tudo que aconteceu aqui, não sei o que fazer!

— Inclusive, falando nesse assunto, seria pedir demais para que nada do que aconteceu aqui seja dito para NINGUÉM quando chegarmos? — perguntou Mariana.

— Você tem razão! Estarmos aqui juntas serviria somente para fomentar ainda mais a discórdia. Eu nunca vou me esquecer do que vivemos aqui, eu nunca vou esquecer a sua declaração de amor aos pés do Cristo. Não importa o tempo que passe.

Mariana nada falou sobre a frase de Jaqueline. Entraram no avião.

Assim que a aeronave levantou voo, Jaqueline fechou os olhos, como se fosse dormir ou descansar. Entretanto, seu pensamento estava profundamente agitado. Como era possível tudo aquilo que acabara de ter acontecido? Como era possível ela estar envolvida com duas pessoas tão diferentes? De um lado, Mariana, firme, decidida, educada, mulher. Do outro, Alessandro, um bruto, casca-grossa, mas que não se cansava de repetir em palavras o quanto amava aquela mulher. E como seria sua vida a partir dali? Ela sabia o quanto gostava de ter relações sexuais com mulheres, mas se relacionar verdadeiramente era algo que jamais lhe havia passado pela cabeça. E como seria a reação de Alessandro? E como seria encarar Mariana, desejando estar com ela, mas não tendo coragem?

Durante o voo até Porto Alegre, a médica organizou a agenda para a semana e procurou ajustar alguns detalhes que se faziam necessários para retomar as atividades. Aterrissaram no aeroporto, Mariana pegou o carro e levou a amiga para casa. Seu namorado não estava mais em frente ao prédio, sendo assim, a garota pôde estacionar tranquilamente, colocando seu carro na vaga de visitantes. Jaqueline se virou no banco do carona, ia falar alguma coisa, respirou fundo duas vezes, inclinou o corpo e deu um beijo demorado na bochecha de Mariana, que se permitiu ser beijada com aquele amor que Jaqueline conseguia dar. Jaqueline desceu, pegou suas sacolas que estavam no banco traseiro e foi até a portaria do edifício. De lá, olhou fixo para Mariana, que segurava o volante firme, e entrou. A garota arrancou com calma, pensando em tudo que acontecera.

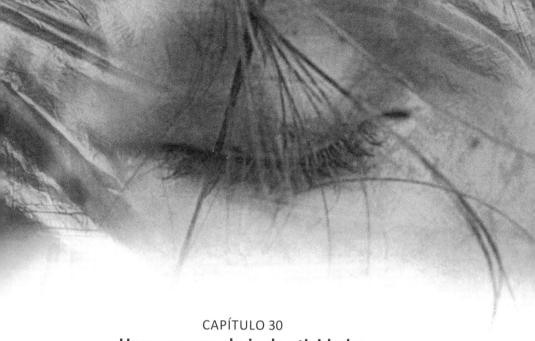

CAPÍTULO 30
Uma semana cheia de atividades

A agenda de Mariana estava completamente lotada. Tinha reservado somente a noite de quinta-feira para jantar com Veridiana, que comemorava seus 48 anos. E os casos daquela semana não seriam fáceis. Enfrentou uma semana turbulenta, de desafios, mortes, perdas. Por vezes sua memória a traía, e ela pensava no que havia acontecido no Rio. No grupo dos amigos, as mensagens rotineiras de bom-dia, boa-noite já não faziam mais tanto sentido, como se tivesse se perdido no tempo e espaço, e Mariana limitava-se a olhar, mas não respondia.

Não menos tumultuada era a agenda de Jaqueline. Ela tinha pacientes em todos os turnos e por vezes ainda promovia "encaixes" a fim de atender toda a demanda que lhe era dada. A secretária do consultório em que atendia, depois de infinitas ligações de Alessandro, conseguiu marcar um jantar para ambos na quarta-feira.

Alessandro, embora cheio de trabalho e de fornecedores para atender, ligou incessantemente para a namorada, até que conseguiu um jantar com ela na quarta-feira. Combinou com a secretária de Jaqueline que a pegaria em casa às 20h.

Helena e Gabriel passaram a semana dentro do escritório, conferindo e fazendo uma centena de declarações de imposto de renda, fechamento de folhas-ponto, pagamentos. Aquela rotina de números que circunda a vida dos contadores.

Veridiana passou a semana organizando os queijos e vinhos que ofereceria em sua casa na quinta-feira, na comemoração de seu aniversário.

Leonardo varreu as joalherias de Abu Dhabi procurando o presente perfeito para sua amada. Chegou a Porto Alegre na manhã de quinta-feira, passaria somente a quinta e a sexta com Veridiana. Sábado estaria de volta a São Paulo.

Quarta-feira, 20h

Alessandro encostou o carro em frente ao edifício de Jaqueline e mandou mensagem informando sua chegada. A garota, que sempre o esperava pronta, pois detestava atrasos, desta vez, ainda não havia concluído seus pensamentos. Jaqueline estava sentada em seu balanço, de frente para a janela. Já estava arrumada, mas olhava as fotos da viagem do final de semana, lembrava de todo o ocorrido, como um filme que passa voando pela memória. Sabia que tinha que descer logo, pois era perigoso ficar dentro do carro, mas, antes de descer, mandou, via mensagem, uma foto para Mariana de ambas juntas vendo o pôr do sol na praia do Arpoador.

Enquanto Jaqueline descia, um calafrio lhe passou e, como um aviso do destino, resolveu trocar a senha de seu celular.

Mariana, que tinha recém chegado em sua casa, sabia que estava recebendo uma mensagem de Jaqueline, pois havia colocado um toque especial para a amiga em seu celular. Antes de correr e abrir a mensagem, como era sua vontade, ela ficou encostada no parapeito da cobertura, contemplando a noite, o Lago Guaíba e a lua, no apartamento onde morava. Abriu a mensagem, a foto lhe trouxe uma tristeza, pois sabia que aqueles momentos, além de não se repetirem, não podiam ser compartilhados. Levou as duas mãos ao rosto e pensou por longos segundos. Caminhou até seu bar, serviu um whisky e pediu para seu comando de voz tocar a primeira música que estivesse na playlist. A dupla Henrique e Juliano encheu o ambiente com uma deliciosa canção:

De pijama ou maquiada, desbocada ou educada
De vestido pra sair ou de chinelo Havaiana
De TPM ou sossegada ou viajando ou aqui em casa
Sem dinheiro pra sair ou com a vida arrumada
Eu te quero de qualquer jeito
Com raiva ou medo, de fogo ou desejo
Suas virtudes e os seus defeitos
Põe tudo na mala, não esquece de nada
Vem pra minha vida, vem
Que eu não quero mais nada
Mais nada e nem ninguém
O que há de bom nas outras, você tem vezes cem
Meu coração tá pronto esperando por você

Tirou os sapatos, começou a descer os degraus da piscina lentamente, largou o copo junto à borda e entrou, de roupa e tudo, na água. Ficou lá, dentro d'água, olhando a foto no celular, escutando a música, bebendo ao luar.

Jaqueline saiu do prédio e entrou no carro de Alessandro rapidamente. Ele, dentro do carro, lhe entregou um buquê de rosas e foi em direção a lhe dar um beijo. A garota desviou e deu a bochecha ao namorado. Ele arrancou o carro e os levou para uma churrascaria bastante tradicional na cidade. Jaqueline apenas observou.

Chegaram ao local do jantar. Alessandro desceu do carro, Jaqueline largou as flores no banco e desceu. Ele acionou o alarme do veículo, caminhou em sua direção, pegou na sua mão. Jaqueline apenas observou suas atitudes. O garçom os conduziu até a mesa e fez as tradicionais perguntas do que desejavam beber. Ao contrário de outros momentos, Alessandro esperou Jaqueline decidir o que desejava. Ela pediu vinho tinto seco (que ele não gostava), ele pediu cerveja.

Então finalmente Alessandro iniciou a conversa:

— Estava com saudade de você! Como foi seu final de semana? – perguntou curioso.

— Foi ótimo e o seu? – respondeu Jaqueline, devolvendo a pergunta.

— Não foi legal, estava preocupado com você.

Alessandro batia os dedos impaciente na mesa à espera da cerveja. Jaqueline apenas observava.

— Sinto muito pelo que aconteceu na sexta! Não sei o que me deu! – disse Alessandro.

— Se você não sabe, como eu vou saber?

— Gata, eu te amo demais, não imagino minha vida sem você. E você sabe que eu não gosto de algumas coisas, tipo... não gostei da Mariana se exibindo tomando bourbon, enquanto todo mundo tomava coisas normais!

— O que tem de mais em tomar um bourbon? Você sabe o que é um bourbon? – indagou Jaqueline.

— Saber eu não sei, nunca tomei! É caro pra caramba! Pra que meter ostentação dessa forma?

— Ostentação? – questionou Jaqueline.

— Sim, ela faz isso pra chamar sua atenção! – disse Alessandro, já mostrando estar desconfortável com a conversa.

— Mas, pelo jeito, ela chamou a sua atenção, não a minha! Então, não acho que seja isso, não! É bem normal a Mari pedir whisky e depois beber somente água. É o jeito dela.

— Claro, você deve conhecer ela mais que eu, tem razão! É que não fico à vontade com essas atitudes, sabe, sou um cara simples!

— A Mariana também é uma pessoa simples. Hoje ela tem mais condições, mas vem de uma educação supersimples, de escola pública, vem da mesma escola que a Helena.

— E de que adianta ela ter tido essa educação, se agora fica se exibindo pra todo mundo? Trocando de carro, viajando pro exterior? Ela só faz chamar a atenção e ostentar!

— Não é bem assim como você está falando. Ela ralou pra caramba pra passar no vestibular, estudava dia e noite, entrou na faculdade com

17 anos. Seu pai, quando descobriu que ela saía com meninas, a colocou pra fora de casa.

– Eu teria feito o mesmo. Imagina, ficar sustentando as orgias de uma lésbica!

Jaqueline quase não acreditava no que ouvia, mas continuou seu pensamento:

– Sua mãe, totalmente maluca e descompensada, nunca mais a procurou. Pra ela não ir morar na rua, conseguiu um quarto em uma casa de estudante. Lá ela fazia uma grana extra, ajudando os colegas nas tarefas. Estava no terceiro semestre de faculdade, não podia estagiar, só se ferrava, foi trabalhar em um bar para poder pagar as contas.

– Viu como ela se faz de coitadinha? Assim ela acabou por dar um belo de um golpe na Isabela e ficou com toda a grana dela. Se ela não tivesse infartado, era capaz de tê-la matado para ficar com o dinheiro.

– Você está louco ou perdeu totalmente o juízo? A Mariana era completamente doida por aquela mulher. Se você não sabe, ela até tentou se matar quando foi informada da morte da companheira.

Alessandro ouvia o relato, mas sempre rebatia com alguma ideia sabe-se lá vinda de onde.

– Quando eu conheci a Mari, ela parecia um zumbi, basta olhar as fotos dela, magra, irreconhecível. Mesmo assim, ela continuou firme. No nono semestre de faculdade, ela foi fazer um seminário de obstetrícia, com uma médica bambambã. Lá, ela reencontrou Isabela, a qual ela tinha visto poucas vezes na praia, mas nunca tinha se aproximado. Naquela noite, Mariana decidiu que viveria a loucura daquele amor platônico.

– Ela decidiu, ou havia encontrado uma mina de ouro?

– Por favor, Alessandro, se você não quer ouvir, eu não preciso ficar falando. Pelo jeito, já fez seu completo mapa da Mariana, mesmo sem conhecê-la profundamente.

Alessandro secou mais um copo de cerveja e já levantava seu dedo, indicando ao garçom o pedido de mais. Jaqueline continuou:

– Então, após um café, ela e Isabela finalmente ficaram juntas. Para a surpresa da doutora, ela descobriu que a garotinha cheia de sonhos morava em uma casa de estudante caindo aos pedaços. Assim que elas começaram a namorar, Isabela convidou Mariana para ir morar com ela, e ela foi.

– Viu como eu estou certo? Ela se aproveitou. Quem vai morar logo com a namorada? Só uma aproveitadora como a Mariana. Se a Isabela fosse uma ninguém, que não pudesse lhe dar o conforto e os bens, será que Mariana teria ficado com ela?

– Claro que teria! Suas palavras me apavoram! Mariana pensava nessa mulher muito antes de saber quem ela realmente era!

Por mais que Alessandro interrompe-se a conversa, Jaqueline conhecia muitas versões da mesma história, pois a própria Veridiana tinha lhe contado em detalhes como tudo acontecera.

– Posso continuar? – perguntou Jaqueline.

– Siga na defesa de sua amiga! – falou Alessandro de forma debochada.

Jaqueline apenas continuou com suas palavras:

– Um ano depois, Mariana se formava, e sabe quem de sua família estava lá? NINGUÉM! Seus convidados eram a Helena e o Gabriel, que era apenas namorado na época, Veridiana e Leonardo, Sandra e Fábio, seu ex. Foi aprovada em primeiro lugar na residência médica para cirurgia geral, dedicação integral à Medicina e à sua amada. Resolve tirar férias, fica no Brasil, enquanto Isabela vai para Boston. Isabela tem um infarto fulminante e retorna para o Brasil dentro de um caixão. Você consegue imaginar que alguém que passa por tudo isso quer chamar a atenção?

Depois dessas palavras, Alessandro não conseguiu falar nada e, por mais que aquelas frases fossem verdades, ele as desconhecia. Ficou tão espantado com o que Jaqueline acabava de lhe contar que tinha tomado quase toda a sua segunda cerveja. Jaqueline aproveitou para respirar, tomar um gole do vinho e continuar.

– Declaração infeliz a minha! – disse Alessandro.

– Muito! Mariana ficou sozinha, de novo, aos 28 anos. Desta vez, com o apartamento que elas moravam, que a mãe de Isabela deixou com Mariana. Ela viveu um luto tremendo, sofreu demais para se recuperar.

Se culpou de todas as formas, mas superou, e sempre foi aquela amiga que todos enxergam!

Alessandro, que já comia há algum tempo, limitava-se a escutar e continuar sua refeição. Jaqueline pediu um queijo ao garçom e alguns corações de frango.

– Como você e Mariana se conheceram? – perguntou Alessandro.

– Nos conhecemos em uma festa da Administração, da qual Veridiana me convidou para participar, anos depois da morte de Isabela.

– E se deram bem, assim, de saída? – indagou Alessandro.

– Sim e não! A Mariana era muito fechada, ela tinha perdido a Isabela há pouco tempo, não queria amigos, relacionamentos, nada. Pouco interagia. Confesso que a achei uma chata no início, porque, afinal de contas, ela não dava abertura nenhuma.

– Então você sabia que ela é lésbica?

– Sempre soube. A Mari nunca escondeu de ninguém!

– E ela e a Helena, nunca tiveram nada? Afinal são amigas desde a adolescência.

– Olha, que eu saiba não! Também não sei se elas comentariam, porque, se aconteceu, acho que foi em um passado muito distante, bem antes do Gabriel.

– Ah, mas ela e a Veridiana, com certeza! Duvido que, se vacilar, ali não rola um trisal!

– Nossa, Alessandro, tudo para você se resume a sexo. Amigos não precisam transar para serem melhores amigos, e não é porque a Mariana se relaciona com mulheres que ela age como um cachorro louco, querendo trepar com todo mundo!

– Você já perguntou a elas se já estiveram juntas?

– Sim, e te respondo por quê! A química, a cumplicidade delas, é algo além das estrelas, as meninas se conhecem pelo tom da voz, pelo olhar, pela entrelinha da mensagem que não é enviada. É muito tempo de relacionamento, é muito amor envolvido para um simples mortal como você entender!

Jaqueline silenciou-se, a fim de poder comer alguma coisa, e continuou sua refeição calmamente, enquanto Alessandro devorava todas as carnes da churrascaria.

– Afinal, Alessandro, este jantar é pra quê? – perguntou Jaqueline.

– Como assim? Eu estava com saudade, queria jantar com minha namorada!

– Estranho. Primeiro porque não tenho certeza de que continuamos namorando, segundo porque você me fez um interrogatório sobre a Mariana, terceiro porque acho que é você que me deve uma explicação, e não o contrário – disse Jaqueline de forma dura.

Largando os talheres no prato e encarando Alessandro, prosseguiu:

– E então, o que tem para me dizer?

– Desculpa, esse meu jeito tosco e turrão faz confusão de vez em quando! Cara, tenho ciúmes de vocês duas!

– Por quê? – perguntou Jaqueline.

– Porque ela gosta de mulher, porque você nos últimos tempos também mostrou gostar, porque... ah, sei lá... porque eu te amo, e isso deveria te bastar.

– E você não acha que, se ela quisesse dar em cima de mim, já teria dado? – questionou Jaqueline.

– Mas aí que está! Eu acho que ela dá!

– Tá viajando, Alessandro!

– Viu, você também acha isso! Tanto que nem argumentou nada!

– E se for eu quem está dando em cima dela? – perguntou Jaqueline.

Alessandro largou os talheres de forma rápida, deixando-os cair no prato e fazendo relativo barulho. Encarou Jaqueline, suas narinas chegavam a tremer de raiva, respirou como um touro bravo.

– Tá de palhaçada, né? Ela é sem sal, sem graça, só fala de trabalho!

– Estou te dando hipóteses, para ver se desfaz estas ideias malucas!

– Está me dizendo que está a fim da Mariana, então? Quer que eu a chame pra sair conosco?

– Não, Mariana é minha amiga. Eu a respeito e ela me respeita, é mútuo! Eu jamais iria propor a ela algo desse tipo. Eu respeito você também, foi você quem propôs essas novidades na minha vida. Eu topei e curti. Ponto! Entendido? Mariana não é nossa conversa nem nosso problema! – respondeu Jaqueline.

– Jaque, eu te amo. Você não está pensando em me deixar, né?

– Pensei, pensei muito esse final de semana! Mas eu gosto de você, acho que merece uma segunda chance! Mas escuta bem, NUNCA mais você vai levantar a voz pra mim. Entendeu?

– Prometo – respondeu Alessandro, que contornou a mesa e deu um beijo engordurado na namorada.

O jantar terminou em clima de paz, conversas tranquilas, embora Alessandro tenha sondado diversas vezes por onde Jaqueline tinha estado no final de semana e com quem.

Jaqueline levantou-se para ir ao toalete. Neste instante, uma mensagem entrou em seu celular. Prontamente, Alessandro tentou desbloqueá-lo para ler a mensagem, mas sem sucesso. Ao Jaqueline retornar para a mesa, Alessandro perguntou para ela:

– Você trocou a senha do seu celular?

– Você mexeu no meu telefone? – indagou Jaqueline.

– Não, quer dizer, entrou mensagem, ia olhar pra te avisar, mas não consegui!

– Não precisa me avisar. Quando eu quiser, eu olho! Não mexa no que não é seu! É falta de educação, sabia? – advertiu Jaqueline.

– Um casal não deve ter segredos um para o outro!

– Eu não tenho segredos, eu não me importo com o que você pensa sobre segredos. Não mexa nas minhas coisas, nunca mais, entendeu? – disse Jaqueline com olhar furioso.

– Tá bom. Nossa! Que braba! Adoro quando você fica assim! – Alessandro falou disfarçadamente.

A curiosidade de ambos em relação à mensagem era gigante. Alessandro, mesmo sem conseguir ver o conteúdo, conseguiu ler que era uma mensagem de Mariana, e Jaqueline apenas espiou o conteúdo, não queria abrir a mensagem e dar margem ao namorado de ler alguma coisa.

Após pedir a conta, o casal levantou e encaminhou-se em direção ao carro. Entraram, cada um pela sua porta. Jaqueline recordou-se imediatamente da gentileza de Mariana abrindo a porta do carro. Alessandro arrancou em direção à casa de Jaqueline. Ao chegar lá...

– Você trouxe o controle do portão? – perguntou Alessandro.

– Pra quê?
– Para eu deixar o carro na vaga de visitantes.
– Mas eu não convidei você para ficar!
– Como? Está me mandando embora? – questionou Alessandro.
– Sim, amanhã tenho pacientes cedo, estou cansada e desejo dormir sozinha.

Jaqueline desceu do carro com as flores na mão, Alessandro arrancou antes que a namorada pudesse entrar no portão, dando apenas uma buzinada ao arrancar. Jaqueline olhou para as flores, viu um vaso vazio na recepção e as colocou lá. Entrou no elevador e foi olhar suas mensagens, somente uma era de Mariana, que mandara apenas um boa noite.

Em seu apartamento, já fora da piscina, Mariana caminhava encharcada pela cobertura em busca de seu robe. Entrou no banho quente, apreciou aquele momento lembrando dos momentos vividos no final de semana passado, e depois se encaminhou direto para a cama. Como sempre, despiu-se, deitou, abraçou o travesseiro, mas, antes de adormecer, olhou mais uma vez a foto enviada por Jaqueline. Adormeceu, quinta-feira seria um dia longo.

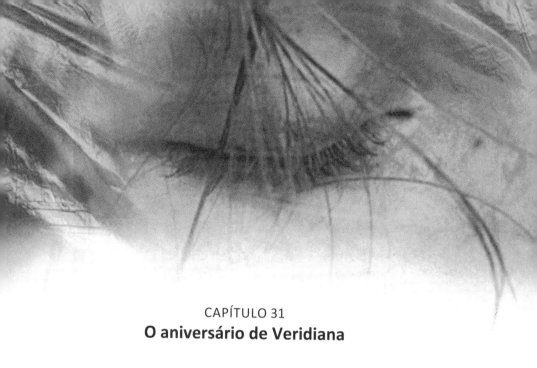

CAPÍTULO 31
O aniversário de Veridiana

O dia passou correndo para todos, principalmente para a aniversariante, que arrumou tudo de forma detalhada, prestando atenção a todos os detalhes com muito carinho. Veridiana recebeu a entrega dos vinhos selecionados que havia adquirido, foi até o Mercado Público de Porto Alegre buscar os queijos e quitutes que serviria naquela noite. Eram dez pessoas para a recepção, mas Veridiana era especialista em dar excelentes banquetes.

Jaqueline passou o dia no consultório, havia antecipado dois pacientes de sexta de manhã para a tarde de quinta, pensando que de repente a festa poderia vir a se estender.

Mariana, em uma tarde de poucos percalços, deu uma fugida de seu consultório e foi ao shopping, afinal precisava encontrar um presente para sua amiga. Aproveitou para comprar um jeans novo e uma camisa na loja de que mais gostava. Caminhou incessantemente até que formulou o presente ideal: uma cesta com um bom espumante, flores e um bom livro, recomendado pela menina da loja. Voltou ao consultório umas duas horas depois, tudo estava calmo, nem parecia quinta-feira, dia de agenda cheia. No final da tarde, foi para casa se preparar para o encontro.

Pouco depois das 20h, os convidados começaram a chegar à casa de Veridiana, que já mostrava a todos fascinada o anel de brilhantes que havia ganhado de Leonardo.

Helena, Gabriel, Jaqueline e Alessandro chegaram praticamente juntos novamente e foram anunciados no mesmo momento na portaria do condomínio de Veridiana. Alessandro fez questão de entrar na casa de Veridiana de mão com Jaqueline, chegou olhando para todos os lados, como se quisesse mostrar a todos que eles estavam juntos. Além dos dois casais, havia outro casal, Giovana e Maurício, que eram colegas de Veridiana na produtora. Logo chegou Júlia, a mais jovem do grupo, funcionária de Veridiana.

Júlia é publicitária, solteira, mais ou menos 24 anos. Loira, aproximadamente 1,70m de altura, 55kg, sorriso largo, cabelos longos e lisos, de uma beleza singular. Procurava interagir com todos, mas foi Jaqueline quem primeiro observou a chegada da linda garota ao recinto.

As conversas divertidas entre todos promoviam integração e interação entre os diferentes núcleos naquela sala. Jaqueline levantou-se para buscar mais um cálice de vinho e foi observada por Alessandro, mas mesmo assim pegou seu celular e mandou uma mensagem para Mariana:

🟢 Cadê você?

Poucos minutos depois, Mariana chegou. Animada, com seu presente nos braços, deu um longo e apertado abraço em Veridiana.

— Minha amiga querida, como sou grata por te ter em minha vida. Te desejo o mundo, nada mais... desejo que tudo que você desejar de coração se realize... muita saúde, paz, amor, dinheiro... tudo. Te amo, amiga! – disse Mariana, dando um novo abraço em Veridiana.

— Obrigada, minha linda! Eu que sou grata! Você é um ser de luz! Obrigada pelo presente! – agradeceu Veridiana.

— Você merece o mundo. Não é mesmo, Leonardo? – disse Mariana, já incluindo o anfitrião na conversa, que aguardava paciente pelo seu abraço, que não foi menor em relação ao de Veridiana.

— Meu Deus, é sério isso? Que coisa mais linda, amiga! Que maridão, hein? Leo, seu lindo, quanta delicadeza nesta joia! Vocês foram feitos um para o outro! Amo vocês, seus queridões! – falou Mariana, dando um abraço simultâneo nos dois.

Veridiana, que sempre é muito observadora, comentou com Mariana:

— Amiga, que calça linda! Combinação perfeita! Jeans, camisa e jaqueta de couro. É muito estilo!

Mariana apenas agradeceu com a cabeça e um sorriso tímido.

— Boa noite a todos! — disse Mariana, cumprimentando a todos a distância, visto que não queria aproximação com Alessandro.

Aproximou-se novamente de Veridiana com o intuito de olhar mais uma vez a joia. Veridiana, que de boba não tinha nada, pegou Mariana pela mão e disse:

— Vem comigo, quero te apresentar uma amiga!

Mariana foi sem pestanejar. Jaqueline acompanhou a cena com os olhos. Alessandro apenas observava Mariana, o homem esqueceu-se de olhar para sua mulher, que não desgrudava os olhos das duas.

— Júlia, essa é a Mari, a amiga médica de que te falei. Lembra? — perguntou Veridiana.

— Ah, sim! Oi... — Júlia colocou a mão no ombro de Mariana e deu-lhe um beijo no rosto.

Mariana retribuiu o beijo segurando-a pela cintura.

— Prazer — disse Mariana.

Jaqueline observava a cena e não tardou em interrompê-la.

— E aí, pessoa?! Tá viva? Pra que serve esse aparelhinho se você não responde as mensagens dos amigos? Pior é visualizar e não responder! — disse Jaqueline diretamente para Mariana.

— Olá! Viva e correndo sempre! Algumas vezes visualizo e deixo pra responder depois, daí me esqueço. É muita coisa, sabe como é? — respondeu Mariana, mas encarou Júlia, como se aquilo por vezes acontecesse e aquela não estivesse sendo uma cobrança exacerbada.

Visto que Jaqueline fez questão de ir cumprimentar a amiga, retribuir o cumprimento se tornava parte das boas maneiras a que Mariana fora ensinada. Acenou com a cabeça para Alessandro, deu um beijo em Helena e Gabriel, se apresentou para Giovana e Maurício.

Veridiana perguntou da cozinha:

— Vinho, Mariana?

— Sim, por favor.

— Tinto ou branco?

— Tinto.

Mariana pegou o cálice e brindou primeiramente com a aniversariante, na sequência fez o movimento de brinde a todos na sala, retribuído com um belo sorriso por Júlia. Jaqueline estava sentada no sofá, ao lado de Alessandro, que conversava fervorosamente sobre o Grêmio com Maurício e Gabriel.

— Como foi seu dia na produtora? – perguntou Mariana para Veridiana.

— Ah, hoje foi de boas. Trabalhei somente pela manhã! A Júlia ficou lá hoje e quebrou todos os galhos. Nesta época de orçamentos para formaturas, casamentos, festas de aniversário, é mais trabalho burocrático atrás do computador mesmo, não tem tanta gente pra atender. E o seu plantão?

— Estava no consultório hoje, e, nossa, nem parecia dia normal. Foi uma paz, peço que o telefone não toque ao longo da noite com mil loucuras. Apesar de que a semana foi muito puxada, até hoje. Vai ver que sabiam que era teu aniversário e que eu não poderia estar cansada – respondeu Mariana rindo.

Mariana virou o rosto para o sofá, em que lado a lado Jaqueline e Júlia estavam sentadas.

— E o seu dia, como foi? – perguntou Mariana, olhando mais diretamente para Júlia, mas quem respondeu foi Jaqueline.

— Cheio! Meus pacientes hoje se puxaram...

Mariana olhou com carinho e respeito para Jaqueline e lhe respondeu:

— Acredito, sua rotina também não é fácil.

— E o seu, Júlia? Muito trabalho para cobrir a ausência da aniversariante? – perguntou Mariana.

— Não muito. Como eu trabalho mais na parte de edição, publicidade de vídeos e criações, responder e-mails não é necessariamente meu forte, mas me viro bem! E, qualquer coisa, amanhã a aniversariante resolve a bronca – respondeu rindo Júlia.

Jaqueline levantou do sofá e dirigiu-se à cozinha. Ao passar por Mariana, perguntou:

– Água?

– Sim, por favor – respondeu Mariana.

Alguns instantes depois, Jaqueline chamou com um aceno de mão Mariana na cozinha e apontou para a garrafa de água, ainda fechada. Mariana entendeu o recado. Levantou-se do banco alto em que estava sentada, largou sua taça no aparador e foi até a cozinha.

– Precisando ir à academia, amiga? – perguntou Mariana rindo.

Jaqueline passou-lhe a mão na bunda, deu-lhe um leve beliscão na nádega e respondeu com outra pergunta:

– Mais força?

Mariana deu apenas aquela contraída no glúteo, respirou fundo e abriu a garrafa. Veridiana entrou na cozinha, observou e começou a levar as tábuas de queijo para a mesa central. Abriu outras duas garrafas de vinho e colocou água em uma jarra.

Mariana seguiu sentada no banco alto, flertando a distância com Júlia, visto que Jaqueline não arredava o pé do sofá. As conversas eram cruzadas, divertidas, bem como deve ser um encontro de amigos em um aniversário. Na casa de Veridiana, ao lado de onde a médica estava sentada, havia um pequeno bar. Mariana tinha comido um pequeno pedaço de queijo azul, que deixa um cheiro particularmente bastante forte nas mãos. Com preguiça de ir até o toalete, fez a volta nesse bar e lavou as mãos na pia que ali havia. Júlia levantou rapidamente e sentou no banco em que Mariana estava sentada, forçando-a a ficar em pé no bar. A doutora deu um sorriso malicioso para a atitude de Júlia e, brincando, disse baixinho:

– Como posso servi-la, linda dama?

– Como você quiser! – respondeu Júlia marotamente.

Mariana debruçou-se por cima do bar e falou algo baixinho no ouvido de Júlia. Jaqueline olhava as duas, quase bufando. A médica então resolveu enlouquecer a amiga de vez e ajeitou com carinho o cabelo de Júlia. O resto dos convidados conversavam sem prestar atenção no que estava acontecendo, exceto Veridiana.

A noite passou assim, Jaqueline observando Mariana e Júlia, Alessandro, que estava tomando cerveja, já havia tomado uma caixa e já não era mais a melhor companhia, Helena e Gabriel estavam descontraídos conversando com Maurício e Giovana. Mariana sussurrou mais uma vez no ouvido de Júlia, que sorriu e falou algo baixinho no ouvido dela. Minutos depois...

– Bom, galera, a companhia está maravilhosa, mas um plantão me espera amanhã. Agradeço a excelente conversa, mas preciso me retirar – disse Mariana.

Veridiana fez uma carinha de choro, mas se surpreendeu quando o relógio apontava quase meia-noite. Sendo assim, os convidados entenderam que provavelmente já era hora de todos se recolherem.

– Posso te dar uma carona? – perguntou Mariana a Júlia.

– Pra onde você vai? – perguntou de volta Júlia.

Mariana olhou sorrindo, um olhar sedutor e convidativo, e continuou se despedindo dos demais convidados. Beijou Helena e Gabriel, acenou a cabeça para Alessandro, beijou Giovana e Maurício e finalmente chegou em Jaqueline, que a segurou firme pela cintura e falou baixinho em seu ouvido:

– O que você está fazendo?

Mariana apenas sorriu ordinariamente de volta, foi até seu carro e abriu a porta do passageiro, como de praxe. Olhou para Júlia e tornou a convidá-la:

– Posso levar você?

– Mas você nem sabe onde eu moro – respondeu Júlia, que havia percebido a atitude de Jaqueline.

– Bom, contanto que não seja em Santana do Livramento, deve dar tempo de eu voltar pro plantão – respondeu Mariana, rindo.

– Vai logo! – disse Veridiana.

– Nossa, você tem torcida organizada? – perguntou brincando Júlia.

– Pra você ver! – respondeu Mariana, rindo e dando uma leve piscadela.

Júlia entrou no carro e Mariana fechou a porta. Deu um último beijo em Veridiana e foi em direção à porta do motorista, não sem antes encarar Jaqueline, que estava literalmente prestes a explodir. Alessandro já estava dentro de seu carro, nem viu o que aconteceu, mas Veridiana novamente pegou algo no ar. Jaqueline rapidamente pegou seu celular e mandou mensagem para Mariana:

🕻 Por quê?

Mariana, que já estava entrando no carro, olhou a mensagem, levantou a cabeça e a acenou em direção a Alessandro. Arrancou o carro lentamente, já iniciando uma boa conversa com Júlia, deixando a todos com uma pergunta no ar: para onde elas iriam?

Jaqueline entrou no carro de Alessandro desconcertada, mas precisava segurar sua onda, para que o namorado não percebesse nada. Como havia bebido, estava um pouco sem noção de seus sentidos e bateu a porta do carro com tanta violência que Alessandro quase saiu pelo outro lado. Assustado, ele perguntou:

– Tá tudo bem?

– Sim, acho que bebi demais. Perdi a noção da força. Vamos embora! Agora – disse Jaqueline.

– Que tal um motelzinho? – indagou Alessandro.

– Tá louco? Não quero transar com você nem sóbria, imagina bêbada!

– Eita, bebeu demais mesmo! Soltou a fúria que habita em você! Não sou um monstro, não vou te obrigar a nada!

– Assim espero!

No carro de Mariana, o clima era confortável. Júlia guiava Mariana, que dirigia com muita calma, aproveitando a bela companhia, que infelizmente lhe disse que não poderia "esticar" a noite por motivos particulares. Ao chegar à casa de Júlia, Mariana lamentou, então a menina disse que ela poderia estacionar na garagem, assim ficariam mais seguras. E assim, em total discrição, na garagem, elas poderiam aproveitar para se conhecer melhor.

Conversas diversas e agradáveis, mas o corpo da médica estava pegando fogo. Mariana estava tomada de tesão, pegou firme o pescoço de Júlia, dando uma leve puxada em seus cabelos, e a beijou demoradamente. Júlia retribuiu o beijo, o clima esquentou dentro do carro.

Mariana propôs novamente irem para um lugar mais confortável, Júlia negou. A médica então jogou seu banco do carro para trás, Júlia sentou em seu colo, abriram seus jeans e ficaram ali, em uma troca de carinhos por um longo tempo. Júlia abriu a camisa de Mariana e ficou lhe acariciando os seios por um longo tempo, estava adorando o efeito que estava causando na médica. Quase três da madrugada, Júlia disse que precisava se recolher e prometeu terminar a noite em outra ocasião. Ajeitaram suas roupas, trocaram telefone e a médica foi embora, em segurança, para sua casa.

Durante o tempo que passara com Júlia, a médica optou por colocar seu telefone no modo silencioso. Quando chegou em casa, observou 14 mensagens de Jaqueline em seu telefone. Pelo horário das mensagens, Mariana supôs que Alessandro não estava com a amiga e respondeu a mensagem.

🕾 3h26: Boa noite, bom descanso.

Quando o telefone vibrou embaixo do travesseiro, Jaqueline deu um pulo e correu para olhar a mensagem. Olhou o horário e já começou a digitar mensagens para Mariana:

🕾 O que você pensa que está fazendo?

🕾 Tá de brincadeira, só pode! Saiu com a menina e só chegou agora?

🕾 E tudo que você me disse no final de semana?

🕾 Não dá pra acreditar nas pessoas mesmo!

🕾 Jamais imaginei que você iria me trair!

Mariana só ria das mensagens, tirava sua roupa devagar e ia acompanhando a crise de ciúmes da garota, enquanto se preparava para dormir. Jaqueline mais brava ia ficando, ao ver que Mariana visualizava as mensagens e não as respondia. E continuou:

🕾 Jamais imaginei que você fosse dessas que "arrasta" a menina na primeira noite!

🕾 Espero que tenha sido bom, que sejam muito felizes!

🕾 Vocês se merecem!

Mariana resolveu intervir, antes que Jaqueline dissesse algo de que poderia se arrepender no futuro.

📱 Jaque, o Alê não tá aí, né?
📱 Que te importa o Alê agora?
Mariana pegou o telefone e ligou para Jaqueline.
– Amiga, o que você está fazendo? Com você e comigo? – perguntou Mariana.
– Como assim? – perguntou de volta Jaqueline.
– Aonde você quer chegar? Flor, quem tem compromisso é você, não eu! Foi você que voltou pro boy! Eu, eu sou solteira! – disse Mariana.
– Mas você disse que me amava!
– Sim, e por isso tenho que fazer voto de castidade? Ou ficar sozinha esperando se algum dia você vai saber lidar com seus sentimentos?
– Não foi o que eu disse! Mas ficar com ela na minha frente foi demais!
– Na sua frente?
– Sim, todo aquele cortejo, educação! – disse Jaqueline.
– Eu sou assim! Ou será que toda a minha educação pra você sempre foi porque eu estava interessada?

Jaqueline ficava cada vez mais perdida na conversa. Ao contrário de Mariana e Júlia, que tinham "curado" o porre, Jaqueline foi pra casa e tomou mais uma garrafa inteira de vinho. Por esse motivo, seus pensamentos não eram conexos.

– Fica comigo esta noite! – propôs Jaqueline.
– Não! Eu quero você por inteiro, sem dúvidas, sem alguém para se sentir traído!

Jaqueline desligou o telefone na cara de Mariana, que, embora tivesse esperado muito tempo por aquele convite, sabia ter tomado a decisão certa. A médica se recolheu, dormiria pouco mais de três horas naquela noite. Jaqueline esbravejou, chorou e, por fim, ligou para o namorado, que ainda não havia ido para casa, estava no bar com alguns amigos.

Quando Alessandro chegou ao apartamento de Jaqueline, ambos estavam embriagados demais. A garota mal abriu a porta do apartamento e foi abrindo as calças do namorado, que não entendia o que estava acontecendo, mas que não conseguia deixar de gostar da namorada louca naquela noite. Ao contrário de outros momentos, Jaqueline parecia estar completamente ensandecida. Arranhou, amarrou, bateu no companheiro. Aquele homem não era totalmente a favor dessas questões mais violentas, até porque tinha histórico de ter perdido a noção e ter machucado sua ex-namorada, mas Jaqueline não quis saber, inclusive amordaçou o namorado, para que ela se satisfizesse sem ouvir sua voz. Alessandro foi apenas um brinquedo naquela noite. Foi usado, em todos os aspectos, sem saber o que sua namorada realmente desejava e em quem pensava, pois, por mais que ela tentasse se concentrar, era em Mariana que pensava.

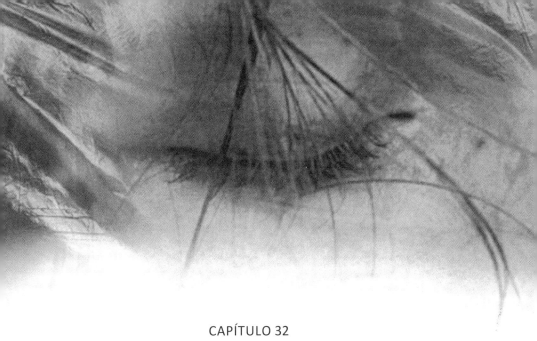

CAPÍTULO 32
Nada escapa de Veridiana

Pouco havia passado das 18h quando Veridiana mandou mensagem para Mariana, convidando-a para um vinho no final da tarde. A médica confirmou que iria, mas que ainda demoraria alguns minutos. Chegou à casa da amiga por volta das 19h30, Leonardo estava em São Paulo, no jogo do tricolor, e só retornaria a Porto Alegre na terça à tarde. Veridiana esperava a amiga em tom descontraído, uma playlist bastante variada rolava na televisão, com seus clipes do YouTube. Assim que a amiga chegou, lhe foi servida uma boa taça de Malbec. Clima perfeito criado por Veridiana para esclarecer suas dúvidas.

– Então, amiga, como foi o plantão? – perguntou Veridiana.

– Pesado! Nossa, hoje foi forte! Ainda bem que amanhã é só consultório – respondeu Mariana, dando um gole no vinho.

– E como foi a noite com Júlia? – indagou Veridiana com um sorriso malicioso nos lábios.

– Julia é muito interessante. Inteligente, bom papo, divertida. Uma excelente companhia.

– Vocês saíram daqui juntas, rolou a esticada clássica?

— Na verdade, não! Ficamos de boas curtindo na garagem da casa dela, mas ela não quis esticar.

— O quê? Você com toda essa sua sedução não arrastou a menina? – questionou Veridiana, zoando a amiga.

— Pra você ver, estou ficando enferrujada – respondeu Mariana rindo. – Na verdade, ficamos curtindo mesmo, nos conhecendo. Ficamos de terminar a noite outro dia. Vamos ver no futuro.

— Isso quer dizer que você curtiu, que vai ligar? Certo? – perguntou Veridiana.

— Curti, ela tem potencial.

— E a Jaque?

— O que tem a Jaque?

— Mari, eu não sou besta! Além de vocês duas terem sumido no final de semana passado, ela não desgrudou o olho de você a noite inteira.

— Capaz, isso não aconteceu. Talvez ela tenha se sentido um pouco preterida pela presença de Júlia. Você sabe, a Jaque ama ser o centro das atenções. E outra coisa, ela não desgrudou do chato do Alessandro a noite toda! Depois do que aconteceu na sexta-feira passada, não sei se eu olhava de novo para ele. Mas como quem o namora é ela, eu estou fora – disse Mariana, fazendo sinal com as mãos como se as estivesse lavando.

— Mas tem mais coisa aí do que você está me contando – disse Veridiana.

— Por que você acha isso?

— Eu vi o que aconteceu na cozinha. Eu vi o que ela lhe disse na despedida.

— Ela tinha bebido demais, só isso! Acho que tem aquela sensação de posse, sabe? Quando ela sai com os caras, se pega com eles nas festas, eu fico de boas. Talvez tenha agido daquela forma por ter sido a primeira vez que eu realmente cortejei alguém e ela viu.

— Pode ser, mas está mal contada essa história – disse Veridiana com tom de interrogação e um sorrisinho nos lábios.

Riram e mudaram de assunto. Entretanto, Veridiana tentava sem sucesso descobrir onde havia sido o final de semana de Mariana, que não deixava uma única pista. Sempre que podia, Veridiana tocava no assunto Jaqueline, e Mariana fazia de conta não prestar atenção.

Algumas semanas depois...

O grupo de amigos estava totalmente envolto em uma enxurrada de trabalho. Todos os *happy hours* e tentativas de encontro acabavam por ser desmarcados, ou davam errado. Por vezes era Mariana que ficava presa no plantão. Helena e Gabriel tinham concluído as infinitas declarações de imposto de renda que faziam todos os anos e agora revisavam os "malha fina". Alessandro vivia em um ótimo momento de vendas, estava trabalhando quase 12 horas por dia, seu tempo livre era na casa da namorada. Segundo ele, estava cansado demais até para ir ao futebol. Jaqueline ou inventava desculpas para não ir ao *happy*, ou realmente seu mundo estava desabando.

Mas finalmente, quase três meses depois do último encontro, o grupo conseguiu sentar para um chopp no final da tarde. Conversas aleatórias, Jaqueline não se conteve e comentou com Mariana:

– Nossa, amiga, tá diferente!

– Tá namorando! – respondeu Veridiana rindo.

– Namorando, não; estou de *crush*! – também respondeu rindo Mariana.

Jaqueline parou de sorrir instantaneamente e perguntou:

– Como assim?

– Como assim o quê? – perguntou de volta Mariana.

– De *crush*? Quem? Ah, tá de brincadeira que está saindo com a Júlia! – disse Jaqueline com ar de desdém.

– Ué? Por quê? – perguntou Mariana, querendo incendiar a conversa.

Veridiana apenas observava onde aquela discussão ia terminar. Praticamente esbravejando, Jaqueline respondeu:

– Sei lá, vocês não combinam em nada!

O tom de voz da garota estava completamente desconcertado.

– Ah, eu acho que elas têm tudo a ver! – disse Veridiana.

– Nem pensar! A Mari é toda metida, grã-fina, meticulosa. A menina é da comunicação, gíria, festa, sem contar que é um bebê pra ela – comentou Jaqueline.

Mariana observava com a mão no rosto como se estivesse pensativa, mas na verdade segurava o riso. Veridiana continuou o assunto:

– Em que pé está essa situação?

– Estamos bem, nos conhecendo. Temos uma agenda que não nos permite tantos encontros, mas está sendo bacana! Ela é gente boa, bonita, carismática, engraçada...

Ia continuar, mas foi interrompida por Jaqueline, que falou com ainda mais desdém:

– Tá! Se apaixonou por ela agora!

Alessandro, que somente observava o papo das garotas, se intrometeu na conversa.

– Qual é, Jaqueline? Tá se metendo na vida da Mariana? Por quê? Deixa a mina! Não estou te entendendo.

– Não te mete, Alê! O papo não é contigo – disse Jaqueline rispidamente.

– Ei, te liga. Não preciso ficar ouvindo teus latidos – falou Alessandro bastante alterado.

– Não sou as cadelas com que está acostumado, para me tratar assim! – disse Jaqueline, já falando mais alto que o normal.

Veridiana, Mariana, Leonardo, Gabriel e Helena apenas observavam a discussão. A médica, sempre tentando apaziguar, falou de forma tranquila com o casal:

– Tá tudo bem, gente. Calma. Não percamos a razão. Não precisa disso.

– A culpa disso tudo é tua, Mariana! – disse Alessandro aos gritos.

– Minha? – questionou Mariana.

– Sim! Você fez a cabeça da Jaque contra mim – falou Alessandro.

– Cara, realmente você não está bem. Não sei de onde tira essas ideias! Eu nunca falei mal de você! – retrucou Mariana.

– Mentirosa! Você fica sempre com esses joguinhos, manipula as pessoas. Encheu a cabeça da Jaque com ideias mirabolantes.

Alessandro seguia sua linha de quase paranoia em relação à garota.

– Realmente eu não sei o que você pensa a meu respeito, e também não quero saber. Esse é um problema teu e da Jaqueline, não meu

– ponderou Mariana. – Inclusive, eu desejo que vocês sejam muito felizes. Sério, assim, de verdade! Se você é o cara que ela escolheu pra vida dela, eu irei respeitar a decisão dela, mas a partir de hoje não me reunirei com o grupo se você estiver presente. Estou me retirando da sua vida e na vida de Jaqueline só ficarei se ela quiser. Aos demais, espero que entendam a minha decisão, estarei sempre disponível a todos vocês, mas não desejo mais ser submetida a essas situações ridículas às quais estou sendo exposta.

Mariana estava tão aborrecida com o que acabara de acontecer que ao levantar sacudiu a mesa, acabando por virar algumas bebidas nos amigos que ali estavam. Pediu desculpas, pegou suas coisas na mesa e saiu. Alessandro pulou e a agarrou pelo braço. Rapidamente, eu um único golpe, Mariana torceu o braço do homem, colocando-o de joelhos, até quase quebrá-lo, e disse:

– Nunca mais encoste um dedo seu em mim, ou será a última coisa que fará na sua vida. Eu juro! Some de perto de mim! Vai pro inferno!

A ira no olhar de Mariana era tanta que ela rangia os dentes, e a garota só largou o braço do homem quando Leonardo tocou em seu ombro. Olhou para o amigo, agradeceu, deu as costas e saiu, não sem antes ouvir de Alessandro:

– Isso que dá, ser amiga de sapatão!

Mariana respirou fundo, cerrou o punho e virou para dar um soco na cara de Alessandro, mas o encarou e disse:

– Você não vale a pena!

Saiu a passos largos e desapareceu rapidamente na multidão que curtia o fim da tarde na orla do Guaíba.

Os amigos imediatamente levantaram do bar, pagaram a conta e foram embora, sem falar uma única palavra com o casal, que permaneceu sentado. A menina, com as mãos na cabeça, disse:

– O que você fez? Você agrediu a Mari? Está maluco?

– Eu agredi? Essa vaca quase quebrou meu braço! Eu tinha que ter quebrado os dentes dela. Isso, sim. Mas ela não perde por esperar!

– Afinal, qual é o seu problema?

Alessandro continuava esfregando o braço dolorido.

– Por que tanta ira? Por que tanto ciúmes? – continuava indagando Jaqueline.

– Você acha que eu não tenho motivos para isso? Que ela é uma santa? Parece que você não vê, não enxerga? Ela não quer o bem de ninguém, só o dela. Ela tá tirando você de mim! – disse Alessandro.

– Você está louco!

– Não tem o menor cabimento o que essa mina faz! Ela se sente. Acha que é melhor que nós! Ainda dou um tiro naquela idiota!

Alessandro estava furioso.

Enquanto Jaqueline tentava pensar em alguma coisa, Alessandro pegou o celular e mandou uma mensagem para Mariana:

🕓 Eu vou te matar! Desgraçada!

Mariana leu, mas não deu importância, sabia que nada mais era que orgulho ferido de um homem, vendo seu relacionamento se esvair, terceirizando a culpa pelo seu fracasso naquela relação.

Jaqueline, ainda completamente atordoada pelo que havia acontecido diante de seus olhos, se recompôs e iniciou uma nova conversa:

– Sabe, Alê, idiota sou eu, que perdoei e tentei manter uma relação com um boçal como você!

– Ei, não mete nossa relação no meio, o problema é aquela mulher!

– Não, Alê, o problema sou eu! Eu, que fiquei cega por um cara sem a menor moral, sem educação. Eu, que achei que poderia moldar um ogro como você. O problema sou eu!

– Não, gata. Nós nos amamos, é ela que fica sempre se metendo no meio!

– Não, Alê, fui eu que a meti no meio. Fui eu que meti você no meio de amizades tão importantes. Fui eu, somente eu que errei.

Alessandro apenas ouvia.

– Eu não quero mais cometer esse erro, eu não quero mais ter que ficar entre você e meus amigos, entre você e a felicidade. Tentei demais fazer dar certo, talvez eu tenha até forçado a barra, eu tenho pressa em ser feliz. Mas eu não estou feliz contigo, nem nunca estive, e a culpa não é sua, é minha... na verdade, não é de ninguém... Sinto muito, não posso dar mais nenhum passo ao seu lado... nós paramos por aqui!

Alessandro gritou:

— Eu não aceito! Eu vou matar a Mariana! Ela não vai vencer!

— Não existe vencedor, não é uma disputa, e, se fosse, provavelmente Mari não estaria nela, porque ela simplesmente não precisa competir.

— Ela finalmente conseguiu. Eu não te reconheço, você não me procura mais, você não cuida mais de mim!

— Sou sua mulher, não sua mãe! Não confunda! – respondeu imediatamente Jaqueline.

— Mas você não pode me deixar! Eu não sei viver sem você! – disse Alessandro, segurando a garota pelos braços rispidamente.

— Eu peço apenas que respeite o que estou pedindo, é importante para mim esse tempo! Por favor, me solte. Você está me machucando. Eu não quero ainda mais escândalos hoje.

— Eu não posso respeitar! Eu amo você! Eu quero você! Eu não vivo sem você!

Jaqueline ouvia cada uma das frases de Alessandro já com certa preocupação, afinal ele não conseguia ou não queria entender as razões da garota.

— Eu entendo, e não concordo. Sim, você consegue viver sem mim! Entenda, por favor, que seu sentimento não é recíproco!

— Não interessa se não é recíproco, eu amo por nós dois! Isso basta. Bastou até agora – disse Alessandro chorando.

— Não bastou, me desculpa se pareceu bastar. Nunca foi o bastante nem o suficiente! – esclareceu Jaqueline cabisbaixa.

— Eu vou mudar. Eu juro!

— Você não precisa mudar! Precisa encontrar alguém que te ame, só isso. Eu não sou essa pessoa. Sinto muito.

— Mas você sempre demonstrou me amar! – disse Alessandro.

— Mas nunca disse que te amava! Disso você não pode me acusar!

— Você quer um tempo pra pensar? Eu te dou o tempo que precisar.

— Não, Alê, eu quero terminar, eu estou terminando, inclusive, e não vai ter volta. Sinto muito! Eu quero que você seja feliz, mas eu não sou a chave dessa felicidade e não quero que você fique tentando me encaixar nesse molde perfeito. Adeus.

 Jaqueline levantou da mesa, deu um beijo na cabeça de Alessandro, se recompôs e saiu na direção contrária àquela em que Mariana havia saído. O rapaz ficou sentado, chorando sozinho.

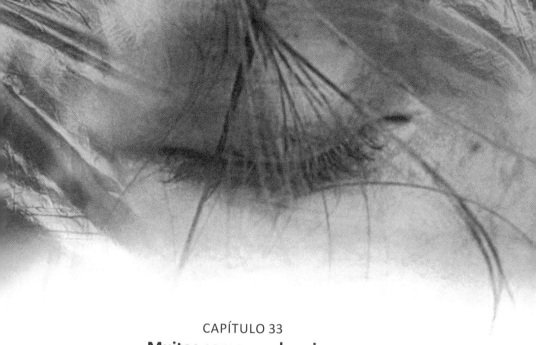

CAPÍTULO 33
Muitas semanas depois...

    Alessandro mandava mensagem todos os dias para Jaqueline. Ela já havia devolvido as coisas dele que estavam em seu apartamento, entretanto ele ainda se recusava a devolver algumas roupas dela.

    O grupo de Whats estava em completo silêncio. Jaqueline removeu Alessandro do grupo. A garota mandou mensagens sistemáticas, no modo privado, para Mariana, que sempre as visualizava, mas não respondia, até que, nove semanas depois, ela resolveu conversar, mesmo que sozinha.

    🕓 20h11: Oi, Mari. Sei que você está em casa, perguntei ao porteiro, ele disse que seu carro está na garagem. Pode abrir, por favor?

    🕓 20h14: Por favor, fala comigo... preciso conversar com você.

    🕓 20h16: Mari, por favor, eu terminei com o Alê. Me deixa subir.

    🕓 20h22: Eu vou ficar aqui até você abrir!

    Sentada na portaria do prédio, Jaqueline queria invadir mesmo, quando seu telefone apontou a entrada de uma mensagem:

    🕓 20h27: Não estou em casa!

    🕓 20h27: Que horas você chega?

🕾 20h29: Não chego, estou fora da cidade.

🕾 20h29: Me diz onde você está, vou até você. Preciso conversar contigo. Por favor.

🕾 20h37: Assim que voltar, entro em contato. Beijo.

🕾 20h37: Mari, você não tá entendendo, é hoje!

Jaqueline não estava convencida de que Mariana não estava em casa e voltou a perguntar ao porteiro, que confirmou que ela estaria em casa, sim.

🕾 23h16: Ok, entendi que você não vai voltar, ou não vai me atender. Mas eu não vou desistir. Durma bem.

🕾 23h16: Jaqueline envia uma foto de Mariana dormindo nua na cama do hotel, no Rio de Janeiro.

Mariana, que estava em casa sozinha, visualizou a foto, mas não respondeu. Realmente havia mentido, e isso lhe causava certo sofrimento, pois não era de sua natureza falar mentiras. Assistia a um filme sem prestar atenção real no que via, pensava em por que seu relacionamento com Júlia não estava progredindo. As palavras de sua psicóloga ressoavam como ecos em sua memória: "Você não está disponível!".

Mariana estaria realmente indisponível ou apenas vivia um novo luto até se apaixonar novamente? Essa pergunta não era possível de ser respondida, pelo menos temporariamente. Júlia já havia percebido a distância que o relacionamento estava tomando e foi, por sua conta, saindo dele de forma sutil e delicada, da mesma forma que entrou.

Mais algumas semanas se passaram, as agendas de trabalho ficaram cada dia mais tumultuadas. Jaqueline resolveu ir ao hospital para conversar com Mariana, mas também não conseguiu. A médica tinha se blindado e só falava com pacientes e familiares, não estava recebendo ninguém. Não havia feito uma única postagem em suas redes sociais nas últimas 12 semanas, não respondia mensagens (mesmo que as visualizasse), não respondia e-mail. Dava sinais de ter retornado para a concha em que havia se escondido quando Isabela morreu. O grupo de amigas (Veridiana, Helena e Jaqueline) traçaram planos para resgatar Mariana novamente.

Veridiana, a mais experiente delas, tentou, em uma mesma semana, quatro vezes sem sucesso falar com Mariana, até que na quinta mensagem a médica respondeu.

🗨 Oi, amiga! Saudades!

Escreveu Mariana, sem nenhuma referência às mensagens anteriores de Veridiana.

🗨 Mari, me deixa te ajudar. Não sei o que aconteceu e, se você não quiser me contar, tudo bem. Mas me deixa ficar ao seu lado neste momento.

🗨 Oi, Veri, tá tudo bem. Só muito trabalho. Beijos.

Veridiana se engajou em não deixar a conversa morrer e mandou um áudio para Mariana.

🗨 Olha só, Mariana, não sei o que aconteceu entre você e a Jaqueline, mas essa história já foi longe demais! Na última vez que você se escondeu dessa forma, te juntamos de dentro de um buraco, quase literalmente. Você não é mais criança, e também não está sozinha! Chega dessa palhaçada de se esconder, a Jaqueline já fez plantão na tua casa, no hospital, até na cafeteria a que você vai todos os dias. Se ela fez alguma coisa, bota pra fora, mas não a deixa assim... não se deixa um amigo assim, não se perde um amor assim...

Mariana ouviu a mensagem de voz e chorando escreveu uma resposta:

🗨 Às 20h30 lá em casa. Hoje.

Impreterivelmente às 20h30min Veridiana chegou ao edifício de Mariana, que a esperava para um drinque. Sempre educada, Mariana recebeu Veridiana como se absolutamente nada estivesse acontecendo. Conduziu sua amiga até a cobertura, uma noite de calor agradável esperava as amigas.

– O que deseja beber? – perguntou Mariana.

– O que você estiver bebendo – respondeu Veridiana.

Mariana foi até o bar e serviu um bourbon para Veridiana. Entregou e sentou ao lado da amiga no sofá de vime com couro branco.

Veridiana agradeceu, experimentou a bebida e iniciou a conversa:

– Como você está?

– Tudo bem, e você?

– Tudo bem! Eu vim aqui hoje esclarecer algumas coisas e te contar o segredo que não pude no último encontro das meninas, visto que a presença de Alessandro era totalmente dispensável naquele dia.

Espantada, mas curiosa, Mariana abriu um sorriso para Veridiana e comentou:

– Finalmente! Caramba, achei que nem era segredo, e sim fofoca. Que tinha passado e você tinha esquecido de contar. Pensei por dias, mas como você não falou, não quis te pressionar.

Veridiana tomou mais um gole de seu bourbon e começou:

– Então... a primeira coisa que precisa saber é que eu e o Leonardo não somos casados.

– Sim, eu sei, mas é como se fossem. São, sei lá, dez, doze anos juntos. Já é casamento, né?

– Isso, muitos anos. Mas não somos casados por apenas um motivo: o Leonardo tem outra família. Ele é casado em São Paulo, tem mulher, dois filhos. Ele nunca escondeu isso de mim. Desde a primeira noite, quando ele me convidou para irmos a um lugar mais discreto, ele foi honesto.

Mariana arregalou os olhos e perguntou:

– Sério?

– Sim. No início foi sexo, saímos naquela semana, trocamos telefone. Na semana seguinte ele voltou a Porto Alegre, os negócios dele sempre fazem essa ponte aérea Porto Alegre x São Paulo. E assim começamos a nos relacionar. Tanto que no início ele nunca aparecia em nenhum lugar comigo. Foi começar a ir a jantares quase dois anos depois. Não há uma única foto dele comigo nas redes sociais, inclusive ele não tem absolutamente nenhuma rede social. Sempre foi discreto, de modo a não expor nem a mim, nem a sua esposa.

– Nossa, Veri, jamais imaginei! Como você suporta essa relação? Como você suporta dividir seu homem?

– Eu nunca contei, pois jamais permitiria qualquer tipo de julgamento. Quando resolvi contar, deu errado, mas eu sei que você não irá me condenar.

– Sim, ninguém tem o direito de julgar absolutamente nada!

– Por isso, eu resolvi contar pra você primeiro, eu lembro bem que foi pra mim que você revelou primeiramente que acreditava estar interessada em mulheres. Eu me lembro o quanto você foi julgada por se envolver com uma mulher mais velha, por ter ficado com a herança dela, por ser homossexual! Julgada por quase todos que a cercavam.

– Sim, já fui julgada, condenada, aprisionada em meus medos. Hoje, sigo recebendo os rótulos, mas não mais permito que entrem em minha redoma e me desestabilizem.

– Sim, está certíssima! Leonardo é um homem incrível, sempre que pode está ao meu lado, me respeita. Ele pode cometer o crime de ter duas mulheres, mas, pelo menos comigo, ele sempre foi honesto. Sua mulher só descobriu quando a Isabela morreu. Naquela noite que ele saiu para te ajudar, ela mandou um detetive atrás dele e achou que você era a amante. Quando ele retornou para casa, ele contou toda a verdade sobre mim.

Mariana ficou calada, sem julgar, apenas de mãos dadas com a amiga.

– Agora que você sabe o meu segredo, quero saber o seu!

– Que segredo? – perguntou Mariana.

– O verdadeiro motivo pelo qual você sumiu!

– Trabalho. Rotinas. Dei um pouco mais do meu tempo livre a Júlia. Investi em conhecê-la, em tentar uma possível relação. Mas vi que nenhuma de nós está realmente disponível para a outra, embora ela seja uma garota incrível.

– Isso quer dizer que não estão mais juntas? – indagou Veridiana.

– Nunca estivemos. Somos amigas com benefícios. Como eu disse, eu não consegui me apaixonar pela Júlia, nem ela por mim. E isso foi muito bom, assim não nos magoamos e conseguimos ficar juntas dessa forma, leve, sem cobranças, mas nós merecemos ser amadas e sabemos disso.

– Ok, você já respondeu. Mas sem rodeios agora: o que aconteceu verdadeiramente?

– Nada – Mariana respondeu rápido, não sabia mentir.

Veridiana sabia exatamente quando a amiga ficava desconfortável, e desta vez não mais hesitaria nas perguntas.

– Eu vou refazer a pergunta e não aceito mentiras. Conheço você o suficiente para saber quando está mentindo, quando está fazendo rodeios ou quando está tentando fugir. Por que você sumiu? – perguntou Veridiana em tom de voz já mais elevado.

– Eu, eu não sumi! Apenas muito trabalho.

Veridiana apertou a mão de Mariana e alterou ainda mais um pouco o tom de voz.

– Chega, Mari! O que aconteceu desde aquela fatídica sexta-feira, depois do bar?

Veridiana permaneceu encarando Mariana, que deslizou as mãos pelo rosto, em uma respiração profunda, e respondeu:

– Eu enlouqueci!

– Como assim?

Mariana levantou a cabeça e encarou Veridiana.

– O que você viu na sua casa, no dia do seu aniversário?

– Eu vi você e Jaque mais próximas, mas ao mesmo tempo longe. Jaque não tirou os olhos de você, vi que ela observava seu comportamento e seu flerte com a Júlia, a vi botando a mão na sua bunda, mas achei que era brincadeira, depois a vi encarando você na saída e quase lacrando a porta do carro do Alessandro! O que está acontecendo? – perguntou Veridiana.

– Aquele final de semana nós passamos juntas, viajando!

– Juntas? Como assim "juntas"?

– Juntas como amigas, que é o que somos.

Mariana começou a chorar. Veridiana estendeu o braço e acolheu a amiga, que se deitou em seu colo e continuou chorando.

– Eu não tenho culpa! – disse Mariana.

– Ninguém está culpando você de nada. O que aconteceu?

– Eu me apaixonei pela Jaqueline, mas, eu juro, nunca fiz nada para atrapalhar a relação dela, nem essa nem nenhuma outra que ela teve.

– Eu sei, calma.

– Veri, eu nunca pedi nada pra Jaque. Não sei por que ela me fez abrir o coração pra ela. De que adiantou? De nada... perdi o amor, perdi os amigos... será que minha vida é só perder?

Mariana chorava copiosamente. Veridiana lhe afagava os cabelos, quase no papel de mãe.

— Por que diz que perdeu?

— Porque a Jaque não é lésbica. Porque, por mais que ela diga que me ama, ela jamais vai saber lidar com isso!

— Como é que é? A Jaque disse que ama você? – perguntou Veridiana sorrindo.

— Sim, mas isso não quer dizer nada.

— Como não? Tá louca? Se ela disse que ama, ela ama! Por que mentiria pra você? Não há nexo nisso!

— Porque ela é heterossexual e namora aquele escroto do Alê.

— Mari, a Jaque nunca disse que amava o Alê!

A velha amiga de anos continuava a afagar os cabelos de Mariana, que tentava se recompor sem sucesso do turbilhão de informações que estava recebendo.

— Você está enganada! A Jaque terminou naquela tarde, lá na orla, o namoro com o Alê. Desde aquele dia, ela pergunta todos os dias por você. Criamos um grupo sem você, com o objetivo de localizá-la e passar informações entre nós, assim poderíamos, cada uma da sua forma, tentar te ajudar. Duvido que ela não tenha tentado fazer contato!

Mariana sentou-se no chão, abraçada nas pernas, envergonhada por ter se protegido de algo que não lhe oferecia risco.

— Sim, ela tentou, diversas vezes inclusive – disse Mariana.

— E você?

— Ignorei.

— Eita, duas cabeçudas. Fica difícil assim!

— Jaqueline disse que não sabia como lidar com esse sentimento. Por que saberia agora?

— Não sei. Isso somente ela pode responder. Por que não liga e pergunta?

Mariana, ainda sentada no chão, voltou a deitar a cabeça no colo da fiel escudeira e confidente, que não lhe negou carinho e deu o tempo de que precisasse para se recuperar.

Passados alguns minutos, Veridiana disse:

— Pega o telefone. Liga pra ela agora! Vai, o tempo é curto e cruel. Não se permita perder mais nenhum segundo. Se ela não quiser conversar com você, ter uma relação, sei lá... ela estará no direito dela, mas deixe sua consciência tranquila de que fez absolutamente tudo por esta relação. Tenha certeza de que o sucesso ou o fracasso desse amor não está em suas mãos.

Mariana olhou para o relógio. O tempo tinha voado, era quase meia-noite. Pegou o celular e mandou uma mensagem:

🟢 Amanhã, às 10h, no clube.

Quando se referia ao clube, Mariana sempre falava do clube em que deixava seu veleiro ancorado, mais uma das heranças que Isabela lhe havia deixado, e o amor por aquele barco era incomensurável.

– Meu Deus, Mariana, que mensagem carinhosa, hein? – disse Veridiana, zoando a amiga.

– Se ela realmente quer me ver, o conteúdo da mensagem é o que menos importa – respondeu Mariana.

– Bom, minha parte eu já fiz. Fique tranquila, que o que você me contou hoje, aqui, ninguém ficará sabendo. Promessa.

Veridiana pegou sua bolsa, deu um beijo na testa de Mariana e fez uma última recomendação:

– Vai! Pra trás não tem absolutamente nada!

Antes de a amiga se retirar, Mariana ainda falou:

– Veri! Primeiramente, obrigada por tudo! Obrigada por dividir comigo seu segredo, ele permanecerá comigo sempre! Depois, por ser essa pessoa incrível que cuida de mim, que me dá conselhos. Que ocupa um lugar que é só seu em minha vida, que não julga, que me ama pelos defeitos e qualidades. Obrigada por ser aquilo que perdi, sem ter culpa, mas perdi. Você é a família que Deus me permitiu escolher.

Saíram abraçadas até a porta. Mariana acompanhou Veridiana até o carro e depois se recolheu para sua cama. Colocou o relógio para despertar por volta das 7h, queria dar uma corrida para liberar a adrenalina antes de encontrar, ou não, Jaqueline.

Enquanto isso, na casa de Jaqueline... ela olhava a mensagem, sem responder. Ficara surpresa com uma mensagem tão objetiva de Mariana, mas não pensava em nenhum momento deixar de ir ao encontro.

Sábado, 9h45...

Mariana olhou pela centésima vez o relógio. A tática de correr para liberar o stress não funcionou. Sentou-se em um banco quase dentro do lago, um local discreto que muitas vezes fora usado como cantinho da fofoca por Mariana e suas amigas, afinal lá ninguém via ou ouvia o que acontecia, como se não quisesse ser encontrado.

Às 10h em ponto Mariana olhou o relógio, tinha certeza de que Jaqueline não iria ao encontro. Por trás dos arbustos, a canção e a voz suave e delicada de Paula Fernandes inundaram o ar:

Vai se entregar pra mim
Como a primeira vez
Vai delirar de amor
Sentir o meu calor
Vai me pertencer
Sou pássaro de fogo
Que canta ao teu ouvido
Vou ganhar esse jogo
Te amando feito um louco
Quero teu amor bandido
Minha alma viajante
Coração independente
Por você corre perigo
Tô a fim dos teus segredos
De tirar o teu sossego
Ser bem mais que um amigo
Não diga que não
Não negue a você
Um novo amor
Uma nova paixão
Diz pra mim
Tão longe do chão
Serei os teus pés

Nas asas do sonho
Rumo ao teu coração
Permita sentir
Se entrega pra mim
Cavalgue em meu corpo
Ó minha eterna paixão

 Pássaro de Fogo, a música que um dia a garota tinha dito achar a cara de Jaqueline. Mariana virou-se rapidamente tentando localizar a música, Jaqueline vinha lentamente em sua direção, carregando o celular na mão e cantando. Mariana abriu um largo sorriso e foi em direção à menina. Segurou firme o rosto de Jaqueline e beijou-a, como se o mundo tivesse parado. Após o longo beijo, Jaqueline disse ao pé do ouvido de Mariana:
 – Vem comigo, hoje eu vou te roubar!
 – Rouba pra sempre? – perguntou Mariana.
 – Pra sempre! – respondeu Jaqueline.

FIM

Impressão e Acabamento | Gráfica Viena
Todo papel desta obra possui certificação FSC® do fabricante.
Produzido conforme melhores práticas de gestão ambiental (ISO 14001)
www.graficaviena.com.br